CALENDAR GIRL

Hiver

Janvier-Février-Mars

Édition originale publiée par Audrey Carlan

Ouvrage dirigé par Bénita Rolland
Traduit par Robyn Stella Bligh
Photo de couverture © GettyImages
Couverture : © Raphaëlle Faguer

Pour la présente édition
© 2017, Hugo et Compagnie
34/36 rue la Pérouse
75116 Paris
www.hugoetcie.fr

ISBN : 9782755636413
Dépôt légal : janvier 2018
Imprimé en France par Corlet Imprimeur S.A.
N° d'imprimeur : 193713

NEW ROMANCE®

AUDREY CARLAN

CALENDAR GIRL

Hiver

Janvier-Février-Mars

Roman

Traduit de l'américain
par Robyn Stella Bligh

Hugo Roman

Janvier

CHAPITRE PREMIER

J’ai cru au grand amour pendant des années. J’ai même cru l’avoir trouvé – à quatre reprises, pour être précise.

Il y a eu Taylor, mon premier copain, avec qui je suis restée durant tout le secondaire. C’était la star de l’équipe de base-ball et le meilleur joueur de toute l’histoire du lycée. Il était grand, avec plus de muscle que de cervelle, et son kiki faisait la taille de mon petit doigt. Sans doute était-ce à cause des stéroïdes qu’il prenait derrière mon dos. Il m’a larguée le soir du bal de promo et s’est enfui avec ma virginité et la capitaine des pom-pom girls. À ce qu’il paraît, il a vite lâché la fac et il est désormais mécanicien dans une ville minuscule, avec deux gamins et une femme qui aguiche tous les hommes de la ville.

Ensuite, il y a eu l'assistant de mon prof de psychologie à la fac. Il s'appelait Maxwell et j'étais persuadée qu'il était le Messie et qu'il était capable de marcher sur l'eau. Cependant, c'est mon cœur qu'il a piétiné en couchant avec une fille dans chaque classe dont il était chargé. J'ai eu ma vengeance lorsqu'il a mis en cloque deux nanas en même temps et qu'il s'est fait virer de la fac. À dix-neuf ans, il versait deux pensions alimentaires à deux femmes différentes. La vie est bien faite, vous ne trouvez pas ? Dieu merci, j'ai toujours exigé qu'il sorte couvert avec moi.

À vingt ans, lorsque j'étais serveuse au MGM Grand à Las Vegas, j'ai eu la chance de rencontrer Benny, le troisième amour de ma vie. J'ai su trop tard que le pauvre avait aussi peu de chance que moi dans la vie. Benny était un tricheur amateur, or il m'avait dit qu'il était commercial et qu'il venait au casino parce qu'il adorait le poker. Pour moi, c'était le coup de foudre, même si finalement notre relation était loin d'être romantique. J'ai passé la plupart de notre histoire bourrée et allongée sous lui. Hélas, j'étais persuadée qu'il m'aimait. Après tout, il me le disait tout le temps. Pendant deux mois, nous avons bu, nagé dans la piscine de l'hôtel et baisé toute la nuit dans une des chambres que me procurait mon amie femme de ménage. Au bar, je lui servais, à lui et ses amis, des verres gratuits. Ça a marché – jusqu'à ce que ça ne marche plus.

Benny s'est fait prendre en train de compter les cartes et il a disparu du jour au lendemain. J'étais dans tous mes états, et cela a duré un mois. Puis j'ai appris qu'il s'était fait tabasser à mort – ou presque – et qu'il était à l'hôpital. Il a quitté la ville sans me dire au revoir.

Ma dernière erreur fut la cerise sur le gâteau – le pompon, la goutte d'eau qui m'a persuadée que le grand amour est une invention des fabricants de cartes de vœux et des auteurs de romans à l'eau de rose. Son nom était Blaine, mais il aurait pu s'appeler Lucifer. C'était un beau parleur et un homme d'affaires – en tout cas c'est ce que j'ai cru au début. En vérité, Blaine était usurier, c'est lui qui a prêté à mon père plus d'argent qu'il ne pourrait rembourser en une vie entière. Il s'est alors retourné contre moi, puis contre mon père. Pour moi, à l'époque, l'amour ne pouvait être que celui qu'on trouve dans les contes de fées. Blaine m'avait promis le paradis, il m'a donné l'enfer.

– C'est pour ça que tu devrais prendre le boulot que t'offre ta tante, comme ça, ce sera réglé, dit Ginelle, ma meilleure amie, avant d'éclater une bulle de chewing-gum dans le téléphone. C'est ta seule option, Mia. Sinon, comment tu vas sortir ton père de ce pétrin ?

Je sirote mon verre d'eau glacée en regardant les gouttes de condensation scintiller sous le soleil californien.

Je soupire :

– Je ne sais pas quoi faire, Gin. Je n'ai pas assez d'argent de côté – d'ailleurs je n'en ai pas du tout.

– Tu as toujours été amoureuse de l'amour...

– Plus maintenant !

Derrière Ginelle, j'entends le brouhaha du casino. Les gens pensent que le désert est un endroit calme, mais pas à Las Vegas, où les machines à sous tintent à toute heure du jour et de la nuit et où des jingles retentissent partout, où que vous soyez.

– Je sais, je sais, dit-elle. Mais tu aimes le sexe, n'est-ce pas ?

– C'est complètement différent, Gin.

– Je veux seulement dire que si tu acceptes ce boulot, tu as juste à te faire belle et à beaucoup baiser. Ça fait des mois que tu n'as pas pris ton pied, autant en profiter, non ?

Il n'y a que Ginelle qui soit capable de faire passer un job de call-girl de luxe pour un boulot dont tout le monde rêve.

– On n'est pas dans *Pretty Woman* et je ne suis pas Julia Roberts ! je m'exclame en me dirigeant vers ma moto.

C'est une Suzuki GSXR600 que j'appelle Suzi. Elle est la seule chose de valeur que je possède. Je grimpe dessus en mettant mon téléphone sur haut-parleur, puis je tresse mes longs cheveux noirs.

– Écoute, je sais que tu veux m'aider, mais je ne sais vraiment pas quoi faire. Je ne suis pas une pute et je n'ai pas envie de le devenir, je dis en frissonnant rien que d'y penser. Mais il faut que je trouve un million de dollars, et vite.

– Je sais. Appelle-moi ce soir, si tu peux, tu me raconteras ton entretien avec Escorts Exquises. Merde, je vais être en retard pour la répétition et je ne suis même pas en tenue.

Sa voix devient tendue, et je l'imagine en train de courir à travers le casino, téléphone plaqué à l'oreille, ne prenant pas garde à ceux qui la prennent pour une folle. C'est pour ça que j'adore Ginelle – elle dit les choses telles qu'elles sont et elle se fiche de ce qu'on pense d'elle. Comme moi.

Elle travaille pour le *Burlesque Doll Show*[1] à Las Vegas. Elle est petite, douce, et elle sait comment remuer son joli cul pour plaire aux hommes du monde entier qui viennent voir son spectacle. Hélas, Ginelle ne gagne pas assez d'argent pour me tirer d'affaire et aider mon père. Cela dit, je ne le lui aurais jamais demandé, quand bien même elle aurait eu les moyens.

– Ok, je t'aime ma p'tite salope, je dis en coinçant ma tresse sous mon blouson en cuir.

– Je t'aime encore plus, p'tite pute.

---

1. Le Show des Poupées Burlesques. (NdT, ainsi que pour les notes suivantes)

Je démarre ma moto et je la fais vrombir avant de mettre mon casque. Je glisse mon téléphone dans ma poche intérieure et je pars en direction d'un futur dont je ne veux pas, mais que je n'ai aucun moyen d'éviter.

***

– Mia ! Ma chérie ! s'écrie ma tante en me serrant dans ses bras maigres.

Elle est sacrément forte, pour une si petite femme. Ses cheveux noirs sont coiffés en chignon banane et sa chemise blanche est douce comme de la soie – probablement parce que c'est de la soie. Elle porte une jupe crayon noire très stricte et des talons aiguilles noirs avec cette semelle rouge que j'ai vue partout en feuilletant le dernier *Vogue*. Elle est magnifique et, plus encore, elle a l'air hors de prix.

– Tante Millie, ça me fait plaisir de te voir, je dis alors qu'elle lève deux doigts parfaitement manucurés pour me faire taire.

– Ici, tu m'appelleras Miss Milan, poupée, dit-elle.

Je lève les yeux au ciel et ça ne lui plaît pas non plus.

– Chérie, premièrement, ne fais pas ça. C'est impoli et ce n'est pas élégant.

Elle marche lentement autour de moi, m'étudiant comme si j'étais une œuvre d'art – une statue froide et impénétrable. Peut-être le suis-je. Elle tient dans sa main un éventail en dentelle noire qu'elle ouvre et referme avant d'en frapper la paume de sa main.

– Deuxièmement, ne m'appelle jamais Millie. Cette femme est morte il y a longtemps, le jour où le premier homme en qui elle a eu confiance a grillé son cœur au barbecue pour le donner à manger à ses chiens.

Beurk, quelle métaphore affreuse ! En même temps, Tante Millie a toujours été très directe.

– Tiens-toi droite, dit-elle en me tapant sous le menton pour me faire lever la tête.

Elle me frappe ensuite sur le bas du dos, là où mon t-shirt moulant et trop court ne rejoint pas tout à fait mon jean slim préféré. Je me redresse en poussant mes seins en avant.

Un sourire s'étend sur ses lèvres rouges, dévoilant des dents parfaitement alignées et blanches, les plus belles du marché. Car c'est un véritable business à Los Angeles. Lorsque les riches héritières ne sont pas chez leur dermatologue pour leur injection de Botox mensuelle, elles sont chez leur dentiste. À l'évidence, Tante Millie fait partie de ces femmes et elle a sans doute raison – elle est loin de paraître ses cinquante ans et elle est canon.

– Eh bien, tu es magnifique, ma poupée, et tu le seras encore plus quand on t'aura habillée pour la séance photo, dit-elle en grimaçant, tout en inspectant ma tenue de motarde.

Je fais plusieurs pas en arrière jusqu'à me cogner contre un fauteuil en cuir.

– Je n'ai pas encore dit que j'étais d'accord.

Le regard de Tante Millie est à la fois moqueur et exaspéré.

– Je croyais qu'il te fallait beaucoup d'argent et vite parce que mon minable beau-frère est à l'hôpital et qu'il a des ennuis ?

Elle s'assied lentement, croise les jambes et pose ses bras sur les accoudoirs en cuir blanc de son fauteuil. Tante Millie n'a jamais aimé mon père. C'est dommage, parce qu'il a fait du mieux qu'il pouvait pour nous élever seul après que sa sœur, ma mère, nous a abandonnés. J'avais dix ans, Madison en avait cinq, et aujourd'hui, elle n'a pas le moindre souvenir de notre mère.

Je me mords la lèvre et plonge mon regard dans ses yeux vert pâle. Nous nous ressemblons beaucoup, elle et moi. Si l'on oublie les petits coups de bistouri qu'elle a fait faire ici et là, elle est telle que je serai dans vingt-cinq ans. Nous avons les mêmes yeux vert clair, presque jaunes, devant lesquels les gens se sont émerveillés toute ma vie – comme de l'émeraude verte, disent-ils – et nos cheveux sont si noirs qu'à la lumière ils paraissent presque bleus.

– Ouais, papa a de gros ennuis avec Blaine, dis-je en essayant de me mettre à l'aise dans le fauteuil inconfortable.

Millie secoue la tête et je repense à mon père, le visage pâle et émacié, le corps couvert de bleus, immobile et sans vie sur son lit d'hôpital.

– Il est dans le coma, pour l'instant. Ils l'ont tabassé il y a quatre semaines et il ne s'est toujours pas réveillé. Les médecins pensent que c'est à cause des hémorragies au cerveau, mais on n'en saura pas plus avant un moment. Ils lui ont cassé tellement d'os qu'il a un plâtre des orteils aux clavicules.

– Quelle horreur, les sauvages ! chuchote-t-elle en remettant une mèche derrière son oreille.

C'est ainsi que Millie reprend le contrôle de ses émotions. Je l'ai déjà vue faire – elle est maîtresse dans l'art de la manipulation et elle contrôle ses émotions mieux que quiconque. Si seulement j'avais son talent !

– Oui, et la semaine dernière, quand je suis allée lui rendre visite à l'hôpital, les molosses de Blaine sont venus me voir. Ils ont dit que si je ne leur rendais pas leur argent avec les intérêts, ils allaient le tuer et qu'ils s'en prendraient ensuite à Maddy et à moi. Ils ont appelé ça la « dette du survivant ». Quoi qu'il en soit, il faut que je trouve un million de dollars.

Tante Millie se pince les lèvres et tapote ses ongles sur l'accoudoir. Comment peut-elle être aussi calme ? La vie d'un homme ainsi que la mienne et celle de ma petite sœur sont en jeu, bordel ! Je comprends qu'elle se fiche de papa, mais je pensais qu'elle tenait à Maddy et moi, bon sang !

Millie se lance.

– On peut y arriver, dit-elle enfin en plongeant son regard dans le mien. En tout cas, en un an, c'est possible. Tu penses qu'il accepterait que tu le rembourses un peu tous les mois ?

– Je ne sais pas. Je suppose que ce qui compte, c'est qu'il ait son argent, d'une manière ou d'une autre. On était ensemble il n'y a pas si longtemps, peut-être qu'il m'accorderait cette faveur. Ce psychopathe a toujours aimé me voir le supplier à genoux.

– Garde tes escapades sexuelles pour toi, poupée, dit-elle en souriant d'un air machiavélique. Il va falloir te mettre au boulot tout de suite. Je ne sélectionnerai que les comptes les plus chers. Sois ici aux aurores, demain, pour le shooting, et prévois de passer la journée avec nous. On fera d'abord les portraits, puis les vidéos, etc.

Tout va beaucoup trop vite à mon goût, mais les mots « on peut y arriver » résonnent dans ma tête comme une bouée de sauvetage dans un océan rempli de requins.

– Est-ce que... est-ce que je devrai coucher avec eux ?

Je ferme les yeux en attendant sa réponse et je sens soudain ses mains sur les miennes.

– Poupée, tu n'as pas à faire quoi que ce soit que tu ne veuilles pas. En revanche, si tu veux gagner du fric rapidement, tu devrais l'envisager.

Mes clients et moi avons un accord tacite. Si mes filles couchent avec eux, elles gagnent un bonus de vingt pour cent qu'ils laissent en cash dans leur chambre. Cet argent ne passe ni entre mes mains ni dans les comptes de la boîte, puisque la prostitution est illégale en Californie. Cependant, il est normal que mes filles soient dédommagées, tu ne penses pas ? demande-t-elle en me lançant un clin d'œil.

Je hoche lentement la tête, ne sachant pas vraiment ce que j'en pense, mais prête à foncer quand même.

– Tu travailleras au mois, c'est le seul moyen de gagner autant d'argent, dit-elle.

Elle a l'air si sûre d'elle que j'ai l'impression que le job va être facile, du moment que j'arrive à garder l'esprit ouvert.

– Tu rejoindras le client où qu'il soit, et tu joueras le rôle qu'il veut pendant un mois. Mais attention, ma poupée : je ne vends pas de sexe. Si tu couches avec eux, c'est parce que tu en as envie, et crois-moi, quand tu verras les hommes que j'ai sur liste d'attente, tu réfléchiras à deux fois avant de refuser – sans parler de la prime que tu gagneras.

Elle se lève en souriant, fait le tour du bureau et s'assied devant son ordinateur. J'ai l'impression d'être collée au fauteuil, incapable de bouger, accablée par le poids de toutes les questions qui se précipitent dans ma tête.

– Je vais le faire, je m'entends chuchoter.

– Bien sûr que tu vas le faire, dit-elle en souriant. Tu n'as pas le choix si tu veux sauver ton père.

* * *

Je comprends pourquoi elle m'a dit de prévoir la journée. Comme Sandra Bullock dans *Miss Détective*, j'ai été frottée, épilée, pelotée, brossée, à tel point que j'ai failli frapper l'esthéticienne que Millie a embauchée pour « m'arranger ». J'étais vexée qu'elle pense que j'ai besoin de tous ces soins. Cependant, lorsque je me suis regardée dans le miroir, j'ai failli ne pas reconnaître mon reflet. Mes longs cheveux noirs sont plus brillants que jamais et tombent en vagues parfaites dans mon dos et sur mes épaules. Chaque éclat de lumière illumine ma peau comme si elle était couverte de paillettes et le bronzage que je m'efforce d'avoir depuis que je suis arrivée en Californie a pris un ton de miel qui fait ressortir mes yeux verts. Elle m'a choisi une robe lavande à la fois confortable et chic, qui met en valeur mes atouts. Je suis sexy et élégante, comme un ange de mauvais augure sous l'objectif du photographe. Au bout d'un moment, j'ai même fini par faire la moue sans son aide et à regarder au loin sans exprimer la moindre émotion. C'est ainsi que je dois être à présent, apathique.

À la fin de cette interminable séance photo, je me dépêche de remettre mes vêtements habituels, c'est-à-dire un jean et un t-shirt moulant, et je retourne dans le bureau de Tante Millie – pardon, de *Miss Milan.*

– Ma poupée, les photos sont magnifiques ! J'ai toujours su que tu ferais un superbe mannequin, dit-elle en regardant son écran d'ordinateur.

Je fais le tour du bureau pour voir le résultat et j'en ai le souffle coupé. Je suis méconnaissable.

– Waouh. J'ai du mal à croire que c'est moi.

Je secoue la tête en regardant les photos charger sur le site d'Escorts Exquises.

– Tu es très belle, dit ma tante en souriant et en me regardant tendrement dans les yeux. Tu ressembles tellement à...

– Peu importe, dis-je en secouant la tête, ne voulant pas entendre que je suis le portrait craché de ma mère. Alors, c'est quoi la suite ? je demande en croisant les bras, comme si ça pouvait me protéger.

Elle recule dans son fauteuil et me regarde avec des yeux pétillants de malice.

– Tu veux voir ta première mission ?

Je fais de mon mieux pour ignorer l'appréhension qui s'empare de moi et je me redresse en la défiant du regard.

– C'est parti.

Millie glousse en cliquant sur sa souris pour afficher la photo de l'homme le plus beau que j'aie jamais vu. La photo est très business, mais ses cheveux blond foncé sont coiffés-décoiffés, avec des mèches plus claires. Ses yeux sont verts et sa mâchoire saillante avec l'ombre d'une barbe naissante. Il est à croquer. Cet homme n'est pas le genre à devoir payer pour une femme, au contraire, c'est le genre dont toutes les femmes tombent amoureuses dès le premier regard.

– Je ne comprends pas pourquoi ce beau gosse a besoin d'une escort ? je demande en pointant la photo du doigt.

Ma tante se recule dans son fauteuil, joint les mains sur ses cuisses et me regarde en souriant.

– Tu sais, c'est lui qui t'a choisie.

Je dois sembler perdue, parce qu'elle se dépêche de poursuivre.

– J'ai envoyé tes premières photos à lui et sa mère, avec qui je travaille beaucoup. Il enverra une voiture te chercher demain matin. Il habite dans le coin, mais tu vivras chez lui pendant les prochains vingt-quatre jours.

J'ai l'impression d'avoir été frappée à la tête avec une batte de base-ball.

– Vingt-quatre jours ? Tu es folle ? Comment je suis censée travailler et aller à des castings ?

Ma carrière d'actrice est loin d'être au top, mais j'ai un agent bon marché qui me déniche des auditions de temps en temps, et puis il y a le restaurant où je travaille le soir !

Millie me regarde en se pinçant les lèvres et en retroussant son nez comme s'il venait de me pousser un troisième œil sur le front.

– Mia, tu vas démissionner de tous tes boulots. Tu es désormais une employée d'Escorts Exquises et tes engagements iront de un à vingt-quatre jours, selon les besoins du client. Comme tu dois gagner beaucoup d'argent en peu de temps, tu n'as d'autre choix que de prendre les contrats les plus longs. Au bout de vingt-quatre jours, tu auras jusqu'à la fin du mois pour rentrer chez toi, te reposer et te refaire une beauté. À chaque début de mois, tu seras envoyée sur une nouvelle mission.

– Je n'arrive pas à y croire...

Je fais les cent pas dans le bureau, comme un animal en cage, réalisant soudain que ma vie ne m'appartient plus, du moins pendant les douze mois à venir. Finis les rencards – même si cela fait une éternité que je n'en ai pas eu – et finies les auditions et ma carrière d'actrice, si tant est que l'on puisse parler de carrière. Je n'aurai plus le temps de voir ni papa, ni Maddy, ni Ginelle.

– Eh bien crois-le, mon petit, parce que ce n'est pas une blague. Si tu en es là, c'est à cause de ton père et de ton ex. Tu as de la chance que je te libère de la place, alors ne sois pas ingrate. Maintenant assieds-toi et ferme-la ! ordonne-t-elle d'une voix froide.

– Je suis désolée.

Je sais qu'elle essaie de m'aider, c'est juste que c'est trop... rapide. C'est incroyable. Je me laisse tomber sur la chaise devant son bureau et je me prends la tête dans les mains. Je réalise que je suis désormais une femme à louer. Chaque mois, je serai avec un nouvel homme. Si je couche avec lui, j'aurai un bonus de vingt pour cent en liquide.

J'éclate de rire, puis je lève la tête et regarde le plafond. Quelques secondes passent et une détermination s'empare de moi peu à peu. C'est ce que je dois faire. Je vais laisser un beau gosse m'emmener à des dîners d'affaires ennuyeux, et je ferai ce qui lui passera par la tête. Je ne suis pas obligée de coucher avec lui, et surtout, je ne vais pas tomber amoureuse de lui. En changeant de mec tous les mois, je n'aurai pas le temps de tomber amoureuse comme j'en ai eu l'habitude par le passé. Et puis je ne suis pas obligée d'abandonner ma carrière – après tout, quel meilleur moyen de progresser qu'en incarnant ce que ces hommes veulent que je sois ? Chaque mois, je deviendrai quelqu'un d'autre, et mon père sera en sécurité.

J'inspire lentement et je me lève en tendant la main à ma tante. Son sourire est diabolique mais sexy – elle est vraiment faite pour ce travail.

– Très bien, *Miss Milan,* dis-je en insistant sur son faux nom pour qu'elle comprenne ma détermination. Je suis votre nouvelle Calendar Girl.

CHAPITRE 2

Weston Charles Channing III. Je lis et relis son nom en me demandant quel genre de personne trouve normal d'avoir un chiffre romain rattaché à son nom. Je parie que c'est un mec plein aux as dont la pauvre mère n'en peut plus d'être ridiculisée par les pimbêches qu'il ramène aux soirées mondaines. En tout cas, selon moi, c'est la seule raison qui expliquerait pourquoi un mec aussi beau a besoin d'engager une escort. Je feuillette les pages et je trouve la liste des règles que Miss Milan m'a données à lire hier soir.

1. Toujours être apprêtée. *Le client ne doit jamais vous voir démaquillée et décoiffée. Vos ongles doivent toujours être manucurés et vos vêtements repassés.*

Le client vous procurera la garde-robe de son choix. Vos mensurations et vos préférences ont été communiquées à sa styliste personnelle.

Je lève les yeux au ciel en étudiant mon immense pile de jeans. Waouh, ces gens ne savent vraiment pas quoi faire de leur argent pour avoir une styliste personnelle. Est-ce si difficile de choisir ses vêtements ? Et mes mensurations lui ont été fournies ? Super ! Maintenant, il sait que j'ai besoin de perdre quelques kilos. J'ai l'avantage d'être grande et d'avoir l'air plus mince que je ne le suis, mais je sais que ma tante aime que ses filles fassent du trente-quatre. Or, je suis plutôt du côté du trente-huit, voire du quarante, si je ne fais pas attention à ce que je mange. Dans le milieu du mannequinat, c'est sans doute l'équivalent du XXL.

Il t'a choisie, me rappelle une petite voix dans ma tête alors que je range mes objets fétiches dans un petit sac à dos : mes crèmes, mon maquillage, mon parfum, mon Kindle, mes bijoux préférés. Tout ça est sans valeur, mais ça m'appartient et j'ai besoin de rester moi-même. J'emporte également mon journal intime tout neuf. J'ai pensé que comme cette expérience va durer une année, j'allais en profiter pour noter certaines choses. Peut-être qu'un jour j'en ferai un film.

Je jette mon sac sur l'énorme fauteuil qui prend la moitié de mon studio et je reprends la lecture des consignes.

2. Souriez tout le temps. *N'ayez jamais l'air ni en colère ni triste, et de manière générale, ne montrez pas d'émotion négative. Les hommes ne paient pas pour gérer vos problèmes. Ils paient pour ne pas avoir à le faire, justement.*

Ok, pas d'émotion. Aucun souci. Je m'y suis déjà préparée psychologiquement après avoir accepté ce job.

3. Ne parlez que si vous y êtes invitée. *Vous êtes là pour être belle et charmante. Avant toute apparition publique, discutez de votre rôle avec le client afin de vous mettre d'accord.*

Ça va, j'ai compris ! Tu es là pour être sa Barbie. Capiche. Facile.

4. Soyez disponible à tout moment. *Si le client souhaite rester à la maison, vous y resterez avec lui. Soyez respectueuse, polie et suivez ses directives. S'il cherche de la compagnie, vous pouvez lui proposer un câlin. Le sexe n'est pas requis.*

Elle veut que je fasse un câlin au client quand il veut baiser ? J'éclate de rire en imaginant la scène. « Salut beau gosse, tu veux des papouilles ? »

5. Le sexe avec les clients n'est pas inclus dans le contrat. *Si vous choisissez de le proposer, cela relève de votre choix, et la société Escorts Exquises ne peut être tenue pour responsable. Toutefois, nous exigeons que nos escorts soient sous contraceptif, quelle que soit la forme, et nous pouvons en demander la preuve à tout moment. Un test sanguin peut être exigé.*

D'où elle sort ces âneries, bon sang ? Sans rire ! Elle pense vraiment que beaucoup de femmes voudraient tomber enceintes d'un homme qu'elles viennent de rencontrer ? Aaaaah, mais oui, je viens de comprendre. Il s'agit d'hommes riches et de femmes stupides. Eh bien, je ne fais pas partie de ces femmes. Dès que mon père sera en sécurité et que sa dette sera payée, ma vie redeviendra normale, même si elle ne l'a jamais vraiment été.

Un coup d'œil à mon radioréveil me dit qu'il est l'heure de partir. Millie voulait que je me rende chez le client dans une de ses limousines, mais je lui ai promis que je m'y rendrais par mes propres moyens. C'était une de mes conditions. Elle pense bien sûr que je vais y aller en taxi, mais j'ai décidé de prendre ma moto. Si la première mission se passe bien, j'accepterai que les prochains clients viennent me chercher chez moi.

Vêtue de mon jean noir le plus sexy et d'un t-shirt assorti, j'enfile mon perfecto en cuir et mes cuissardes. Je sais que Millie me tuerait si elle me voyait habillée ainsi, mais j'ai envie de surprendre Weston Charles Channing III.

Le message arrive enfin.

À : Mia Saunders
De : Numéro inconnu
J'ai hâte de vous rencontrer. El Matador Beach, près des marches qui mènent à la plage. À très vite.

Un peu mystérieux, vous ne trouvez pas ? Il me demande de le retrouver à la plage à huit heures du matin ? Je me dépêche de demander à Siri les instructions pour m'y rendre. El Matador Beach est à dix kilomètres au nord-est de Malibu, à une heure de route de chez moi. Je regarde mon studio une dernière fois et je me dis que je l'ai rendu aussi douillet que possible. C'est un trente mètres carrés des plus banals où le futon que j'ai acheté cinquante dollars au vide-grenier du coin me sert de canapé et de lit, mais je n'ai pas les moyens de louer plus grand. Les murs sont d'un beige doux, et même si les meubles sont loin d'être assortis, l'ensemble est plutôt mignon.

C'est le premier appartement où je me suis sentie chez moi et, maintenant, je dois le quitter. Je vide la bouteille d'eau posée sur la table dans le bambou qui est censé porter bonheur. S'il a de la chance, il survivra. Au moment où je passe la porte de chez moi, je me rends compte de tout ce que cette pauvre plante et moi avons en commun. J'espère que, moi aussi, je survivrai en son absence.

***

Les gravillons du parking crépitent sous les roues de Suzi. Je m'arrête devant la rambarde surplombant le vide et j'aperçois les marches qui mènent à la petite plage isolée. Il n'y a qu'une seule voiture garée sur le parking – sans doute parce que nous sommes lundi et qu'à huit heures du matin, les gens sont à leur boulot. Je trouve un peu étrange de rencontrer mon client ici, mais au fond, cela me plaît. La vue est magnifique. Les vagues bleues se cassent sur le rivage en formant des nuages blancs qui s'éparpillent en s'écrasant sur le sable. Depuis que j'ai emménagé à Los Angeles il y a six mois, je ne suis allée à la plage qu'une seule fois. Je suis venue ici pour percer dans le milieu du cinéma, pas pour la baignade. D'ailleurs j'aurais pu aller n'importe où – je voulais surtout quitter Las Vegas aussi vite que possible. Dans ma tête, l'océan était l'opposé de la sécheresse du désert de Vegas, et c'est ce contraste qui m'a plu.

J'aperçois un surfeur au loin, seul dans les vagues, et je le regarde glisser sur les rouleaux comme un pro. Je ne vois personne d'autre sur la plage, et en dehors de Suzi et de la Jeep, le parking est vide. Peut-être qu'il n'est pas encore arrivé ?

Le surfeur prend une vague qui l'amène jusqu'à la plage et il descend tranquillement de sa planche. Il doit venir souvent ici ou être prof ? Pourtant, je ne vois pas de cabanon indiquant qu'il y aurait une école dans le coin. L'homme secoue la tête pour s'ébrouer et il détache la leash qui relie la planche à sa cheville. Je suis trop loin pour distinguer ses traits, même lorsqu'il regarde dans ma direction. Je relève la visière de mon casque pour mieux le voir au moment où il défait sa combinaison, révélant une masse mouillée, épaisse et bronzée, de muscles exquis. Il dégage le haut de son corps de la combi et la laisse pendre à sa taille, puis il prend sa planche et remonte la plage en trottinant.

Fascinée, je le regarde approcher en reluquant ses pectoraux angulaires et ses abdos sculptés, je salive en remarquant les grains de sable collés sur sa peau à l'endroit où le V de son bassin disparaît dans sa combinaison. Je me demande quel goût aurait sa peau si je la léchais...

Je suis soudain victime d'une grosse bouffée de chaleur quand il gravit les marches. Mon cœur martèle dans mes oreilles et j'ai l'impression que c'est l'océan qui rugit dans mon casque – comme quand vous êtes en voiture et que quelqu'un ouvre une fenêtre.

Lentement, j'enlève mon casque et secoue la tête pour libérer mes cheveux. Je retiens mon souffle lorsque le surfeur s'arrête en haut des marches et me fixe avec des yeux intenses et avides. Ses cheveux trempés gouttent sur ses épaules avant de ruisseler sur un torse digne d'une statue grecque. Il me reluque de bas en haut, s'arrêtant sur ma poitrine avant de croiser mon regard.

– Quelle belle surprise ! dit-il en souriant.

– Quelle surprise, en effet ! je réponds en me léchant les lèvres.

Il se dirige vers la Jeep grise et je me dis que ce n'est pas une voiture très chère pour quelqu'un qui est prêt à dépenser cent mille dollars pour vingt-quatre jours avec moi. Cela dit, celle-ci n'a pas de toit, ce qui lui permet d'y mettre sa planche de surf sans problème. Est-ce que c'est léger, une planche de surf ? Je ne le pensais pas, mais à le voir faire, ça semble plus léger qu'une plume. Il cale la planche à l'arrière de sa voiture et je frissonne en voyant ses biceps se contracter. Il doit mesurer plus d'un mètre quatre-vingts et il a le corps d'un nageur qui fait quelques heures de musculation par semaine.

– Vous êtes Mia ?

Je descends de ma moto et me dirige vers lui en prenant soin de me déhancher. Son regard pétillant me dit qu'il apprécie.

– C'est bien moi. Vous êtes Weston Charles Channing troisième du nom ? je réponds en levant trois doigts.

Il rit doucement en s'adossant à sa Jeep, m'offrant une vue encore plus attirante de son torse nu. Merde, il est magnifique.

– Trois, répond-il en imitant mon geste. Mes amis m'appellent Wes.

– Et... sommes-nous amis ? je demande d'une voix moqueuse.

– Je l'espère, Mademoiselle Mia, répondit-il en me faisant un clin d'œil.

Il me tourne le dos pour fouiller dans sa Jeep et en sort un t-shirt blanc. Il l'enfile, recouvrant son corps splendide, et je suis à deux doigts de le remercier, car la Barbie en moi disparaît pour laisser mon cerveau reprendre sa place.

– Vous êtes prête ? demande-t-il.

– Je suis à vos ordres, après tout c'est vous qui payez, je réponds en souriant.

Wes me regarde de nouveau de haut en bas, puis il secoue la tête.

– J'aurais bien proposé de vous emmener, mais vous êtes déjà véhiculée, on dirait.

– En effet. Je vous suis.

* * *

Le temps que nous arrivions à sa maison de Malibu, ma libido est de nouveau sous contrôle, même si je pense qu'il n'en faudra pas beaucoup pour qu'elle redémarre au quart de tour. Le portail s'ouvre, et je suis la Jeep le long d'une allée qui serpente jusqu'à sa maison. Ce n'est pas tout à fait un chalet, mais son architecture est plutôt montagnarde. Elle est en pierre, avec des poutres apparentes, et les arbres qui l'entourent la dissimulent pour partie.

J'enlève mon casque et nous gravissons les marches en pierre. La porte d'entrée n'est pas fermée à clé – peut-être les hauts grillages et les portails qui clôturent les propriétés de Malibu suffisent-ils à protéger leurs habitants. Ou peut-être y a-t-il des vigiles cachés dans les fourrés.

Nous pénétrons dans une immense pièce avec un parquet en merisier. D'épais tapis de couleur, rustiques, s'étalent un peu partout, et les canapés rouge bordeaux ont l'air si moelleux que j'ai envie de me jeter dessus. Tous les murs ont des baies vitrées, sauf celui où est fixé un gigantesque écran télé. Il y a une bibliothèque pleine de DVD et de livres, des cadres et des œuvres d'art partout, et une quantité impressionnante de plantes. Je ne m'attendais pas à ça chez un homme aussi jeune, et je prends note de lui demander son âge ainsi que son métier – il faut être brillant ou avoir hérité d'une fortune pour avoir une aussi belle baraque.

– Cette maison est incroyable, je dis en sortant sur le balcon en bois et en découvrant la vue sur les collines.

Je vis dans le centre de Los Angeles et je n'ai guère l'occasion de voir de tels paysages.

Wes sourit et prend ma main. La sienne est chaude, douce et confortable.

– Venez, je vais vous montrer pourquoi j'ai acheté cette maison.

Il me guide le long du balcon qui entoure la maison, et lorsque nous arrivons de l'autre côté, la vue me coupe le souffle.

– Waouh...

Il serre ma main plus fort et je frissonne. Je suis face à l'océan Pacifique, et j'ai l'impression que rien ne m'en sépare – que je pourrais plonger depuis le balcon dans les vagues bleues et blanches. Wes se rapproche de moi et pointe du doigt une petite plage nichée entre deux falaises.

– Là-bas, c'est El Matador Beach, chuchote-t-il.

Il est si près de moi que son souffle chatouille mon cou.

– C'est...

Je ne trouve plus mes mots.

– Incroyable, je sais, dit-il comme s'il découvrait la vue.

Je suis touchée qu'il continue d'être émerveillé par la vue alors qu'il l'a tous les jours sous les yeux. Peut-être n'est-il pas un petit héritier qui pense que tout lui est dû, finalement.

– Maintenant, j'aimerais qu'on se tutoie. Après tout, on va passer les prochains vingt-quatre jours ensemble. Viens, je vais te montrer ta chambre, annonce-t-il.

Nous passons devant d'innombrables pièces dont je n'aperçois que brièvement l'intérieur. Je suis surprise qu'il continue de me tenir la main, mais je ne dis rien, car ça me plaît – je me sens en sécurité et ça fait des années que je n'ai pas ressenti ça.

Il finit par me lâcher pour ouvrir une double porte en chêne massif.

– Voilà ta chambre, dit-il en souriant.

La pièce est totalement blanche. Tout est blanc : les meubles, le linge de lit, même les œuvres d'art aux murs, qui sont dans divers tons de blanc avec de minuscules éclats de couleur. Le contraste avec les couleurs riches du reste de la maison est si frappant que je fronce les sourcils sans m'en rendre compte.

– Tu n'aimes pas ? demande-t-il, l'air déçu.

Il entre dans la chambre et ouvre une autre porte donnant sur un dressing plein de vêtements de couleurs vives. Voilà qui est mieux. Je pourrai emménager dans le dressing si le blanc m'énerve – ce qui est sûr, c'est qu'il est assez grand.

– C'est magnifique, merci, je dis en allant m'asseoir sur le lit. Alors, explique-moi ce que je fais ici.

Il s'assied sur un fauteuil et inspire lentement. Il pose son coude sur l'accoudoir et promène ses doigts sur son menton.

– C'est ma mère, dit-il comme si ça expliquait tout. Je suis invité à plusieurs événements à la fois professionnels et personnels durant les prochaines semaines. En y allant avec toi, je n'aurai pas à me soucier des croqueuses de diamants qui ont l'habitude de se jeter sur moi, et je pourrai rencontrer les personnes qui m'intéressent.

– Donc, il te faut une garde du corps pour éloigner les vautours qui te tournent autour ? je demande en riant.

Je croise les jambes et j'enlève mes cuissardes, Wes hoche la tête en me regardant faire. Je remue les orteils pour les dégourdir et je comprends pourquoi il sourit jusqu'aux oreilles. J'ai oublié que j'avais mis mes chaussettes de Noël, aujourd'hui. Elles sont rayées vert et rouge et elles m'arrivent au genou. Si ça, ce n'est pas un faux pas... J'ai sans doute enfreint une des règles de Millie avec mes affreuses chaussettes. Je me mords la lèvre et je lève les yeux vers Wes qui continue de sourire.

– Je me suis habillée dans le noir, dis-je sur la défensive.

– Je vois ça, dit-il en riant. Je trouve ça chou.

– Chou ? Tu sais qu'aucune fille de plus de cinq ans n'a envie d'être décrite comme chou ? je lui lance en fronçant les sourcils. Eh bien, tant pis pour toi, mon pote. Tu l'as dit toi-même, je suis là pour vingt-quatre jours. Je ne suis ni reprise ni échangée ! je m'exclame en me levant et en posant mes mains sur mes hanches.

Il recule dans son fauteuil et croise ses jambes au niveau des chevilles. Mince, je n'avais pas vu ses pieds ! Ils sont longs et fins, et il y a de petits grains de sable collés sur le dessus. Je ne sais pourquoi, c'est ce qui réveille brusquement ma libido – c'est injuste, même ses pieds sont sexy.

– Détends-toi, Mia. J'ai dit que tes chaussettes étaient chou, je n'ai pas parlé de toi. Tu es sans doute la femme la plus belle et séduisante que j'aie jamais vue. J'ai hâte de te voir nue, dit-il en souriant.

J'inspire lentement puis je retiens mon souffle lorsqu'il se lève. Nos yeux ne se quittent pas et j'ai l'impression que nous passons des heures à nous regarder.

– Euh... eh ben... je suis contente que tu me trouves suffisamment jolie pour être ici. Comme je l'ai dit, je suis là pour un mois et... attends. Je te demande pardon ? Tu as hâte de me voir nue ? Ce n'est pas inclus dans le contrat !

– Je sais parfaitement que ce n'est pas dans le contrat, répond Wes en venant vers moi.

Il passe sa main dans mon dos et me plaque contre lui. Je retiens mon souffle et pousse un cri aigu en sentant une très grosse érection contre mon ventre. Ses yeux se promènent sur mon visage et il est si près que son souffle chatouille mes lèvres.

– Crois-moi, si tu te mets à poil pour moi, ce ne sera pas parce que je te paie, dit-il avant de déposer un minuscule baiser sous mon oreille.

Je reste parfaitement immobile alors que des décharges de désir enflamment mes veines. Chacun de mes nerfs est sur le qui-vive, attendant que Wes me touche de nouveau. Sa mâchoire râpe ma joue, déclenchant une nuée de frissons qui se précipitent entre mes jambes.

– Tu te déshabilleras pour moi quand tu seras prête, chuchote-t-il avant de presser ses lèvres sur les miennes.

Il recule la tête et je découvre son regard brûlant.

– Je vais travailler dans mon bureau, maintenant. Fais comme chez toi, tu peux bronzer, te baigner...

comme tu veux. Il faut que tu sois en robe de soirée à dix-sept heures pétant. Nous avons un cocktail dînatoire, ce soir.

Il effleure une dernière fois ma hanche, puis il tourne les talons et disparaît, laissant sur ma peau son empreinte brûlante.

Merde. Ça ne va peut-être pas être si simple, finalement.

CHAPITRE 3

Je fais quelques longueurs dans la piscine chauffée et je peaufine mon bronzage. Weston, ou Wes, n'a toujours pas réapparu. Je l'imagine travailler derrière une de ces portes fermées devant lesquelles je suis passée.

Je viens de sortir de l'eau lorsqu'une petite femme rondelette, vêtue d'un pantalon vert kaki et d'un pull noir, arrive avec un plateau. Je cherche vite ma serviette avant de me rappeler que je n'en ai pas pris, et elle sourit en allant à un grand panier en osier dont elle extirpe une immense serviette de plage multicolore.

– Tenez, mon petit, dit-elle avec un adorable accent britannique.

Elle me fait penser à Mary Poppins, mais avec des cheveux poivre et sel et quelques kilos en plus.

– Bonjour, je suis Mia, dis-je en m'enveloppant dans la serviette pour cacher mon minuscule bikini rouge.

Il y en avait d'autres, mais ils étaient tous aussi petits les uns que les autres, alors j'en ai choisi un au hasard.

Mary Poppins sourit en me tendant sa petite main.

– Je suis Miss Croft. Je m'occupe de la maison, je cuisine, je fais le ménage et tout le reste, dit-elle.

Je hoche la tête en essorant mes cheveux avant de les relever en queue-de-cheval.

– Je voulais vous apporter à manger, me présenter et vous dire que si vous avez besoin de quoi que ce soit, il vous suffit d'appuyer sur le bouton *Aide* de l'interphone. Il y en a dans toutes les pièces.

En effet, elle désigne un interphone sur le mur du patio.

– Chaque jour, je vous donnerai un planning avec le programme de monsieur Channing pour que vous sachiez à quelle heure vous devez être prête. Je pourrais le glisser sous votre porte, le matin ?

Je hausse les épaules. Miss Croft me plaît. Comme elle, je suis une employée – la différence, c'est que je suis embauchée pour être jolie et faire peur aux pimbêches. Chacune sa mission.

– Comme ça vous arrange, je ne suis pas difficile.

Miss Croft me regarde des pieds à la tête et penche la tête sur le côté en souriant.

– J'ai l'impression que vous êtes tout sauf facile, mon petit, dit-elle en me faisant un clin d'œil. On devrait s'amuser, ajoute-t-elle en tournant les talons avant de disparaître dans la maison.

Qu'est-ce qu'elle a voulu dire ?

Peu importe. Je regarde de nouveau le superbe environnement et je me dis que c'est de l'argent facile. Le mec est canon, je ne vais pas tomber amoureuse de lui, la maison est sublime et j'ai une tonne de nouvelles fringues. Pour l'instant, c'est le plan du siècle.

Par la porte ouverte, je vois l'horloge de la cuisine. J'ai une heure et demie pour me préparer avant que mon surfeur beau gosse et plein aux as m'emmène dîner.

Je vais lui en mettre plein la vue.

* * *

Monsieur Channing frappe une fois à ma porte et entre sans que je l'y aie invité. *Note à moi-même : habille-toi dans le dressing ou dans la salle de bains si tu ne veux pas te donner en spectacle devant ton boss.* Quelque chose me dit que ça ne le dérangerait pas du tout. En tout cas, c'est ce que je lis dans son regard lorsqu'il m'inspecte des pieds à la tête. De son côté, le spectacle n'est pas mal non plus.

Il est en costume noir et sa chemise blanche n'est pas boutonnée jusqu'en haut, laissant entrevoir un beau cou musclé et viril. Il est tout simplement délicieux. Il me présente trois cravates tout en étudiant ma tenue.

Je porte une robe aubergine qui tombe en deux pans sur mes seins, et le milieu est ouvert pour révéler un maximum de décolleté. Les pans se croisent sur ma taille, laissant voir mes hanches, et le dos est entièrement nu. Des colliers de perles suivent les mouvements de la robe et tombent dans mon dos jusqu'au creux de mes reins. Je n'ai jamais porté de robe aussi élégante, sexy et chère. J'ai l'impression d'être Elizabeth Taylor dans une de ses pubs pour les diamants. Le dos nu ne permet pas de porter de soutien-gorge, mais la robe est si bien faite qu'elle tient bien mes seins en place, même si j'ai une poitrine plutôt généreuse. Ça fait longtemps que je n'ai pas été et que je ne me suis pas sentie aussi belle.

– Waouh, dit Wes. Euh... laquelle ? demande-t-il en levant les trois cravates et en se raclant la gorge.

Je souris, ravie de surprendre un homme habitué à repousser des hordes de belles femmes. Je m'en sors plutôt bien pour une petite motarde, non ?

Ses cravates sont jolies et il y en a une qui va mieux avec ma robe. Cependant, au lieu de la lui prendre, je saisis le col de sa chemise et le sors pour qu'il repose sur sa veste.

– Je te préfère sans cravate. Tu es canon.

Après tout, je n'ai pas de raison de mentir, il est superbe.

Il dégaine un sourire si sexy que je mouille légèrement. S'il continue comme ça, je vais lui sauter dessus. Comme me l'a si gentiment rappelé Ginelle l'autre jour, ça fait des mois qu'un homme ne m'a pas touchée. Ce qu'elle ne sait pas, c'est qu'en vérité ça fait presque un an. Après Blaine, j'en ai eu assez des mecs et je me suis persuadée que je pouvais vivre sans eux si j'avais un bon vibromasseur et suffisamment de glace au chocolat. Maintenant, face à cet Apollon, je ne suis plus certaine que le célibat ait été une bonne idée, parce que je suis prête à lui arracher ses vêtements.

– Ma mère n'apprécierait pas, chuchote-t-il en saisissant mon poignet pour me tirer à lui.

Je vacille légèrement sur les talons aiguilles que sa styliste a choisis et je tombe sur lui. Je me raccroche à son torse, sentant ses muscles d'acier à travers son costume.

Il baisse les yeux tandis que je lève les miens. Je le défie du regard.

– Tu fais toujours ce que te dit ta maman ?

Il éclate de rire et le vert de ses yeux devient encore plus intense. Je pourrais me perdre dans son regard pendant des jours entiers.

– Non, mais c'est elle qui organise le cocktail ce soir, et j'aime lui faire plaisir, répond-il avant de baisser sa tête dans mon cou. Waouh, tu sens divinement bon.

Ses lèvres effleurent ma mâchoire.

Des frissons parcourent mon corps depuis la racine de mes cheveux bouclés à la pointe de mes pieds.

– Et tu es magnifique, ajoute-il en m'embrassant sur le coin de la bouche.

Je me retiens de grogner, frustrée de ne pas sentir ses lèvres sur les miennes. Cependant, ça fait sans doute partie de son jeu de séduction, un jeu pour lequel il est doué, à l'évidence.

– On devrait y aller, je chuchote.

Wes sourit, prend ma main et tourne les talons en me tirant derrière lui, me laissant à peine le temps de saisir la pochette qui contient mon téléphone, mon rouge à lèvres et ma carte d'identité.

Miss Croft nous attend dans l'entrée, une poignée de mouchoirs de poche dans la main. Elle regarde ma robe, choisit celui qui y est assorti et s'affaire à le glisser dans la poche de la veste de Wes.

– Et voilà, dit-elle en lissant son costume. Tu es splendide, mon garçon.

Ses yeux brillent comme si elle préparait son propre fils pour son bal de promo. Je trouve ça un peu bizarre, mais je n'en dis rien et je la regarde nouer la cravate de Weston.

– Merci, Judi, dit-il avant de l'embrasser sur la joue.

Il me regarde de la tête aux pieds avant de rediriger son attention sur sa gouvernante.

– La robe est parfaite, dit-il avant de me mener à la limousine garée devant la maison.

C'est Judi qui a acheté mes vêtements ? Toutefois, je n'ai pas le temps de m'attarder sur ce point car je suis face à la limousine la plus longue que j'aie jamais vue.

– Tu es déjà montée dans une limousine ? demande Wes en me regardant d'un air amusé.

La réponse est non, bien évidemment, mais je refuse de le lui dire.

– Bien sûr, je dis en ouvrant la portière.

Wes met sa main sur sa bouche en riant et je grimace, ne comprenant pas la blague.

– Alors pourquoi tu veux à monter à l'avant ? demande-t-il en désignant la porte que je viens d'ouvrir.

Je regarde à l'intérieur et je vois le volant du conducteur. Lorsque je me redresse, je réalise qu'un homme en uniforme de chauffeur tient la portière arrière ouverte.

– Je le savais, je voulais simplement demander au chauffeur où nous allons, dis-je en me sentant rougir.

– Mais bien sûr, dit-il en posant une main sur le creux de mes reins pour m'accompagner.

Une fois à l'intérieur, il me propose une coupe de champagne que j'accepte volontiers.

– Merci.

Il sourit et se verse une coupe, puis nous trinquons.

– À quoi trinquons-nous ?

– À l'amitié ? répond-il en souriant avant de poser sa main chaude bien trop haut sur ma cuisse pour que nous puissions parler d'amitié. Aux bons amis, ajoute-t-il en regardant ma bouche.

– Des amis qui se veulent du bien ? je demande en haussant un sourcil.

Je croise les jambes et sa main remonte sur ma cuisse. Il plonge son regard dans le mien et mon sang s'embrase.

– Bon sang, je l'espère, chuchote-t-il en approchant son visage.

Je me dépêche de boire une gorgée de champagne, à la fois pour stopper le cours de cette conversation et pour éviter de devenir folle.

Wes recule dans son siège, grogne et remet son érection en place – pas très subtil. Lorsque je glousse ouvertement, il me fusille du regard puis il secoue la tête en souriant. Ce jeu du chat et de la souris va me plaire – même si je ne sais pas encore qui est le chat et qui est la souris.

La villa où se tient le cocktail est dans les Malibu Hills, près de chez Wes. Elle est immense et remplie de gens en tenue de soirée, des verres à la main. La plupart des femmes semblent avoir mon âge, ce qui est étrange car ce n'est pas le cas des hommes.

– Tu fais quoi dans la vie, en fait ? je chuchote en le suivant au bar.

Je ne réalise que maintenant que je ne sais rien de ce que je suis censée faire ce soir, à part éloigner les pimbêches hollywoodiennes.

– Je suis scénariste, dit-il l'air de rien, en attendant que le barman nous remarque.

Je trouve un peu prétentieux d'avoir un véritable bar chez soi, mais après tout, je ne connais rien à ce milieu. La pièce est tellement vaste que c'est peut-être normal. D'ailleurs, c'est une salle de bal avec des chandeliers suspendus au plafond, des miroirs et des portes vitrées donnant sur une terrasse avec vue sur l'océan. Cette personne doit être supra-riche – à côté, la maison de Wes paraît modeste.

– Tu veux dire pour des pièces de théâtre ? je demande en prenant la coupe de champagne qu'il me tend.

Je balaie la salle du regard, repérant immédiatement un groupe de filles prêtes à se jeter sur Wes.

– Non, pour des films.

– Ah, tu penses que j'en connais ?

– Sans doute, dit-il en buvant une gorgée de liquide ambré.

L'odeur du whisky me monte au nez et je grimace sous l'effet des mauvais souvenirs qui me viennent à l'esprit.

– Qu'est-ce qu'il y a ? demande Wes en posant sa main sur mon épaule et en me regardant d'un air inquiet.

J'inspire profondément en essayant de ne pas penser au fait que c'est l'alcoolisme et les paris compulsifs de mon père qui m'ont mise dans ce pétrin.

– Rien, je réponds en secouant la tête.

Il lève mon menton et plonge son regard dans le mien.

– Ce n'est pas rien, prévient-il, et je ne te le demanderai pas deux fois.

– Je hais l'odeur du whisky, je réponds en haussant les épaules.

Il pose immédiatement son verre sur le bar et fait signe au barman de revenir.

– J'ai changé d'avis, je vais prendre un Gin Tonic, s'il vous plaît.

– Tu n'es pas obligé de faire ça...

Je ne termine pas ma phrase, car il pose sa main sur ma joue et promène délicatement son pouce sur ma lèvre.

– J'en ai envie. Maintenant suis-moi, je vais te présenter à ma mère.

Cette fois-ci, je dois faire un effort surhumain pour le suivre. Je meurs d'envie de sortir en courant sur la terrasse et de me précipiter jusqu'à l'océan pour m'y noyer. Qu'est-ce que je fais à une soirée comme celle-ci, au bras d'un homme comme Wes, qui écrit des films et qui a plus d'argent que je n'en verrai de toute ma vie ? Je suis la fille d'un joueur obsessionnel, abandonnée par sa mère, qui travaille surtout comme serveuse en rêvant d'obtenir n'importe quel rôle d'actrice.

J'entends des bribes de conversation tandis que Wes me guide à travers la foule – vacances exotiques, film d'action, stars d'Hollywood et scandales financiers. Les hommes me regardent chaleureusement lorsque je passe devant eux, leurs femmes ont l'air moins amicales. Apparemment, la dernière mode est aux lèvres boudeuses et à l'anorexie, deux traits que je n'ai pas, et la robe que je porte ne laisse aucune place à l'imagination.

À l'autre bout de la salle se trouve un coin avec des fauteuils en cuir marron et de grandes bibliothèques. Une femme d'une cinquantaine d'années discute avec un homme qui ressemble étrangement à Wes. Il est grand et blond comme lui, mais ce gentleman a davantage le physique d'un quaterback alors que Wes est taillé comme un nageur-surfeur. Son costume gris foncé s'assortit à merveille à la robe rose pâle de sa femme.

– Mère, Père, dit Wes en s'approchant du couple.

Les cheveux de la femme sont blond clair, presque blancs, et relevés en chignon banane. Ses yeux sont bleu turquoise et ses lèvres charnues, comme celles de son fils. Elle porte du rouge à lèvres mauve et des perles ornent ses oreilles et son cou. Son look est classique et élégant.

– Fiston, dit monsieur Channing Senior en mettant une tape dans le dos de son fils.

Sa mère l'embrasse sans lui toucher les joues. D'habitude, je trouve ça affreusement prétentieux, mais elle prend ensuite la tête de son fils dans ses mains et lui sourit chaleureusement.

– Je vois que tu as suivi ma recommandation, chuchote-t-elle à son fils avant de se tourner vers moi.

L'angoisse que je ressentais avant de rencontrer Wes est de retour, mais cette fois-ci elle est accompagnée d'un désir de vengeance. C'est elle qui m'a choisie ? Je savais que Tante Millie et elle se connaissaient, mais n'est-ce pas un peu étrange qu'une mère choisisse l'escort de son fils ?

Wes se tourne vers moi et passe sa main dans mon dos, déclenchant immédiatement une bouffée de chaleur. J'avais oublié que mon dos était nu en dehors des fines bretelles qui s'y croisent. Je frissonne et me rapproche de lui.

– Mère, Père, je vous présente Mia Saunders, dit-il tandis que je leur serre la main. Mia, voici Weston Channing Deux et ma mère, Claire.

– Je suis ravie de vous rencontrer, Monsieur et Madame Channing.

La mère de Wes croise les bras sur sa poitrine et touche sa joue avec le bout de ses doigts. Ses joues rosissent légèrement et elle sourit si largement que je finis par croire que j'ai raté une blague.

– N'est-elle pas resplendissante ? demande-t-elle à son mari avant de me faire un clin d'œil.

– Euh, merci... je réponds, ce qui fait rire son père.

– C'est un plaisir de vous rencontrer, Mademoiselle Saunders, répond-il.

– Oh, appelez-moi Mia, je vous en prie.

Il penche la tête sur le côté, puis il prend le bras de son fils. Apparemment, la conversation est terminée.

– Maintenant, fiston, parle-moi de ton dernier projet. On me dit qu'ils veulent te proposer trois pour cent du budget. Ça ne fait que trois millions de dollars alors qu'ils se sont fait des centaines de millions sur le dernier *Honor* de la série. Il faut que tu négocies plus, fils.

La série *Honor.* Weston Channing Trois a écrit la foutue série *Honor* ? Nom d'un chien ! Tous ces films ont eu un immense succès ! Le premier est sorti il y a trois ans et, depuis, il en sort un par an. Sa façon de raconter l'histoire d'un soldat qui cherche l'amour de sa vie tout en y ajoutant une bonne dose de sang, de violence et d'explosions, en plus de scènes de sexe super-chaudes, a fait battre à ces films tous les records du box-office !

– ... Ils vont me donner dix pour cent du budget global et la possibilité de diriger certaines scènes du film, dit Wes.

Je viens de réaliser que je vais passer un mois aux côtés d'une star du cinéma quand deux femmes approchent de Wes. L'une d'elle entortille une mèche blonde autour de son doigt tandis qu'elles attendent qu'il les remarque. La blonde est vêtue d'une robe bustier dorée avec des faux seins rapprochés et remontés autant que possible. Je la regarde de la tête aux pieds et je grimace. Elle est si maigre que je vois toutes ses côtes à travers sa robe. La brune n'est pas mieux : elle a aussi des faux seins, dont l'un a l'air plus gros que l'autre, et le tissu de sa robe ultra-moulante est presque transparent. Ses tétons pointent et je suis à deux doigts de lui dire de les réchauffer un peu avant de se ridiculiser, mais quelque chose me dit que c'est l'effet qu'elle désire.

À toi de jouer, Mia. À moi de mériter les cent mille dollars que Wes me paie, même si l'idée de donner autant d'argent à Blaine tous les mois me donne la nausée. Lorsque mon père ira mieux, je ne perdrai pas de temps à l'engueuler de s'être mis dans ce pétrin.

– Chéri, il me semble qu'il y a des gens à qui tu dois parler, là-bas, je dis en montrant l'autre côté de la pièce tout en lui faisant un signe de tête pour qu'il regarde derrière lui.

Wes comprend mon signal – très subtil n'est-ce pas – et regarde par-dessus son épaule. Pimbêche une et deux se dépêchent de mettre leurs faux nichons en avant et de lui faire une moue pleine de collagène.

Wes se contente de passer son bras autour de ma taille.

– Qu'est-ce que je ferais sans toi ? demande-t-il en effleurant ma joue avec son nez.

– Ce n'est pas un travail facile, Chéri, mais il faut bien que quelqu'un le fasse, dis-je sur un ton théâtral en souriant jusqu'aux oreilles.

Wes se penche pour m'embrasser dans le cou et je souris encore plus largement.

– Mmm, merci, chuchote-t-il avant de s'éloigner. Mère, Père, nous vous verrons au gala de charité la semaine prochaine, annonce-t-il.

– Ah non, non, non, cela ne me convient pas du tout, répond sa mère en se précipitant sur nous. Je veux passer plus de temps avec Mia, mon chéri, dit-elle.

Son sourire est si plein d'amour que c'est comme si la présence de son fils était la chose la plus précieuse sur terre. Hélas, je n'ai jamais connu cela.

Je sens Wes se crisper à mes côtés.

– Mère...

Elle lisse le col de sa veste, refait un de ses boutons, et je ris doucement en la voyant faire.

– Oh, Chéri, détends-toi. Je sais que Mia n'est qu'une amie, il n'y a pas de mal à ce qu'elle brunche avec nous dimanche, si ? demande-t-elle sur un ton qui n'en a pas l'air mais qui est clairement culpabilisateur.

Je me demande soudain si elle est catholique – ma grand-mère parlait sur le même ton et c'était généralement suivi d'une citation de la Bible.

Wes soupire et secoue la tête.

– D'accord, on viendra. Même heure que d'habitude ?

– Oui, c'est bien mon garçon, tu es mignon, répond-elle en lui refaisant la bise sans lui toucher les joues.

Elle se tourne vers moi et fait de même.

Nous tournons les talons et partons vers le bar.

– J'ai besoin d'un verre, dit-il immédiatement, ce qui me fait éclater de rire. Qu'est-ce qui est si drôle ?

– Tu fais toujours ce que te dit ta mère ! je m'exclame. Tu es vraiment le parfait fils à maman !

– Roh, tais-toi ou je vais regretter ma décision. J'aurais pu choisir une Barbie écervelée, tu sais, dit-il en haussant un sourcil.

Son regard enjoué me confirme qu'il plaisante. Je suis sur le point de répondre lorsque je vacille sur mes talons hauts. Il me rattrape en me tirant vers lui et je pose ma main sur son épaule. Son regard s'illumine instantanément. Il se lèche les lèvres et je ne peux m'empêcher de l'imiter. La chaleur de sa main sur le creux de mes reins pénètre sous ma peau, et tout disparaît autour de nous. Il ne reste que Weston et moi, et les battements de son cœur contre ma poitrine.

Boum boum** **boum boum** **boum boum

– Je sens que tu vas me causer des ennuis toi, dit-il en s'approchant.

Nous sommes à quelques millimètres l'un de l'autre, au milieu d'un cocktail d'affaires, plantés devant le bar à la vue de n'importe qui. Mieux vaut changer de sujet.

– Et toi, tu n'es qu'un fils à maman, je répète en reculant aussi vite que mes chaussures me le permettent pour m'asseoir sur un tabouret.

– C'est comme ça que tu veux la jouer, alors ? demande-t-il en souriant et en caressant son menton. Tu ne paies rien pour attendre, Mia.

CHAPITRE 4

Nous rentrons chez Wes quelques heures plus tard et, faisant mine d'être fatiguée, je me précipite dans ma chambre et ferme la porte à clé. Je tends l'oreille quelques secondes pour savoir s'il me suit. J'ai beau mourir d'envie d'être avec lui – sous la couette –, je dois garder mes distances pour ne pas m'attacher. Wes est sympa, il a les pieds sur terre, et ce soir il a fait l'effort de m'inclure dans ses conversations professionnelles. Je ne dois pas perdre de vue ce que je fais là. Je ne suis guère plus qu'une employée.

Cela dit... est-ce que je ne peux pas m'amuser un peu ? Je suis majeure et il est canon. Nous sommes jeunes et nous allons nous côtoyer quotidiennement pendant presqu'un mois. Vu l'alchimie qu'il y avait entre nous ce soir, je suis certaine que le sexe serait génial. Ça me ferait du bien, d'ailleurs ça fait presqu'un an que je n'ai pas eu de rapport sexuel et mon vibromasseur ne me fait plus le même effet. J'ai besoin de ce lien physique et charnel, de sentir un corps chaud et viril sur le mien.

Je regarde les différents tons de blanc qui m'entourent et ce lit moelleux et duveteux qui ressemble à un nuage. Je parie qu'il est confortable. Wes n'est pas le genre de mec qui donne des draps bon marché à ses invités. Je fais les cent pas dans la chambre en réfléchissant à ce que je vais faire. D'après le radioréveil, il est une heure du matin. Nous avons passé une excellente soirée. Je me suis amusée à compter le nombre de fois où une croqueuse de diamants a tenté d'approcher Wes et combien de fois l'une d'entre elles m'a fusillée du regard. Je comprends pourquoi il m'a engagée, maintenant. Jamais il n'aurait pu parler aux producteurs, aux directeurs et aux acteurs si je n'avais pas été avec lui.

Wes était clairement dans son élément. Il a abordé les gens avec une élégance naturelle et a pris soin de ne jamais passer plus de temps avec une personne qu'avec une autre. Il doit avoir une méthode précise, mais je ne lui ai pas posé la question. Quant à moi, je me suis contentée de le suivre et d'éloigner les harpies. Chaque fois qu'une Barbie l'a approché, je me suis présentée et j'ai pris soin de toucher Wes et de me coller à lui jusqu'à ce qu'elle comprenne le message et qu'elle s'éloigne en grimaçant. Toutes les femmes ont agi ainsi. À part la mère de Wes, je n'ai pas rencontré une seule femme sympathique. Il semblerait que, dans ce milieu, les hommes d'un certain âge aiment avoir une paire de seins accrochée à leur bras. Les nanas restent plantées à leur côté, le regard vide tourné vers l'océan, juchées sur leurs talons aiguilles, sirotant des coupes de champagne qui coûtent trois fois le prix de mon futon. Sans doute boivent-elles pour oublier.

Pourtant, en y réfléchissant, ma situation n'est pas très différente de la leur. Techniquement, je suis avec Wes pour les mêmes raisons qu'elles sont avec leurs vieux : l'argent. J'en ai besoin, et qu'elles en aient besoin comme moi ou simplement envie, ça ne change rien. En pensant à ça, une certaine amertume s'empare de moi, et toute la joie de la soirée disparaît.

Sans réfléchir, je sors de ma chambre. La maison est plongée dans l'obscurité. Dans le salon, je me dirige vers un couloir que je n'avais pas remarqué et au bout duquel se trouve une grande porte en bois. J'y colle mon oreille et j'entends le son d'une télévision. Je frappe à la porte sans l'avoir véritablement décidé.

– Entre, dit Wes.

Je respire un bon coup et ouvre la porte. Les lumières sont éteintes, mais le poêle à bois diffuse une lumière rougeâtre et chaleureuse qui se reflète sur la baie vitrée. Les meubles sont en bois massif et sur l'un d'eux est posée une télé dont l'image est arrêtée sur ce qui ressemble à un match de foot.

Wes est assis dans son lit et ne dit rien. Les flammes de la cheminée dansent sur son torse nu, vacillant sur les collines et les vallées de son abdomen musclé. Ses pecs divins me font saliver. Bon sang, ce type est une œuvre d'art. Mon cœur bat si fort que je ne serais pas surprise que Wes l'entende.

Plutôt que de retourner dans ma chambre et de faire semblant de m'être perdue, comme je devrais sans doute le faire, je passe mes mains dans ma nuque et défais ma robe. Elle tombe au sol en un mouvement fluide, formant une flaque de soie violette. Wes ne bouge pas. Je dégage mes cheveux pour les passer dans mon dos. Je suis parfaitement immobile, nue devant lui, en string de dentelle noire et en talons aiguilles.

– Viens ici, ordonne Wes d'une voix grave.

J'avance lentement vers lui et je m'arrête à un demi-mètre de son lit, sentant le feu réchauffer mon corps. Cependant, c'est le regard de Wes qui est brûlant, faisant pointer mes tétons et fourmiller mon sexe.

– Tourne-toi, dit-il.

Je lui obéis en silence et lui tourne le dos, lui arrachant un grognement.

Quelques secondes s'écoulent sans qu'il ne se passe rien et je suis sur le point de lui ordonner de faire quelque chose lorsque sa main effleure délicatement mon cou. Ses doigts descendent dans mon dos, frôlant chacune de mes courbes. Je retiens mon souffle lorsqu'un parfum d'homme et d'océan m'enveloppe, et je ferme les yeux. Ses caresses se font moins délicates, et Wes empoigne bientôt mes bras pour m'attirer contre lui, peau contre peau. Je sens son souffle sur mon oreille tandis qu'il passe sa main autour de ma taille. Il empoigne fermement un sein, et sa bouche se promène lentement sur mon cou. Il pince à peine mon téton que je gémis.

– Chérie, il faut qu'on établisse les règles de base, tout d'abord, grogne-t-il avant de me mordre l'épaule.

– Les règles de base ? je bégaie.

Je suis trop envoûtée par ce que font ses doigts pour comprendre ce qu'il dit.

– Règle numéro un : nous allons baiser comme des lapins, dit-il en pinçant de nouveau mes tétons.

Je pousse un cri tandis que la chaleur entre mes jambes trempe le tissu fin de mon string.

– C'est une règle ? je demande en haletant et en reculant pour frotter mes fesses à son érection.

Si toutes ses règles sont comme ça, je signe.

Wes grogne en tordant mes tétons, créant la dose parfaite de plaisir et de douleur.

– Règle numéro deux : si nous sommes ensemble ainsi, il n'y a que toi et moi. Nous sommes exclusifs pendant un mois.

Je me mords la lèvre et je me concentre sur le mouvement de mon bassin contre son sexe apparemment énorme.

– D'accord.

Ses mains quittent mes seins un instant, puis elles reviennent humidifiées, glissant de façon délicieuse sur chacun de mes tétons. Je fonds contre lui, presque incapable de rester debout. Sans doute le sent-il, car il me plaque fermement contre lui en continuant de tourmenter mes seins. Mon Dieu, ce mec est mon héros – s'il continue comme ça, je vais jouir sans avoir été pénétrée. Je tends un bras derrière pour saisir sa nuque et l'embrasser, mais il me tient trop fort contre lui pour que je puisse mettre mon projet à exécution.

– Règle numéro trois : nous ne dormons jamais dans le même lit. Il ne faut pas se tromper sur la nature de cette relation. Je t'apprécie beaucoup, Mia, et je ne veux pas te faire de mal. Tu dois comprendre que je ne suis pas en mesure de t'offrir une relation amoureuse. Tu m'entends ?

Sa main descend lentement sur mon ventre, et bientôt elle est là, là où je veux tant la sentir.

– Putain oui, j'ai compris ! je m'exclame en avançant mon bassin contre son doigt.

Et c'est vrai, j'ai compris. Nous voulons la même chose : de l'amitié et du plaisir physique.

Wes rit doucement dans mon cou et son souffle me donne la chair de poule. Soudain, il me retourne, s'agenouille et baisse mon string. Je baisse les yeux alors qu'il lève la tête, puis il écarte mes lèvres et sa bouche s'empare de mon sexe.

– Oh, oh, oh !

C'est tout ce que je parviens à dire.

Puis il se met à parler entre deux coups de langue, mais j'ai du mal à me concentrer sur ce qu'il dit. Il recule la tête et j'empoigne ses cheveux pour l'obliger à continuer.

– Règle numéro quatre, nous ne tomberons pas amoureux.

Il replonge sur mon sexe et suce mon clitoris en le titillant avec sa langue. Je suis à deux doigts de m'effondrer, et il m'aide à m'allonger sur le lit en laissant mes pieds au sol.

– C'est peut-être impossible, je réponds alors qu'il s'agenouille entre mes jambes.

Je suis à deux doigts de jouir lorsqu'il s'arrête en plein combo langue-doigt.

– Je te demande pardon ? demande-t-il sèchement.

Je saisis ses cheveux et je me relève en m'appuyant sur un coude.

– Détends-toi, Wes, c'est de ta langue que je suis amoureuse. Maintenant, lèche-moi pour que je puisse jouir et que je te renvoie l'ascenseur.

Son sourire est si sexy que c'est tout juste si je n'ai pas un orgasme sur-le-champ.

– T'embaucher est la meilleure décision que j'ai prise de toute ma vie, dit-il avant de souffler sur ma chair humide.

– Prouve-le ! je rétorque en soulevant mon bassin.
Et c'est ce qu'il fait – encore et encore.

* * *

– Pourquoi dîne-t-on avec ce mec, déjà ? je demande à Wes lorsque nous montons dans l'ascenseur qui nous mène au rooftop du plus haut gratte-ciel de la ville.

Ça fait six mois que j'habite à Los Angeles et je n'ai jamais dîné dans un restaurant de luxe, ce qui me fait prendre conscience que ma vie amoureuse est affreusement triste. Au moins, ce boulot va me permettre de goûter à de belles choses... du moins je l'espère, mais je suppose que ça dépendra du client. Pour l'instant, je tiens la main de l'homme le plus sexy de la planète et je m'amuse comme une folle.

Hier soir, après qu'il m'a fait jouir plusieurs fois avec sa bouche, je lui ai rendu la pareille en lui faisant une pipe du tonnerre. Ensuite, nous nous sommes douchés et nous avons discuté en nous savonnant. Lorsque j'ai vu qu'il bandait de nouveau, je me suis agenouillée devant lui pour le sucer, puis il m'a fait grimper aux rideaux une nouvelle fois. C'est étrange, mais j'ai réalisé seulement ce matin que nous n'avions pas véritablement baisé, et que nous ne nous sommes pas embrassés une seule fois. Nos ébats n'avaient rien d'émotionnel, or c'est de loin la meilleure expérience sexuelle que j'aie jamais eue. Peut-être que c'est ça l'astuce, justement ? Ce que Ginelle et mes autres amies ont compris et pas moi ?

Baiser... sans attache. C'est contre-nature, pour moi. J'ai beau me considérer comme une dure à cuire, je suis quand même tombée amoureuse de tous les hommes avec qui j'ai couché. Tous, sans exception.

Ça fait à peine vingt-quatre heures que je le connais, et je me sens mieux avec Wes qu'avec tous les autres, parce que tout est fondé sur du respect et de l'amitié – et une montagne d'orgasmes. Lorsque j'ai fini de me doucher, je suis retournée dans ma chambre et je me suis laissée tomber sur le lit, la tête la première dans l'oreiller, sur un petit nuage. Je me souviens vaguement que Wes est venu me border et qu'il m'a embrassée sur la tempe en me souhaitant bonne nuit.

Ce matin, c'est le bruissement du programme de la semaine qui m'a réveillée lorsque Miss Croft l'a glissé sous ma porte. Je me suis préparée en vitesse et je suis allée dans la cuisine où j'ai trouvé Wes assis devant une assiette d'œufs et de bacon. Miss Croft m'a servi le même petit déjeuner et j'ai passé en revue le programme avec Wes, qui m'a détaillé la tenue exigée pour chaque événement, les horaires et le but de chaque sortie.

J'ai presque l'impression d'être l'assistante personnelle de Weston Charles Channing III et pas juste une prostituée de luxe. Techniquement, je ne le suis pas, bien sûr, même si j'ai couché avec lui dès le premier soir. Toutefois, c'est simplement parce que j'étais excitée, qu'il est canon et que je me sentais seule. Et puis les règles de Wes me conviennent parfaitement. Nous sommes exclusifs, nous ne dormons pas ensemble et nous ne tombons pas amoureux. Facile. Les doigts dans le nez.

Wes appuie sur le bouton du dernier étage et s'adosse au mur de l'ascenseur.

– C'est le réalisateur du quatrième *Honor*, que j'ai intitulé *Honor Code.* C'est l'histoire d'un espion en mission chez l'ennemi qui écrit des messages cryptés à ses officiers. Il envoie aussi des messages à sa fiancée en utilisant le même code, mais comme elle ne peut pas les lire, il l'entraîne dans un voyage qui lui permettra de déchiffrer ses lettres.

Je le regarde en souriant, remarquant la manière dont son regard s'illumine lorsqu'il me parle de son scénario.

– Ça a l'air super-romantique.

Il me sourit en jouant des sourcils.

– C'est l'idée, en tout cas. Les nanas deviennent accros à des films qui sont traditionnellement destinés aux mecs – avec du sang, de la violence, des explosions, la guerre et des espions.

Les portes de l'ascenseur s'ouvrent et je le suis à une table où sont déjà assis un homme en costume et une petite femme blonde.

– Monsieur Underwood, Madame Underwood, dit Wes en leur serrant la main. Je suis content de vous voir. Voici Mia, mon amie.

Je leur serre la main, et Wes recule ma chaise pour que je m'y asseye. Je le regarde en souriant, et ses yeux s'adoucissent momentanément avant qu'il ne remette son masque d'homme d'affaires. La jolie blonde à ma gauche me dit qu'elle s'appelle Jennifer, puis elle me complimente sur ma robe. C'est une robe de cocktail plutôt sage – bleu roi, portefeuille, avec un joli décolleté. En dehors de ça, elle n'a rien de spécial. J'ai lissé mes cheveux et ils m'arrivent en bas du dos en un rideau noir et brillant. Cependant, le meilleur aspect de ma tenue reste les chaussures.

Miss Croft a peut-être l'air de Mary Poppins, mais elle doit avoir une carte VIP chez Prada, Gucci et Louis Vuitton ainsi qu'un abonnement à *Vogue*, parce que ces bottines à talons Louis Vuitton sont tout simplement magnifiques. Si pour une raison ou pour une autre je n'arrivais pas à tenir une année avec ce boulot, je pourrais me faire une fortune en revendant toutes ces chaussures et ces fringues haute couture. Rien qu'avec ces bottines, je pourrais me faire mille deux cents dollars – eh oui, j'ai regardé. Ça paraît sans doute matérialiste, mais je n'ai pas pu m'empêcher de regarder leur prix sur Internet.

– Attends, tu n'as pas vu mes chaussures ! je m'exclame en sortant un pied de la table pour les montrer à Jennifer.

Nous parlons ensuite de sa tenue, de son styliste et de ce qu'elle fait de ses journées. En gros, pas grand-chose. Elle est surtout là pour être jolie et s'assurer que monsieur Underwood est satisfait. Je suppose que ça signifie qu'elle fait ce qu'elle veut de ses journées, qu'elle s'assure que la cuisinière prépare ce que désire son mari, que la femme de ménage repasse ses chemises et nettoie la maison comme il faut, et de son côté, elle s'occupe d'être épilée, gommée et prête à écarter les jambes lorsqu'il rentre du boulot.

– C'est vrai que je ne sais pas quoi faire de mes journées, chuchote Jen.

Ouaip, au bout de vingt minutes, elle me confie déjà ses problèmes. Cependant, j'ai l'habitude. J'ai le genre de visage qui inspire confiance. Je sais désormais qu'elle a rencontré son mari quand elle était figurante sur un de ses films et qu'elle l'a épousé il a un an, à l'âge de vingt-trois ans. Apparemment, c'était le coup de foudre.

– Pourquoi tu ne fais pas du bénévolat ? Tu as des passions ?

Elle cligne rapidement des yeux, l'air confuse.

– J'aime nager, je nage tous les jours !

Ça ne m'étonne pas, à la regarder. Son corps est svelte, mais elle n'a pas l'air anorexique comme toutes les autres nanas d'Hollywood. Ses seins sont faux, ça c'est évident, mais ils lui vont plutôt bien.

– Et si tu faisais du bénévolat auprès des jeunes ? je propose mais elle secoue déjà la tête en grimaçant.

– Je ne pense pas que Jay serait d'accord.

J'y réfléchis une minute.

– Tu aimes les enfants ?

Ses yeux s'illuminent comme ceux d'un enfant devant un gâteau d'anniversaire.

– Oui, je les adore ! Tu ne vas pas me croire, mais j'étais institutrice en maternelle, avant de rencontrer Jay.

Elle regarde son mari et son sourire s'agrandit. Il le sent et lui lance un clin d'œil sans interrompre sa conversation avec Wes. Lorsque Jen me regarde, son visage exprime la plus grande joie que j'aie jamais vue, et c'est contagieux.

– Pourquoi tu ne travaillerais pas avec des enfants alors ? Ou mieux, faites-en !

Elle écarquille les yeux, regarde Jay et me regarde de nouveau.

– Ça ne fait qu'un an qu'on est mariés, et ça ne faisait que quelques mois qu'on se connaissait, avant ça. Tu ne crois pas que c'est trop tôt ? demande-t-elle.

Je hausse les épaules et bois une longue gorgée de vin.

– Peu importe ce que je pense. Ce qui compte, c'est ce que vous pensez. Si tu veux des enfants, fonce ! Et puis, il a quinze ans de plus que toi, ça doit bien ralentir ses nageurs, non ? Vous pourriez ne pas y arriver tout de suite.

Jen y réfléchit, et son enthousiasme croît sous mes yeux. Elle se redresse et elle ne cesse plus de sourire et de gigoter. Elle ne quitte pas son mari des yeux et il se tourne de nouveau vers elle. Cependant, cette fois-ci, Jay lève un index pour mettre sa conversation sur pause.

– Qu'y a-t-il, ma chérie ? demande-t-il.

Elle sourit jusqu'aux oreilles et hausse les épaules.

– Rien, je suis juste heureuse. Et il faudra qu'on parle en rentrant à la maison, dit-elle en posant sa main sur la sienne.

Il se penche pour l'embrasser sur la joue.

– Tu es sûre que ça peut attendre ? demande-t-il d'un ton inquiet sans la quitter des yeux.

Elle l'embrasse tendrement et secoue la tête.

– Oui, ne t'en fais pas. Tout va bien.

Wes se penche et passe son bras dans mon dos.

– C'est quelque chose que je devrais savoir ? demande-t-il.

– Je te raconterai tout plus tard, je chuchote.

– J'espère bien, dit-il en chatouillant mon cou avec son nez.

Le dîner se poursuit sans problème. En tenant compagnie à Jen, j'ai permis à Jay de se sentir à l'aise pour discuter du prochain film. Apparemment, il va laisser Wes diriger une bonne partie des dialogues du couple ainsi que des scènes plus intimes – j'ai trouvé ça hilarant et je n'ai pas pu me retenir d'éclater de rire.

La conversation s'arrête net et Wes me dévisage.

– Pardon, j'ai repensé à quelque chose d'amusant, ne faites pas attention à moi.

Cependant, à l'heure du dessert, lorsque Jay sort fumer accompagné de sa femme, Wes m'attire à lui et je sens que je vais me faire gronder.

– Qu'est-ce qui était si drôle ? me demande-t-il.

– Rien, je réponds en jouant avec ma serviette. Je trouvais juste marrant que Monsieur Je-ne-suis-pas-en-mesure-d'offrir-une-relation-amoureuse dirige les scènes romantiques. Ça me semble bizarre, c'est tout.

– Pourtant, tu ne t'es pas plainte hier soir, dit-il d'une voix rauque.

Je me rapproche encore de lui, jusqu'à ce que ma bouche soit à quelques centimètres de la sienne.

– Hier... c'était...

Il respire brusquement et se lèche les lèvres, ces lèvres que je meurs d'envie de croquer.

– ... du sexe. Ça n'avait rien de romantique.

Wes prend délicatement mon cou dans sa main et caresse ma mâchoire avec son pouce. Il rapproche encore un peu sa bouche de la mienne, mais il ne m'embrasse toujours pas.

– C'est ce que tu veux ? Du romantique ? demande-t-il alors que ses lèvres effleurent les miennes.

– Non, je veux du sexe... je dis, au moment où une lourde main saisit mon épaule.

– Alors, les tourtereaux ! s'exclame Jay Underwood, nous faisant sursauter.

Je ne vais jamais goûter à sa bouche, apparemment. Or je le veux... plus que tout. Je commence à perdre patience, mais il est hors de question que je fasse le premier pas.

Wes couvre sa bouche pour cacher son sourire.

– Plus tard, chérie. On a toute la nuit, promet-il.

– Ouais ouais, des promesses, toujours des promesses, je dis en feignant de bâiller.

Je bois une gorgée de mon thé – désormais tiède – tandis qu'il secoue la tête, le regard pétillant de malice.

– Si c'est un défi, j'accepte, déclare-t-il.

CHAPITRE 5

Nous avons à peine passé la porte de la maison que Wes me saisit par la taille pour me plaquer contre le mur. Il plonge la tête dans mes cheveux et lèche la zone sensible de mon cou, descendant sur ma clavicule avant de remonter vers mon oreille. Ma nuque se couvre de chair de poule et je ferme les yeux. Ses mains glissent sous ma robe pour empoigner mes fesses, et il lève mes jambes pour les passer autour de ma taille.

– Je vais m'enfouir si profondément en toi que tu vas me sentir dans ta gorge, promet-il en me portant dans sa chambre.

Sans préambule, il me lâche sur le lit et reste debout à me mater, les yeux noirs de désir, fermant et ouvrant les poings.

– Enlève ta robe, ordonne-t-il.

Je m'exécute et me dresse sur mes genoux, en soutien-gorge et string bleu marine. Wes retient son souffle, puis il expire en sifflant.

– À toi maintenant, enlève-moi ce costume, je dis en promenant mes mains sur mes seins.

Sa mâchoire se contracte et il se dépêche d'enlever sa veste et sa cravate. Il déboutonne sa chemise, exposant ce torse hâlé que j'aime tant, et je me mords la lèvre.

– Tout. Je te veux à poil.

Wes sourit et prend son temps pour enlever sa ceinture et ouvrir sa braguette. Il sort une capote de sa poche, l'ouvre avec les dents et la déroule sur son érection, sans jamais me quitter des yeux. Je passe ma main dans mon dos et défais mon soutien-gorge. Lorsque son pantalon atterrit par terre, mon soutif le rejoint.

– Putain, tu es tellement belle, dit-il d'une voix émerveillée.

Je hausse les sourcils en observant son superbe corps nu – grand, bronzé, musclé, avec une queue épaisse, prête à me servir.

– Tu n'es pas mal non plus, tu sais, dis-je en profitant de la vue.

– Prouve-le, se moque-t-il en souriant, répétant mes paroles de la veille, montrant qu'il a fait attention à nos échanges.

Cette constatation me rend beaucoup trop heureuse, mieux vaut ne pas y penser.

Je marche à quatre pattes au bord du lit et je plaque mes mains sur son torse. Je baisse la tête pour lécher et mordiller son téton, le faisant gémir. Il empoigne mes cheveux et je lève la tête, survolant sa bouche avec la mienne. Il humidifie ses lèvres, se préparant pour ce premier baiser, mais je ne le lui donne pas, me contentant de l'embrasser au coin de la bouche.

– Tu as décidé de me tourmenter, c'est ça ? demande-t-il d'une voix enjouée.

J'effleure sa joue du bout de mon nez, puis je prends le lobe de son oreille dans ma bouche.

– Je ne vois pas de quoi tu parles, je murmure.

Il saisit mes hanches et baisse mon string.

– Je crois que si, rétorque-t-il en me faisant reculer sur le lit.

Je tombe sur le dos et lorsque je rouvre les yeux, ses mains sont sur mes genoux. Il écarte mes jambes, voit mon sexe humide et affamé et pousse un long grognement. Il promène un doigt sur ma fente avant de le poser sur mon clitoris, m'arrachant un gémissement.

– J'ai envie de te dévorer, dit-il en plongeant son regard brûlant dans le mien. Mais d'abord, je veux être en toi.

Il se positionne sur moi et me pénètre avec le bout de son gland. Je me cambre, car ce n'est pas assez. Il me faut plus, j'ai besoin de plus.

– Regarde-moi te prendre pour la première fois, dit-il d'une voix suave et sexy.

Et c'est ce que je fais. Je regarde son sexe me pénétrer centimètre après centimètre. Mes lèvres sont étirées autour de sa verge épaisse. Jamais je ne me suis sentie aussi pleine.

Je pousse un grognement et rejette la tête en arrière, incapable de continuer à regarder.

– Mia, chuchote-t-il d'une voix tendue.

J'ouvre les yeux pour découvrir son regard affamé. Il se relève sur les coudes et pose ses mains sur mes joues. Il recule son bassin avant de replonger en moi tout en s'emparant de ma bouche. Nos corps fusionnent. Il n'y a plus de Mia ni de Wes, il n'y a plus qu'un nous frémissant et bouillonnant.

Le baiser est sauvage et accablant. Il plonge sa langue dans ma bouche alors que sa queue s'enfouit en moi, m'offrant tant de plaisir que chaque cellule de mon corps crie de joie. Je l'entoure de mes jambes et mes bras, m'accrochant à lui tandis qu'il me baise en touchant des zones érogènes dont je ne connaissais pas l'existence. Mon plaisir est si intense que mon premier orgasme déferle bientôt dans mes veines.

– Putain, oui, Mia. Tu me serres si fort ! Encore, ma chérie.

Wes continue ses allers-retours, mais son orgasme n'arrive toujours pas. Bon sang, ce mec est un étalon. J'ai tiré le gros lot quand ma tante m'a assigné ce contrat.

Il suce mes lèvres une dernière fois puis il se retire brusquement. Cependant, je n'ai pas le temps de protester qu'il m'a déjà retournée en soulevant mon bassin.

– Tu as un cul parfait, Mia.

Il gifle ma fesse avant de replonger sa queue en moi.

– Mon Dieu, tu es incroyable, je râle en baissant mon torse sur le lit.

Il empoigne mon bassin et son rythme devient effréné, nos chairs claquent sèchement l'une contre l'autre.

– Je veux sentir ta chatte se contracter sur moi, grogne Wes alors que sa main descend entre mes jambes.

Ses doigts ont à peine touché mon clitoris que les parois de mon sexe se referment sur sa verge. Il grogne longuement, et trois allers-retours plus tard, il s'immobilise, niché entre mes fesses. Il s'effondre sur moi et son souffle chaud chatouille ma nuque. Nous sommes tous les deux haletants et ébahis de plaisir. Il roule sur le côté et me tire contre lui, puis nous passons quelques minutes à nous bécoter comme des adolescents. Sa chambre sent l'océan, le sexe et mon parfum. Si je pouvais mettre cette odeur en bouteille, je la porterais tous les jours.

– Alors, raconte-moi quelque chose...

– Tu peux être un peu plus précise ? demande Wes en riant.

Je hausse les épaules.

– Raconte-moi n'importe quoi, quelque chose à propos de toi, je réponds en promenant le bout de mon index sur son torse.

– Hum... eh bien tu sais que j'adore écrire des scénarios de films. Et que j'aime le surf, dit-il en me faisant un clin d'œil. Tu as rencontré mes parents et ma nounou. Enfin, c'était ma nounou quand j'étais petit, maintenant elle s'occupe de ma maison.

– Miss Croft ?

Il hoche la tête.

– Il y a autre chose à dire ? demande-t-il.

– Ben oui, plein ! Tu as des frères et sœurs ?

– Une sœur, plus âgée que moi. Elle est mariée et elle n'a pas encore d'enfants. Elle est institutrice et son mari est le proviseur de l'école.

– Alors, je n'ai pas besoin de te demander comment ils se sont rencontrés, je dis en jouant des sourcils. Comment elle s'appelle ?

– Jeanine. Et toi ? Des frères et sœurs ?

– Ouais. Maddy. Enfin, Madison. Elle a cinq ans de moins que moi. Elle a dix-neuf ans, elle est à la fac à Las Vegas.

– D'accord. Qu'est-ce qui t'a fait venir ici ?

Je me rapproche un peu de lui.

– J'avais besoin de changer d'air. Je pensais que j'étais destinée à être actrice. Enfin, je le souhaite toujours, mais...

Je m'arrête là, car je n'ai aucune envie de lui raconter ma vie en détail.

– Mais ? insiste-t-il, si tu veux être actrice, pourquoi tu es escort ?

– Pour l'argent, je réponds en haussant les épaules. D'ailleurs, tu es mon premier, tu sais.

Il se tourne sur le côté pour que l'on soit face à face.

– Mon premier client, je veux dire.

– Ah. Et qu'est-ce que tu en penses, pour l'instant ? demande-t-il en souriant.

Je fais mine de ne pas être emballée.

– Hmm, je te mettrais un sept sur dix.

Il roule sur moi en coinçant mes bras le long de mon corps.

– Eh ! je m'exclame en souriant jusqu'aux oreilles.

– Sept sur dix ! Tu me donnes un sept alors que tu n'as aucun point de comparaison ?

Il m'embrasse brièvement, puis ses mains descendent sur mes côtes pour me chatouiller. Immédiatement, je hurle de rire. Lorsqu'il voit à quel point je suis chatouilleuse, il ne se retient plus et continue jusqu'à ce que je gigote violemment, me débattant aussi fort que possible, lui criant d'arrêter, essoufflée de rire.

– Avoue-le, je mérite un dix ! dit-il en arrêtant sa torture.

– D'accord, d'accord, je concède en reprenant mon souffle. Je t'accorde un joli huit.

Il remue de nouveau les doigts.

– D'accord, un neuf ! je crie tandis qu'il poursuit son assaut. Neuf virgule cinq !

Il cesse.

– Neuf virgule cinq, ça me laisse de la marge pour m'améliorer, dit-il avec un regard pétillant. J'ai le reste du mois pour obtenir un dix.

* * *

Je passe les journées suivantes toute seule à la maison, car Wes travaille au studio avec l'équipe de *Honor Code*. Lorsqu'il rentre le soir, nous dînons ensemble, nous regardons un film ou nous lisons côte à côte. Puis, plus tard, il me fait grimper aux rideaux, et l'un ou l'autre regagne sa chambre. La routine marche à merveille. Je m'amuse beaucoup et le sexe est incroyable. Mieux encore, je ne risque pas de m'attacher à lui. Ce job d'escort est fabuleux.

Je me laisse tomber sur le lit après que Wes et moi venons de jouir.

– Alors ça, chérie, ça mérite un dix ! me félicite-t-il.

Je lui pince le téton en riant et il saisit mon poignet.

– Aïe ! Tu es folle, tu le sais ça ? dit-il en m'embrassant.

Il empoigne mes cheveux et me tire sur lui.

– Encore ? je m'exclame.

– J'y peux rien, avec toi je suis plus dur que ma planche de surf.

Il m'embrasse langoureusement et saisit mes poignées d'amour.

– Tu viens vraiment de comparer ta bite à une planche de surf ?

Il plonge son regard dans le mien et s'immobilise.

– Merde, je crois bien, oui. Ton corps me rend stupide. J'en perds la tête.

– Si tu le dis. Mais je suis courbaturée et j'ai besoin de dormir. Alors, lève-toi et ramène ton joli p'tit cul dans ta chambre, dis-je en roulant sur le matelas et en enfonçant ma tête dans l'oreiller.

La main de Wes caresse lentement mon dos.

– Tu n'aurais pas oublié quelque chose, ma chérie ? dit-il d'une voix amusée.

J'ouvre un œil et je le vois me dévisager en souriant.

– Tu es dans ma chambre.

– Et zut ! je m'exclame en rejetant la couette alors qu'il s'installe confortablement.

– On brunche avec mes parents demain, sois prête à dix heures ! crie-t-il au moment où je sors de sa chambre toute nue.

– Va te faire voir ! je crie par-dessus mon épaule.

Je vire à gauche pour emprunter le couloir vers ma chambre et je tombe nez à nez avec Judi Croft.

– Saperlipopette, ma chère ! s'exclame-t-elle en se couvrant les yeux.

Je grimace et la contourne en trottinant.

– Pardon, Miss Croft, je ne voulais pas vous faire peur.

Au bout du couloir, j'entends Wes se fendre la poire. Eh bien, si Judi ne pensait pas déjà que je suis une prostituée, je viens de le lui prouver.

* * *

– Tu es très en beauté, Mia, dit la mère de Wes en me serrant dans ses bras.

Je ne sais comment réagir à ces marques d'affection, n'ayant pas l'habitude qu'une figure maternelle me prenne dans ses bras.

– Merci, Madame Channing. Votre maison est très belle.

Elle sourit, et un employé me propose un Mimosa dans une flûte à champagne.

Je prends le temps d'étudier l'immense véranda. Des tons or et crème sont associés à du rouge bordeaux et du bleu marine – un mélange élégant et luxueux. La table est dressée avec de la porcelaine fine, et il y a plus de couverts que j'en ai dans tous mes tiroirs. Un beau bouquet de roses est posé au centre de la table, donnant un air d'été à la pièce alors que nous sommes en janvier. Cela dit, je suppose que l'hiver n'est jamais très rude à LA, un peu comme à Vegas où il ne gèle jamais. D'ailleurs de toute ma vie, je n'ai vu la neige qu'une ou deux fois.

– Te voilà ! s'exclame une jolie blonde en déboulant dans la pièce.

À ses côtés se tient un grand brun avec des lunettes en écaille de tortue.

Wes la prend dans ses bras.

– Salut sœurette !

Elle recule la tête et étudie son visage.

– Tu as l'air en forme, Wes.

Je ne l'ai jamais vu afficher un tel sourire, sauf quand il me chatouillait, l'autre soir.

– Sœurette, je te présente mon amie, Mia, dit-il en mettant une main sur le bas de mon dos.

– Salut ! C'est Jeanine, c'est ça ? je demande en tendant la main.

Elle hoche la tête et me la serre.

– Alors... une amie, c'est ça ? demande-t-elle en nous regardant tour à tour.

– Oui petite sœur, une amie, répète-t-il.

Elle lève les yeux au ciel.

– Si tu le dis.

À table, nous passons aux choses sérieuses.

– Alors Mia, que fais-tu dans la vie ? demande Jeanine. Vous vous êtes rencontrés au travail ?

Je regarde Wes, qui a l'air aussi gêné que moi.

– On peut dire ça, oui, je réponds en enfournant une bouchée de quiche.

Sans préambule, Claire Channing s'immisce dans la conversation.

– Oh, allez, bien évidemment que vous vous êtes rencontrés en travaillant. Mia est une escort. Je l'ai choisie moi-même, n'ai-je pas merveilleusement bon goût ?

Elle parle sur un ton nonchalant, comme si le fait de sélectionner l'escort de son fils n'avait rien de bizarre.

Jeanine écarquille les yeux.

– Tu es une call-girl ?

– Je te demande pardon ? je m'exclame en même temps que Wes rétorque « Absolument pas ! ».

Je me sens pâlir, et soudain ma quiche a du mal à passer.

– Alors tu ne couches pas avec mon frère ? demande-t-elle d'un ton dénué de malice, comme si elle parlait de la météo.

– Euh...

– Ça ne te regarde pas, répond Wes en se levant de table.

Il jette sa serviette sur sa chaise en rougissant.

– Je ne te laisserai pas insinuer de telles choses sur Mia, ajoute-t-il.

Jeanine se lève aussitôt et court vers son frère.

– Je suis désolée, pardon. Ce n'était pas ce que je voulais dire ! J'ai juste entendu le mot escort et... j'en ai tiré les mauvaises conclusions. Je ne voulais pas être méchante.

Claire se lève de table à son tour.

– Mais non, Jeanine n'a pas cherché à mal. C'était une simple erreur, dit-elle.

Cependant, Wes ne veut rien entendre.

– Pas simple, non. Mia est mon amie, et je l'ai peut-être engagée pour m'aider à supporter un mois de dîners et de cocktails ennuyeux, mais elle n'a rien à voir avec une prostituée, dit-il en me regardant. Je suis désolée, Chérie, ajoute-t-il d'un regard plein de remords.

Il a l'air si désolé que je sais que je dois arranger les choses.

– Écoutez, c'était une simple erreur. J'ai pensé la même chose quand ma tante Millie m'a parlé du job. Mais j'ai décidé de tenter l'expérience, et je ne le regrette pas, parce que j'ai rencontré Wes, et maintenant vous tous, et ça en vaut le coup.

Claire se rassied en me regardant d'un air chaleureux et Jeanine prend son frère dans les bras.

– Et puis, vous avez vu les chaussures que j'ai gagnées ? je demande en me tournant sur ma chaise pour lever ma jambe aussi haut que possible, comme me l'a montré ma prof de danse au lycée. Elles sont canon, non ?

Claire se couvre la bouche pour cacher son rire et Jeanine regarde mes talons avec envie. Son mari ne dit rien, mais il regarde ma jambe comme si elle renfermait les secrets de l'univers, et le père de Wes lui frappe l'épaule en lui disant « Bien joué, fiston ! ».

– Bref, j'aimerais en savoir plus sur vous, dis-je en buvant une gorgée de Mimosa. Wes m'a dit que tu étais prof, et toi proviseur ? Comment ça se passe ?

Le reste de l'après-midi se déroule sans encombre. Claire, Weston Deux, Jeanine et Peter, son mari, me racontent l'enfance de Wes au sein de la famille Channing. Je ris davantage en quelques heures que durant toute l'année qui vient de s'écouler. Le ton léger sur lequel ils racontent leurs anecdotes est presque insupportable pour quelqu'un comme moi qui ai grandi sans famille. La mienne, si on peut l'appeler ainsi, consiste en un père alcoolique et ma petite sœur Maddy que j'ai passé le plus gros de mon enfance à élever. Nous avions beau savoir que papa nous aimait plus que tout, il n'a jamais cessé de boire et de parier, gâchant tous les souvenirs que nous aurions pu avoir avec lui.

Lorsque nous partons, Claire fait promettre à Wes de me ramener le dimanche suivant, ce qu'il accepte. Nous marchons à sa Jeep lorsqu'il m'attire à lui pour m'embrasser langoureusement.

– C'était étonnamment sympa, non ?

Je souris en retour, me sentant soudain très émue.

– Je suis d'accord. C'est une des plus belles journées que j'aie connues depuis longtemps. Merci de m'avoir amenée.

– Quand tu veux, chérie, répond-il en me faisant un clin d'œil. Ils t'apprécient beaucoup.

J'attache ma ceinture et je regarde par la vitre tandis que nous quittons leur villa haut perchée en descendant la longue allée sinueuse.

– Ta famille est vraiment sympa, tu sais. Tu as de la chance.

– Elle est comment, ta famille ? chuchote-t-il, et son sourire s'évanouit.

Je recule dans mon siège et regarde les vagues s'écraser sur la plage.

– Ma sœur Maddy est géniale. Elle est brillante. Je pense qu'elle va avoir une super-carrière scientifique. J'ai passé la plus grande partie de mon enfance à m'occuper d'elle.

– Où étaient tes parents ?

– Mon parent, je corrige.

Il me regarde du coin de l'œil avec le regard le plus triste au monde.

– Ma mère était danseuse à Las Vegas et elle a quitté mon père quand j'avais dix ans. Maddy n'avait que cinq ans.

– Elle n'est jamais revenue ? demande Wes sans quitter la route des yeux.

– Non. Et à cause de ça, mon père s'est mis à boire. Beaucoup. Et à parier – encore plus.

Il prend ma main et la porte à ses lèvres pour l'embrasser.

– C'est pour ça que tu fais ce que tu fais ?

Je pourrais mentir et lui sortir une excuse pourrie, mais ça gâcherait l'honnêteté qui s'est installée entre nous et grâce à laquelle la situation fonctionne aussi bien. Au lieu de répondre, je me contente de hocher la tête.

– Tu veux en parler ? demande-t-il d'une voix douce et encourageante.

C'est trop tôt. Je ne suis pas prête à parler de mes problèmes. Par ailleurs, Wes est un mec bien et je sais qu'il chercherait à arranger la situation en payant ma dette, ou quelque chose comme ça. Or, c'est mon problème, c'est mon père, et c'est pour le sauver que je suis là.

– Tu m'en parleras, un jour ?

– Oui.

Pour l'instant, c'est tout ce que je peux promettre.

CHAPITRE 6

– Réveille-toi, Chérie.

C'est ce que j'entends juste avant de recevoir une fessée.

– Aïe ! je m'exclame en sursautant.

Je saisis la couette pour couvrir mes parties intimes et je fusille Weston du regard.

– C'est quoi ton problème ?

Je n'ai pour réponse qu'un immense sourire.

– Allez, dépêche-toi. Prends ton maillot de bain et des fringues confortables. On va à la plage ! s'exclame Wes, clairement emballé par son programme.

Il a travaillé dur toute la semaine et je ne l'ai vu que tard le soir, sauf lorsque nous sommes allés à un dîner d'affaires affreusement ennuyeux. Cependant, je me suis occupée en déjeunant avec

Jennifer Underwood, la femme du réalisateur, ainsi qu'avec la mère de Wes. Personne ne semble choqué par mon rôle dans la vie de Wes, et il est lui-même ravi que je me fasse de nouveaux amis pendant qu'il est occupé. La possibilité que je m'attache à lui en passant du temps avec ses proches semble moins l'inquiéter que l'idée que je m'ennuie toute la journée.

– Comment ça, on va à la plage ? Tu sais que nous sommes en janvier et qu'il fait un froid de canard ? je réponds en tirant la couverture au-dessus de ma tête.

Je sens un poids sur le matelas puis Wes est sur moi, me coinçant sous la couverture. Il la retire et, en un mouvement rapide, il relève mes bras au-dessus de ma tête. Il se penche pour m'embrasser – un baiser lent, mouillé et si sensuel que mes orteils se recroquevillent. Il enlève davantage la couverture et effleure mes tétons avec son nez avant d'en prendre un dans sa bouche et de le sucer.

– Aaah, tu vois ? C'est comme ça qu'on réveille une fille, dis-je en gémissant.

Il me récompense en suçant mon téton plus fort.

– Je tâcherai de m'en souvenir pour la prochaine fois. Si je te fais jouir, tu seras de meilleure humeur ?

Il se met à lécher la pointe dure de mon sein tandis que sa main se charge de son jumeau, et je hoche bêtement la tête, trop perdue dans le plaisir qui m'ôte toute capacité à parler.

Wes rigole doucement.

– Si je mets ma bouche sur toi et que je donne un orgasme, tu feras ce que je dis ?

Il m'est impossible de lui dire non. Avec sa bouche et ses doigts sur ma poitrine, je ne peux que lui donner ce qu'il veut.

– Oui, mon Dieu, oui ! je gémis.

Sa tête descend sur mon ventre puis entre mes jambes, et il me donne tout ce que je veux, et plus encore. Wes mérite une médaille d'or dans l'art du cunnilingus – il sait exactement quand mordre, quand sucer et lécher, et il le fait avec un talent exquis.

Il mord.

Il suce.

Il lèche.

Sa langue tournoie sur mon clitoris et il n'arrête pas tant que je n'ai pas joui. Je me cambre et mes mains plongent dans ses cheveux pour le retenir sur moi. Il grogne en me dévorant, semblant prendre autant de plaisir que moi. Peut-être même plus, à en croire la vitesse avec laquelle il plonge soudain son sexe en moi.

Nous n'arrivons à la plage qu'une heure plus tard. Nous sommes accueillis par un prof de surf du nom d'Amil.

– Tu m'as amenée ici pour que je vous regarde surfer ? je demande sur un ton irrité après avoir serré la main de l'autre génie du surf.

Wes regarde Amil, puis moi, puis il sourit. Un sourire machiavélique.

– Non. En fait, je t'ai amenée ici parce que nous allons surfer. Amil va m'aider à te montrer comment faire. Il a tout l'équipement nécessaire pour toi, y compris une combinaison. C'est lui qui tient Surf Shack[2] à l'autre bout de la plage, dit Wes en pointant son doigt vers l'horizon.

Je regarde Wes et ses cheveux blonds qui volettent dans la brise matinale. Une étincelle dans ses yeux verts les rend presque émeraude à la lumière du soleil.

– Tu es sérieux ?

Il hoche la tête en désignant Amil, qui me tourne le dos – m'offrant une vue sublime sur son dos musclé et bronzé – et sort de sa voiture une combinaison qui semble être à peu près à ma taille.

– Ça devrait t'aller. Tu mesures quoi – à peu près un mètre quatre-vingt-cinq ? Et tu pèses soixante-trois kilos ?

– Un mètre quatre-vingts, et... ta mère ne t'a jamais dit qu'on ne demandait pas son poids à une femme ?

– Hélas, non, répond Amil en secouant la tête et en riant.

– Eh bien, elle a failli à sa mission alors, dis-je

2. Cabanon de surf.

sur un ton sarcastique. C'est impoli, et les femmes détestent ça. Tu es marié ?

Il secoue la tête.

– Tu as une copine ?

Il secoue de nouveau la tête.

– C'est bien ce qui me semblait. Je n'ai plus rien à dire, je conclus en frappant dans mes mains comme si je venais de prouver la théorie de la relativité d'Einstein.

Wes éclate de rire à côté de moi.

– Elle a raison, mec.

– Désolé Mia, dit Amil. Mes sincères excuses. Je voulais juste m'assurer que la combinaison t'irait.

Il me tend le vêtement en question et, après maintes tentatives, je réussis enfin à l'enfiler, non sans l'aide de Wes. Ma poitrine est compressée, et c'est si étouffant que je suis à deux doigts d'ouvrir la fermeture Éclair pour la libérer. Cependant, lorsque je baisse les yeux, je ne peux me retenir de sourire. J'ai l'impression d'être Catwoman, et le regard de Wes me dit qu'il pense la même chose. D'ailleurs, il semble prêt à arracher ma combinaison.

Amil n'apprécie pas notre manque d'attention durant ses instructions. Le truc, c'est que je m'en fiche, j'ai juste envie de me jeter dans les vagues. Dix minutes plus tard, « L'introduction à l'art du surf » d'Amil est terminée, et Wes me mène au bord de l'eau en portant nos planches.

– Tu sais, je peux porter ma propre planche.

– Je suis sûr qu'il y a beaucoup de choses que tu peux faire, Chérie, mais j'ai besoin d'aider ma nana pour me sentir viril. Et puis, tu es sympa de jouer le jeu.

Sa nana ? Il vient vraiment de dire ça ?

– Ma nana ? je demande avant que mon cerveau n'en vienne à nous imaginer le jour de notre mariage.

– Ouais, enfin tu vois ce que je veux dire, répond-il en souriant.

Euh, non, je ne vois pas ce qu'il veut dire. Je suis sur le point de creuser davantage la question lorsqu'Amil nous interrompt.

– Ok, alors on va d'abord faire des leçons pratiques là-bas où la mer est plus calme. Allez, ne fais pas ta poule mouillée, ajoute-t-il quand il me voit grimacer.

Je suis sur le point de protester lorsque Wes me met une fessée et me pousse vers l'océan. Néanmoins, une fois dedans, il se comporte en parfait gentleman. Il m'aide à bien me positionner, me conseille sur ma posture et tient ma planche en place pour que je puisse m'entraîner. Nous décidons que je dois d'abord monter sur les genoux avant d'essayer de me lever.

Au bout de quelques essais, lorsque mon stress s'est dissipé, j'arrive à prendre de petites vagues en étant allongée sur la planche. Il me faut plus d'une heure pour arriver à me mettre à genoux, mais je n'ai jamais été aussi fière de moi. J'entends Wes crier et siffler pour m'encourager, ce qui est nouveau pour moi. J'ai toujours été celle qui encourageait les autres – que ce soit Maddy ou Ginelle. Même lorsque je faisais de la danse contemporaine et que j'étais une des meilleures danseuses, je n'avais pas un sentiment de fierté aussi fort. Peut-être est-ce à cause du beau gosse qui m'attend sur la plage à côté de sa planche. Je prends une dernière vague avant de lâcher ma planche et de courir à lui.

– Tu m'as vue ? je m'écrie.

– Bien sûr ! C'était génial ! Tu es faite pour ça, ma chérie, répond-il en ouvrant les bras.

Je me jette sur lui et nous tombons dans le sable. Ses lèvres trouvent immédiatement les miennes et ses mains empoignent mes cheveux pour me plaquer contre lui. Nous restons ainsi un moment, à nous rouler des pelles comme des ados. Un raclement de gorge exagéré nous interrompt alors que les mains de Wes sont sur mes fesses, pressant son érection contre mon sexe. Nous nous séparons lentement, haletant et souriant comme des idiots, pour tomber sur le visage enjoué d'Amil.

Wes m'aide à me lever et me garde contre lui.

– Tu étais sublime, dit-il en caressant ma joue avant de l'embrasser.

– Merci de m'avoir appris, on pourra revenir ? je demande, excitée à l'idée de surfer de nouveau.

– Tout ce que tu voudras, ma douce Mia.

* * *

Le programme de ma troisième semaine est composé de dîners ennuyeux et d'une autre soirée mondaine. Le cocktail dînatoire me gêne moins que les dîners, car je peux déambuler parmi la foule, goûter à de délicieux canapés et boire des champagnes qui coûtent autant, voire plus, que mon loyer. Cependant, je ne peux pas dire que je m'amuse. Wes passe la plupart du temps à parler et à parcourir la foule.

Il ne plaisantait pas en disant qu'il n'a pas le temps pour une relation sérieuse. La femme qui décidera d'être à ses côtés doit s'attendre à passer beaucoup de temps toute seule. Il lui faut une femme qui a sa propre carrière et que ça ne dérange pas d'attendre tard le soir pour un petit coup rapide et un câlin.

Une vive douleur me perce les entrailles en imaginant Wes avec une autre femme – tomber amoureux, se marier, avoir des enfants, être heureux, pendant que moi... Quoi ? Je continue d'être une escort ?

Je repose le petit four que je viens de prendre et je bois le reste de ma flûte de champagne cul sec.

– Hop là, doucement, dit Wes en passant un bras autour de ma taille. Tu veux finir saoule, ou quoi ? demande-t-il d'une voix enjouée.

– Pourquoi ? Tu profiteras de moi si c'est le cas ? je demande d'une voix aguicheuse en pressant mes seins contre son torse.

Il inspire brusquement en me serrant contre lui.

– Absolument, répond-il très sérieusement en regardant mes seins.

Il suffit de ça pour que mon string soit trempé.

– Ne m'excite pas, ce n'est pas juste quand tu as encore plein de gens à qui parler, dis-je en faisant la moue.

Je l'embrasse dans le cou en prenant soin de souffler pour le faire frissonner. Il grogne en appuyant son bassin contre le mien afin de me faire sentir la force de son désir.

– Je ne sais pas si j'arriverai à te laisser partir dans huit jours, dit-il, et son regard devient on ne peut plus sérieux.

Je retiens mon souffle et plonge mon regard dans le sien.

– C'est comme ça, pas le choix.

Il baisse la tête et appuie son front contre le mien.

– Et si on avait le choix, justement ?

Merde. Nous nous sommes pourtant promis que ce genre de conversation était impossible, non ? Ça va à l'encontre de tout ce que nous avons négocié lorsque j'ai signé le contrat – et en plus, c'est contre les règles qu'il a fixées lui-même lorsque nous avons couché ensemble pour la première fois, il y a plus de deux semaines.

– Ne fais pas ça, je chuchote.

Il inspire lentement et expire plus lentement encore.

– D'accord, dit-il fermement, semblant décidé à laisser les choses telles quelles.

Telles qu'elles doivent être, car je n'ai pas le choix. Même si je voulais que les choses deviennent sérieuses avec Wes – ce à quoi je préfère ne pas penser –, c'est tout simplement impossible. Je dois toujours trouver un million de dollars pour sauver mon père, et personne d'autre que moi ne peut le faire. Je ne vais pas risquer sa vie pour une relation qui pourrait finir en queue de poisson comme toutes les autres, car je m'en voudrais toute ma vie d'avoir choisi mon bonheur à ses dépens. Il a beau être alcoolique et dilapider le peu d'argent qu'il a, il reste une des seules personnes à m'avoir vraiment aimée. Je ne peux pas l'ignorer, même pour Wes, et même si cette possibilité emplit mon cœur, ma tête et mon âme d'espoir. J'ai un travail à faire et je vais le faire.

– Allez, viens danser, propose Wes pour détendre l'atmosphère.

La soirée est l'occasion pour les acteurs, l'équipe de tournage et les investisseurs du film de se rencontrer. C'est la première soirée où Wes peut fêter tout ce qu'il a accompli, et je suis déterminée à ce qu'il passe un bon moment.

Il me tient contre lui et je repense au temps que nous avons passé ensemble. Les deux dernières semaines ont été un rêve pour moi. Lorsque ma tante Millie m'a proposé ce boulot, j'étais persuadée que j'allais vendre un bout de mon âme au diable. Or, deux semaines plus tard, je me suis faite à l'idée, je sais comment je veux que les choses se déroulent avec mes futurs clients, et je suis convaincue que les onze prochains mois vont aller comme sur des roulettes. Peut-être arriverai-je même à me faire des contacts dans le milieu du cinéma, ou peut-être que je continuerai à être escort et à ramasser du fric à la pelle. Cela dit, je ne vais pas voir la couleur de cet argent pendant un an. Je vais simplement m'assurer d'en garder assez pour en envoyer à Maddy et payer mon loyer.

En gagnant cent mille dollars sur douze mois, j'aurai deux cent mille dollars de plus que le million que je dois à Blaine. Je pourrai donc payer les cent mille dollars que va coûter la fac de Maddy, et il me restera encore cent mille. J'enverrai trois mille dollars à ma sœur pour ses dépenses quotidiennes, et j'aurai encore quelques milliers de billets à la banque.

Bien sûr, mon temps ne m'appartient plus, et ça va sans doute finir par m'agacer, mais je croise les doigts pour que mes autres clients soient comme Wes – qu'ils bossent beaucoup et qu'ils n'aient guère besoin de moi. Comme ça, j'aurai le temps de me détendre dans leurs sublimes maisons.

Toutefois, je sais déjà que dire adieu à Wes ne va pas être facile. Je me demande si ce sera le cas avec tous mes clients. J'aime passer du temps avec Wes, et le sexe avec lui est incroyable. Rien que de repenser à ce qu'il m'a fait ce matin sous la douche me fait rougir... mon Dieu, cet homme est un sex-toy géant.

– Eh, tu as l'air fiévreuse, ça va ? demande Wes d'une voix inquiète.

Je baisse les yeux et j'appuie mon front contre son torse. Les battements de son cœur me replongent dans un état contemplatif et je remue mon bassin pour qu'il sache que je n'ai pas fini de danser. J'ai besoin de sentir ses bras autour de moi – avec lui, j'ai l'impression d'être la seule femme sur terre.

– Je vais bien. Il fait chaud, et tu me donnes encore plus chaud.

Je lève les yeux au moment où il baisse les siens, et nos regards se verrouillent.

– Tu sais, en dehors de ma mère et de ma sœur, tu es sans doute la femme la plus précieuse que je connaisse.

– Précieuse ? je demande en riant.

– Ouais. Je veux dire que...

Ses lèvres effleurent ma joue, puis elles trouvent mon oreille.

– ... tu comptes pour moi, chuchote-t-il.

Je le serre fort dans mes bras, le plus fort possible. Je veux qu'il sache combien il compte pour moi aussi, mais je ne trouve pas les mots pour le lui dire. Je m'accroche à son dos, m'agrippe à sa veste, et il empoigne mes bras pour me faire reculer un peu.

– Eh, eh, Mia... On n'a pas besoin d'en parler, mais il faut que tu saches...

Je secoue la tête, refusant d'entendre une nouvelle déclaration de sentiments que je ne peux pas lui retourner.

– Mia, écoute-moi, dit-il en prenant mon visage dans ses mains.

Je retiens mon souffle en attendant ce qu'il a à dire.

– Ce n'est pas parce que nous ne pouvons pas être en couple qu'on ne peut pas garder contact. On peut rester amis, tu sais.

Je sais qu'il pense ce qu'il dit, et un sentiment de profond soulagement m'envahit, me faisant sourire jusqu'aux oreilles.

– Tu es sérieux ?

– Très sérieux, ma chérie. Maintenant, allons nous chercher un verre. Ils vont bientôt annoncer le casting d'*Honor Code*. Tout le monde le connaît déjà, mais ça fait partie du rituel, dit-il en me faisant un clin d'œil.

Lorsque nous arrivons au bar, je tombe nez à nez avec Jennifer Underwood.

– Mia ! Mon Dieu, je t'ai cherchée partout ! dit-elle en prenant mon bras et en m'éloignant de Wes.

Ce dernier me regarde en fronçant les sourcils, clairement inquiet, et je secoue la tête pour lui dire de se détendre.

– Qu'est-ce qui se passe, Jen ?

Elle se rapproche de moi et regarde autour d'elle pour être sûre que personne ne peut l'entendre.

– J'ai du retard, dit-elle avant de se mordre la lèvre.

– Pardon ? je réponds, ne comprenant pas où elle veut en venir.

– J'ai du retard sur mon cycle, explique-t-elle.

Soudain, je comprends. Elle a du retard ! Waouh ! Lorsque nous nous sommes revues pour déjeuner, elle m'a remerciée d'avoir changé sa vie. Apparemment, lorsqu'ils sont rentrés du dîner où nous nous sommes rencontrées, elle a annoncé à Jay qu'elle voulait un enfant, et il était aux anges. Il semblerait qu'il y pensait depuis le soir de leur mariage mais qu'étant donné qu'ils ne se connaissaient que depuis peu, il avait pensé qu'elle voudrait attendre. Depuis cette conversation, ils baisent comme des lapins.

Je prends les mains de Jen dans les miennes.

– De combien ? Vous venez juste de vous y mettre !

– Je sais ! s'exclame-t-elle un peu trop fort, attirant l'attention de quelques personnes autour de nous.

Je l'emmène un peu à l'écart, dans un coin plus tranquille.

– J'ai cinq jours de retard, et je ne le suis jamais, même pas d'un jour.

– Putain ! je m'écrie.

– Je sais !

– Mon Dieu !

– Je sais ! répète-t-elle.

Nous nous mettons toutes les deux à sautiller sur place en nous tenant les mains comme des enfants, puis je la prends dans mes bras. Sauf lorsqu'il s'agit de Ginelle et de Maddy, je ne suis pas pour les démonstrations d'affection avec les femmes, mais je me sens très proche de Jennifer – c'est quelqu'un de bien et je la considère déjà comme une amie.

– Il faudra que tu me tiennes au courant quand je serai partie.

Je n'ai pas dit à Wes que j'avais expliqué à Jen ce que je faisais avec lui, mais elle m'a promis de ne rien dire, et pour l'instant, elle a mérité ma confiance.

– C'est génial ! Comment a réagi Jay ?

– Il a envie de le dire à tout le monde, même si on n'en est pas encore sûrs, dit-elle en levant les yeux au ciel.

– Les hommes sont bêtes. Attends, si tu es tombée enceinte tout de suite, tu ne dois être qu'à deux semaines, donc un test maison ne sera peut-être pas assez précis. Tu ferais mieux de faire une prise de sang et de voir un toubib.

– C'est ce que j'ai pensé, moi aussi. J'ai rendez-vous vendredi prochain. J'espère juste qu'entre-temps je n'aurai pas mes règles, dit-elle en grimaçant.

Je la serre à nouveau dans mes bras et nous retournons lentement vers les garçons.

– Restons positives et croisons les doigts, hein ?

Elle hoche vivement la tête.

Nous retrouvons Wes et Jay alors que la foule se rassemble devant une petite scène montée au milieu de la salle de bal. L'orchestre cesse de jouer et Wes me tend une coupe de champagne.

– Tout va bien ?

– Super-bien, oui.

– Est-ce que j'ai besoin de savoir quelque chose ? demande-t-il en haussant un sourcil.

– Non, je réponds en secouant la tête. Tu sauras tout plus tard.

Il rit et me guide vers la scène au moment où le présentateur commence à annoncer les acteurs du film.

– Tu es excité ? je demande.

– Je connais déjà le casting.

– Et alors ? Maintenant, tout le monde va le savoir et en parler pendant des mois ! Moi je suis excitée, alors que je ne connais presque rien du film !

Wes pose sa main sur mon épaule et me colle contre lui. Les acteurs montent sur scène les uns après les autres pour saluer le public lorsque le présentateur annonce leur nom et le rôle.

– J'ai hâte de savoir qui va jouer Will, le soldat qui envoie les lettres d'amour à Allison. Oh ! Qui va jouer Allison ? je demande en me tournant vers lui.

– Personne ne va jouer Allison, répond-il en baissant les yeux.

– Comment ça ? Je croyais qu'elle était l'amour de sa vie ? je demande, confuse.

Wes sourit jusqu'aux oreilles et désigne la scène de la tête.

– Regarde, tu vas voir.

À peine a-t-il dit ces mots qu'une superbe femme aux cheveux noirs approche de la scène. Je la connais ! C'est l'actrice Gina DeLuca ! Elle est grande et mince, tout en ayant des courbes sublimes – tous les hommes l'adorent et toutes les femmes veulent lui ressembler. En plus, on dit qu'elle est infiniment généreuse et qu'elle prend soin d'être un bon exemple pour les jeunes filles.

Toutefois, ma surprise ne s'arrête pas là.

– Et voici Gina DeLuca, pour le premier rôle féminin, Mia Culvers !

Je suis bouche bée en me tournant vers Wes.

– Surprise ! s'exclame-t-il en souriant de toutes ses dents.

Jamais je n'oublierai ce sourire et ce moment.

– Évidemment, tu as changé le nom du personnage principal ?

– Oui, dit-il simplement.

Je cligne plusieurs fois des yeux pour éviter que mes larmes ne coulent.

– Pourquoi ?

– Parce que tu comptes.

CHAPITRE 7

Jésus Marie Joseph. Je compte. Il a appelé le personnage principal du film comme moi. Il a même changé son physique pour qu'elle me ressemble. Allison devait être petite, blonde, et avoir les yeux bleus. Rien à voir avec une grande femme à forte poitrine et aux cheveux ébène comme Gina DeLuca... ou moi.

Je ne sais pas encore ce que j'en pense. Wes et moi nous sommes mis d'accord pour ne pas nous attacher – or, si je suis honnête, je ne peux pas dire que je ne tiens pas à lui. Est-ce que je l'aime ? Je ne crois pas. Je me suis tellement concentrée pour ne pas tomber amoureuse que la possibilité d'ouvrir mon cœur ne s'est jamais présentée.

Les vibrations de mon téléphone coupent court à la série de « et si » qui se prépare dans ma tête. J'étais sur le point d'imaginer nos enfants. Ralentis, Mia, ce n'est pas une option, et tu le sais. Il le sait aussi, d'ailleurs – il faut que nous nous en contentions.

– Bonjour, dis-je en voyant le nom de ma tante sur l'écran.

– Salut, ma poupée ! Alors, cette vie dans le palais des merveilles ?

La voix enjouée de ma tante ne fait que me rappeler ma véritable place dans le monde. Ce job m'offre une vie de luxe... temporaire. Ce n'est pas ma vie, et ça ne le sera jamais.

Je réponds à ma tante par un soupir.

– Si bien que ça ?

– Non, oui, ça va. Quoi de neuf ? je demande en étudiant les pointes de mes cheveux.

Il est temps de passer chez le coiffeur.

– Je t'appelle pour parler de ton prochain client, poupée.

À l'autre bout du fil, j'entends le bruissement de feuilles de papier et le bruit de ses ongles sur son clavier.

– Tu files à Seattle ! s'exclame-t-elle.

Je n'y suis jamais allée, ça peut être marrant.

– Celui-ci va être intéressant. Il s'appelle Alec Dubois. Il a trente-cinq ans, il est grand, brun et beau. Mais il est bizarre.

Je ne dis rien, car avant de rencontrer Wes, toute cette situation me semblait bizarre. Or, je sais maintenant qu'il est possible qu'un homme bon et généreux ait besoin d'embaucher une amie, pour une raison ou pour une autre. Sans ce job, je n'aurais jamais rencontré Wes. Je ne lui ai pas encore dit, mais il compte énormément pour moi.

– ... Il t'a choisie sur le site le lendemain de ton départ chez monsieur Channing, et il m'a fait promettre de t'avoir pour le mois suivant.

Je grimace et je m'enveloppe dans le plaid laissé sur la chaise.

– C'est un psychopathe ?

Millie éclate de rire au téléphone, je l'éloigne de mon oreille.

– Non, ma chérie, c'est un artiste ! Tu vas être sa muse ! Apparemment, il a su dès qu'il t'a vue qu'il voulait te peindre pour sa nouvelle série *Amour sur toile*.

J'entends le cliquetis de ses ongles et mon téléphone bipe pour m'annoncer l'arrivée d'un message. Je la mets sur haut-parleur et j'ouvre le mail qu'elle m'a envoyé.

– Waouh !

– Je t'avais dit qu'il était beau, répond la voix mielleuse de ma tante. Presque autant que monsieur Channing, non ?

Je hoche la tête en regardant la photo de monsieur Alec Dubois. Cet homme est sublime – le portrait craché de Ben Affleck, mais avec des cheveux longs relevés en chignon sur le dessus de la tête, une barbe et une moustache. J'ai hâte de voir jusqu'où lui arrivent ses cheveux !

J'inspire et j'expire lentement pour évacuer la bouffée de chaleur qui envahit mon corps.

– Alors, qu'est-ce que je suis censée faire en tant que muse ?

– Je ne sais pas trop. Je sais que ses œuvres sont inhabituelles et qu'elles se vendent pour des centaines de milliers de dollars. Par contre, si tu te déshabilles pour lui, il doit payer plus. Si tu couches avec lui, et quelle femme ne le voudrait pas, ajoute-t-elle en riant, il est quand même censé te payer vingt mille dollars en plus du contrat.

– Est-ce qu'il peut exiger que je me déshabille ? je demande.

Je me sens sale, tout à coup, et je ne me souviens plus de ce que j'ai signé dans le contrat.

– Non, non, non, ça ne fait pas partie du deal. Mais il en a parlé en te réservant. Je lui ai dit que ça lui coûterait vingt-cinq pour cent supplémentaires et que c'était toi qui avais le mot de la fin. Techniquement, il n'est pas censé te toucher sexuellement, bien évidemment.

Vingt-cinq pour cent, ça fait vingt-cinq mille dollars.

– Tu es sérieuse ? J'aurai vingt-cinq mille dollars si je le laisse peindre des nus de moi ?

– Non, poupée, toi tu auras vingt mille dollars. *Escorts Exquises* touche vingt pour cent de ce que tu gagnes, donc on prend cinq mille et toi tu en prends vingt.

Je hausse les épaules, car je m'en fiche, j'ai déjà décidé de me mettre à poil. Ces vingt mille dollars me rapprochent plus vite de mon but. Ça paierait les emprunts qu'on a faits pour la première année de fac de Maddy.

– Pas de souci, je suis partante ! Du moment que je ne suis pas obligée de coucher avec lui, je veux bien poser nue.

Mon Dieu, c'est affreux. Je n'ai même pas encore quitté Wes que je salive devant la photo du prochain. Peut-être suis-je une salope, finalement.

– Nickel. Ton vol partira le premier février, alors ne le rate pas. Ton dernier jour avec monsieur Channing est le vingt-huit janvier, donc ça te laisse quelques jours pour aller chez l'esthéticienne, le coiffeur et le gynécologue. Bon, si tu n'as pas de questions, je te laisse...

– Euh, Tante Millie ?

– Miss Milan, tu te souviens ? prévient-elle.

– Pardon, mais tu réalises que je ne vais pas t'appeler comme ça que devant les clients, non ? je réponds de manière tout à fait sérieuse.

– Qu'y a-t-il, Mia ? demande-t-elle froidement.

– Est-ce qu'il est possible pour les escorts de revoir leurs clients après une mission ?

– Oh, non, je t'en supplie. Ne me dis pas que tu es tombée amoureuse de monsieur Channing ?!

– Non ! Ce n'est pas ça du tout !

Enfin... Non, pas vraiment. Pas du tout même. Je crois.

– C'est juste qu'on est devenus amis et j'aimerais garder contact avec lui sans enfreindre de règles.

Tante Millie soupire lentement.

– Aucune règle ne l'interdit, mais fais attention, Mia. Ces hommes peuvent te promettre la lune, ça ne veut pas dire qu'ils la décrocheront pour toi. Crois-moi, j'ai déjà entendu ça. Trop de fois, d'ailleurs.

– Alors, il n'y a rien qui l'interdit ?

– Non, mais... protège ton cœur, ma poupée. Ce métier n'est pas pour tout le monde et tu as déjà beaucoup souffert pour quelqu'un de si jeune. Prends le temps de t'amuser, de te détendre, et goûte à tout ce que la vie peut t'offrir. C'est sans doute ta seule occasion de le faire. Appelle-moi quand tu auras rencontré monsieur Dubois. Je t'envoie les infos par mail, annonce-t-elle avant de raccrocher.

Je ravale le nœud qui se forme dans ma gorge. Ma tante a raison. Je ne peux pas laisser Wes me convaincre qu'il pourrait y avoir quelque chose de sérieux entre nous. Je m'envole pour Seattle dans quelques jours.

***

– Chérie, je suis rentré ! s'écrie Wes.

Je suis dans la piscine, en train de me détendre, lorsqu'il sort dans le patio en costume, tout sourires. Mon Dieu, que ce mec est sexy ! Il est toujours beau gosse, mais quand il est en costume... il est à croquer.

– Tu rentres tôt, non ? Il n'est que quatorze heures trente, dis-je en me soulevant pour m'asseoir sur le bord de la piscine, du côté opposé à Wes.

Il s'arrête au bord de l'eau, et son regard balaie mon corps avec un regard si brûlant que je sens ses yeux sur mes cuisses, mes seins et ma gorge. Je le regarde enlever ses chaussures, puis sa veste, et je m'appuie sur mes mains en me cambrant pour remonter mes seins vers le ciel en penchant la tête en arrière. J'écarte un peu les jambes, et lorsque je relève la tête pour voir si mon petit spectacle fonctionne, j'entends un énorme *plouf*. Wes nage vers moi, tout habillé, comme un requin nageant sur sa proie. Il émerge de l'eau et je me penche pour saisir sa cravate et le tirer entre mes jambes. Il pose ses mains sur mes genoux et les écarte davantage.

– C'était impulsif, dis donc, dis-je en effleurant sa bouche.

Je ne l'embrasse pas, laissant l'eau de la piscine ruisseler entre nous.

– Tu trouves ? Alors, tu vas adorer ça, dit-il.

Il fond sur ma bouche et sa langue s'y engouffre, m'embrassant comme si c'était la dernière fois.

– J'ai pensé à toi toute la journée, grogne-t-il.

Il promène sa langue sur mon cou, puis sur ma poitrine. Ses doigts glissent sous les triangles de mon bikini et les écarte, libérant mes seins.

– Putain, j'adore tes seins, dit-il en léchant une pointe avant de la sucer.

Je gémis en plongeant mes mains dans ses cheveux pour le tenir en place, mais Wes ne semble pas avoir l'intention d'arrêter. Il continue de torturer mes seins jusqu'à ce que j'ondule contre son corps, cherchant n'importe quelle forme de friction. Lorsque je suis au bord de l'orgasme – alors qu'il n'a touché que mes seins –, il repousse mon torse pour m'allonger sur le béton froid. Il trouve les nœuds de mon bikini sur mes hanches et il tire dessus. Mon Dieu, il va faire ça ici, en pleine journée, à la vue de tous.

– Wes...

Je n'y crois pas moi-même. Je suis déjà sur un nuage. Si Miss Croft passe, elle poursuivra sa route. Parce qu'elle est classe, contrairement à moi. Wes mordille mes cuisses et sort mes pieds de l'eau pour les poser sur le rebord, pliant mes jambes à quatre-vingt-dix degrés. Il saisit mes genoux et les ouvre, m'écartant comme les ailes d'un papillon prêt à s'envoler. Et mon Dieu, je m'envole.

Sa langue m'a à peine touchée que je sens les premières contractions de mon orgasme. J'empoigne ses cheveux, mais il prend mes mains et les glisse sous mes fesses.

– Tu t'assieds dessus. Pas le droit de toucher, gronde-t-il.

Alors, c'est comme ça qu'il veut la jouer ? Il veut garder tout le contrôle, ce qui veut dire qu'il va me pousser à ma limite et me faire jouir une fois après l'autre. Il l'a déjà fait, une fois, et il m'a donné tant d'orgasmes que je me suis évanouie alors que j'étais à cheval sur lui. C'était l'expérience la plus sensuelle et la plus charnelle de toute ma vie. Jusqu'à celle-ci.

Du bout des doigts, il écarte mes lèvres et pose sa langue sur mon sexe, m'offrant mon premier orgasme. Ensuite, il se met à grogner dans ma chair, chantant une sorte de cantique coquin.

– *Je te baise.*

– *Je te dévore.*

– *Je te suce.*

– *Encore. Encore.*

– Putain, Mia, je pourrais te bouffer toute la journée.

À peine a-t-il prononcé ces mots qu'il suce mon clitoris aussi fort que possible, et je m'échappe sur un deuxième nuage orgasmique. Mon corps est parcouru de spasmes et je n'ai pas le temps de m'en remettre que Wes me soulève pour me replonger dans l'eau.

Le choc de température et de sensations décuple mon orgasme, et je n'ai pas atterri qu'il passe mes jambes autour de sa taille et plaque mon dos contre le mur de la piscine.

– J'ai tellement envie de toi, chérie. Je veux que tu me sentes en toi, même quand tu ne seras plus là, grogne-t-il en me pénétrant brusquement.

Je ne l'ai même pas vu enlever son pantalon, qui doit flotter quelque part dans la piscine. Quant au reste, il est toujours en chemise et en cravate. Je m'accroche au tissu mouillé tandis qu'il s'enfonce rapidement et profondément en moi. Je crois qu'il ne sait même pas qu'il parle, mais je m'accroche à chacun de ses mots, gravant chaque phrase dans ma mémoire pour me replonger dans ce souvenir plus tard quand j'aurai besoin de lui... lorsqu'il me manquera.

– *J'étais ici.*

– *Ensemble.*

– *Putain.*

– *J'adore.*

– *Ne m'oublie pas.*

– Ne m'oublie pas, répète-t-il plus fort en s'enfouissant en moi, touchant le point qui me fait basculer, m'offrant l'orgasme le plus puissant et le plus long de toute ma vie.

Je m'entends crier, mais mon corps ne m'appartient plus. Ma voix n'est plus la mienne. Lorsque je reprends mes esprits, sa bouche est sur la mienne.

Nous restons connectés au bassin tandis qu'il me porte dans sa chambre et qu'il m'allonge sur son lit. Il ne me quitte qu'une seconde, le temps d'enlever sa chemise et sa cravate, puis il s'étend sur moi. Il écarte mes jambes et replonge en moi.

Cependant, cette fois-ci, il ne me baise pas. Il me fait lentement l'amour.

* * *

– Salut ma salope ! Ça fait longtemps ! crie Ginelle d'une voix agacée.

– Salut ma pute, désolée de ne pas t'avoir appelée, mais je travaillais.

– Ouais, si on appelle chevaucher la queue de Weston du boulot, rétorque-t-elle sur un ton légèrement plus enjoué.

– Nous n'avons pas toutes le talent nécessaire pour danser comme une déesse, tu sais.

– C'est vrai... dit-elle en faisant traîner la dernière syllabe.

– Tu me manques, je déclare d'une voix tremblante.

Ginelle soupire longuement avant de répondre.

– Ta vieille tronche me manque aussi. Je me fais beaucoup plus draguer quand tu n'es pas là, à croire que tu es plus jolie que moi. Je rêve.

C'est comme ça que je sais qu'elle a pardonné mon silence.

– Comment va mon père ? je demande alors que je suis morte de trouille d'entendre la réponse.

– Physiquement, il va mieux. Il ne s'est toujours pas réveillé, mais ils l'ont sorti des soins intensifs, donc c'est bon signe.

C'est un bon signe, c'est vrai. Ça signifie qu'il va survivre, mais qu'il n'est pas encore tiré d'affaire.

– Est-ce qu'ils savent pourquoi il n'est pas sorti du coma ?

– Ils ne me disent pas grand-chose, tu sais, Mia. Officiellement, je ne fais pas partie de la famille.

C'est absurde, Ginelle fait davantage partie de la famille que tous les membres des deux côtés que l'on ne voit jamais. Elle est la seule en qui j'ai confiance.

– Merci de lui avoir rendu visite, en tout cas. Comment va Maddy ? je ne lui ai parlé qu'une fois et ce n'était que quelques minutes entre deux cours. Elle a l'air de crouler sous les devoirs.

– Ouais, c'est vrai. Et elle s'inquiète de ne pas avoir assez d'argent. Les factures commencent à s'entasser. Tu veux que je lui donne du cash ?

– Non, non ! J'ai de l'argent. Enfin, je vais en avoir beaucoup dans une semaine. Assez pour les factures et la nourriture. Et bientôt, je vais en avoir encore plus ! Il faut juste que je prenne l'avion la semaine prochaine, et j'aurai cent mille dollars sur mon compte en banque. J'ai aussi la possibilité de gagner vingt mille de plus, et ça, ce ne sera que pour moi.

– Ah bon ? Comment ? demande-t-elle en tirant sur sa cigarette.

Je ronge l'ongle de mon pouce et j'en regarde la pointe dentelée.

– Mon prochain client est artiste et je vais être sa muse, ou un truc comme ça. Il veut que je pose nue pour lui. Si je le fais, je me fais vingt mille dollars.

– Putain ! Je me désape tous les jours et personne ne me file vingt mille balles ! Donne-moi le numéro de Tata Millie, je veux du fric, moi aussi, grogne-t-elle.

J'éclate de rire. Bon sang, ça me fait un bien fou de parler à ma meilleure amie. Ça me rappelle qui je suis et d'où je viens. Je suis peut-être habillée comme une Barbie, mais je reste Mia Saunders. Celle qui a élevé sa petite sœur, qui s'est débrouillée toute seule et qui va sauver son père… pour la énième fois. Avec un peu de chance, ce sera la dernière. J'espère que lorsqu'il se réveillera et qu'il se rendra compte de ce qu'il a fait, il apprendra la leçon. Peut-être qu'il arrêtera de boire et qu'il ira voir un psy.

– Tu vas rentrer, ou pas ? demande Gin tandis que je sors du dressing la robe que je vais porter ce soir.

Wes m'emmène à un cocktail avec les acteurs du film. Ça a l'air chouette et je vais rencontrer des gens célèbres avec qui j'espère travailler un jour. Pour l'instant, ma carrière d'actrice s'est éloignée.

Je trouve drôle d'avoir enfin un pied dans le milieu du cinéma alors que je ne suis pas en mesure d'aller à des auditions ni de faire quoi que ce soit. Tant que mon père n'est pas sorti de ce pétrin, cette partie de ma vie est en suspens.

– J'aimerais bien, mais je dois aller à Seattle trois jours après avoir quitté Malibu. Tante Millie m'a prévu un tas de rendez-vous chez l'esthéticienne et compagnie durant ces trois jours. Mais j'essaierai le mois prochain, promis.

– Eh, ne t'en fais pas, je sais que tu as autant envie de rentrer que j'ai envie de voir ton gros cul. Tout va bien se passer ici. Bon sang, Mia, il faut que ton père comprenne, cette fois-ci. Tu ne peux pas continuer à tout chambouler chaque fois qu'il fait une connerie.

– Je n'ai pas le choix, Gin, si je ne le fais pas, ils vont le tuer. Et il est dans le coma, ce n'est pas comme s'il pouvait se défendre.

Ce n'est pas la première fois que nous avons cette conversation. J'aime Ginelle du fond du cœur, mais elle m'a déjà fait la leçon des dizaines de fois à ce sujet. Ce n'est pas que j'aie envie d'aider mon père, c'est simplement que je ne peux pas laisser les molosses de Blaine le tuer. Blaine n'hésiterait pas une seconde à mettre sa menace à exécution – il serait plus inquiet à l'idée de tacher son costume Armani de sang que d'ôter la vie à mon père.

Il y a un bruissement au bout du fil, puis j'entends les jingles et les alarmes des machines à sous tandis que Ginelle retraverse le casino.

– Promets-moi simplement que tu trouveras un moyen de vivre ta vie ?

– Mais oui, mais oui. De toute façon, je m'amuse pas mal ici, à Malibu. Wes m'a appris à surfer !

– Ok, ça c'est très cool. Je n'ai jamais vu l'océan, grogne-t-elle. Quand ton job t'aura rendue riche, tu m'emmèneras à la plage ?

J'éclate de rire.

– Pour voir ton cul de salope en bikini ? Beurk.

Je fais un bruit de régurgitation et je fais semblant de m'étouffer.

– Tu es tordue, tu sais. Je crois que je vais annuler ton statut de meilleure amie, crache-t-elle.

– Tu ne peux pas révoquer mon statut – je le suis et puis c'est tout. Comme les dix commandements, c'est comme ça.

– Tu viens de comparer notre amitié aux dix commandements ? Tu es sérieuse ?

– Euh... ouais !

– Tu vas aller en enfer, déclare-t-elle.

– Si c'est le cas, tu auras intérêt à être là pour venir me chercher !

Elle glousse et je souris en serrant fort mon téléphone.

– Bien sûr que je serai là.

– Je t'aime.

– Je t'aime aussi, salope.

CHAPITRE 8

La réception se déroule au restaurant Nubu, le plus chic de Malibu. Tous les acteurs et les scénaristes de *Honor Code* sont là. Lorsque nous arrivons, une hôtesse nous guide dans le jardin privatisé. Un plancher en bois massif recouvre le sol de l'immense véranda, ornée d'un mobilier en osier couvert de coussins moelleux. Le jardin offre une vue à cent quatre-vingts degrés de l'océan dans lequel le soleil couchant se fond en des mélanges de rose et d'orange qui sont à couper le souffle. Je m'appuie à la rambarde de la terrasse, face à la plage, et Wes me prend dans ses bras par-derrière, me serrant contre son torse.

– Magnifique, dit-il dans mon oreille.

– Oui, c'est sublime, je réponds.

– Je ne parlais pas de la vue.

Il me mord le cou, m'envoyant une avalanche de frissons entre les jambes.

– Espèce de beau parleur, dis-je en lui pinçant la cuisse.

– Aïe ! Très bien, je ne te ferai plus de compliments, répond-il, feignant d'être vexé.

Je tourne la tête et saisis sa nuque pour l'embrasser. Il a passé la journée au studio de production et il m'a manqué. C'est la première fois que j'ai l'occasion de l'embrasser. Il grogne dans ma bouche et recule pour me dévisager. Après un long moment, il secoue la tête et sourit. Je sais qu'il veut dire quelque chose, mais je sais aussi que je n'ai pas la force de l'entendre.

– On va boire un verre et manger un bout ?

– Ok, répond-il d'une voix déçue.

Il prend ma main et m'emmène au bar, où nous commandons à boire, puis nous nous servons sur le plateau que nous présente le serveur. Nous mangeons nos canapés asiatiques lorsque la plus belle femme du monde traverse la foule pour nous rejoindre. Elle porte une robe bustier rouge cerise qui met parfaitement ses atouts en valeur. Elle s'arrête juste au-dessus du genou, révélant des jambes interminables. Ses cheveux noirs et épais ressemblent beaucoup aux miens, sauf que les siens forment des anglaises parfaites qui rebondissent sur la peau pâle de ses épaules. Cette femme est le fantasme de tous les hommes, et le cauchemar de toutes les femmes. Sauf le mien, parce que moi j'aimerais être elle.

– Gina, dit Wes en lui tendant la main. J'aimerais te présenter mon amie, Mia Saunders.

Elle écarquille les yeux et sourit lorsqu'il prononce le mot « amie ». Elle pose une main sur son épaule et le regarde en battant des cils, puis elle se tourne vers moi. Wes semble déjà envoûté, et moi aussi.

– Gina DeLuca, dit-elle en me tendant la main. Les amies de Wes sont mes amies, dit-elle d'une voix grave et sensuelle.

Nous nous serrons la main et elle se place devant moi, pressant sa poitrine sur le torse de Wes.

– J'ai vraiment hâte de commencer le tournage. L'histoire est fascinante, dit-elle en caressant son col.

Wes reste immobile, sans voix, dévisageant la belle tentatrice comme s'il était hypnotisé. J'ai presque l'impression d'interrompre un moment privé. En dépit de la promesse que je me suis faite, je sens que je commence à être jalouse. Certes, officiellement, je ne suis pas la copine de Wes, mais il me reste encore quelques jours avec lui, bon sang ! J'essaie de me racler la gorge, mais ni Gina ni Wes ne semblent remarquer mon existence.

– Tu sais, tu pourrais passer chez moi un de ces quatre pour mieux m'expliquer le personnage, dit-elle.

Soudain, je bous de rage – elle se prend pour qui, cette garce ?

– Euh, ouais, pourquoi pas, ce serait...

Je ne laisse pas Wes aller au bout de sa réponse, parce que j'en ai eu assez.

– Chéri, je meurs de faim. On passe à table ? je demande en battant des cils à mon tour, même si je suis sûre qu'ils n'ont pas le même effet que ceux de Gina.

Wes me regarde, secoue la tête et sourit. Ses yeux pétillent lorsqu'il passe son bras autour de moi et qu'il m'attire à lui.

– Je suis à tes ordres, Mia, dit-il en m'embrassant le front. Désolé, Gina, tu veux bien nous excuser ?

Je suis ravie de la voir bouche bée. Elle semble outrée que je lui aie cassé son coup – alors qu'en vérité, c'est elle qui a cassé le mien.

– Mia ? Comme dans le film ? demande-t-elle.

Wes me regarde en dégainant son sourire orgasmique, puis il répond.

– Oui, comme ça, je n'oublierai jamais ma nana, dit-il sans regarder Gina.

– L'oublier ? Pourquoi, tu vas où ? demande-t-elle en croisant les bras sur sa poitrine généreuse.

J'inspire lentement avant de répondre.

– Seattle, je réponds.

La grimace de Wes ne m'échappe pas.

– Ah bon ? Pourquoi ?

– Pour le travail.

Je n'ai rien de mieux à dire. C'est la vérité, et je ne peux pas dire à cette nana que je suis payée pour être là et que Wes peut baiser qui il veut.

– Ah ? Et tu fais quel genre de boulot ?

– Eh bien, pour celui-ci, je vais être modèle pour un artiste.

– Je vois, et... est-ce que tu seras habillée, pour cet artiste ? demande-t-elle en souriant faussement.

Elle est perspicace, cette garce.

– Je crois que ça suffit, Gina. On se voit la semaine prochaine. Viens Mia, allons chercher à manger, dit-il en me prenant par la hanche pour m'éloigner de l'actrice.

Nous nous installons à une table d'où la vue sur l'océan est encore plus belle. Un serveur nous apporte nos verres et nous sert deux assiettes de petits fours. J'ai à peine le temps de mettre un canapé dans ma bouche que Wes passe à l'attaque.

– Alors... Seattle ?

Je n'ai aucune envie d'avoir cette conversation et je me contente de hocher la tête.

– Et... est-ce que la supposition de Gina est juste ?

J'enfourne un second canapé dans ma bouche, me retenant de gémir tant l'explosion de saveurs est délicieuse.

– Est-ce qu'elle a raison, Mia ? Tu vas poser nue pour un artiste ?

Je hausse les épaules.

– La question est pourtant simple, dit-il en serrant les dents.

– Peut-être. Il peint des nus, donc c'est possible.

Il n'a pas besoin de savoir que j'ai déjà prévu de me mettre à poil.

Wes secoue la tête et boit une longue gorgée de bière.

– Putain, il me faut quelque chose de plus fort.

Il se lève et part d'un pas rapide vers le bar. Je recule dans ma chaise et je fais un point sur le déroulement de la soirée. J'ai été jalouse de lui, et maintenant il est jaloux d'un mec qu'aucun de nous n'a rencontré. Qu'est-ce qui se passe, bon sang ?

Il revient avec un verre plein d'un liquide ambré qui me file la nausée. Depuis le premier soir, il n'a plus bu de whisky, ce que j'apprécie énormément. Ce soir, il le boit comme du petit-lait.

– Pourquoi tu es en colère ?

Il secoue la tête.

– Je ne suis pas en colère, rétorque-il.

– Je sais quand tu es en colère, Wes. Ça fait presque un mois qu'on vit ensemble.

– Tu as vraiment envie de faire ce job ? demande-t-il enfin.

– Ce n'est pas une question d'envie. Je n'ai pas le choix ! je m'exclame.

Il regarde autour de nous pour s'assurer que personne ne nous écoute.

– Bien sûr que tu as le choix. On a toujours le choix. Tu pourrais très bien rester ici avec moi.

Et voilà, le pas est franchi. Il veut que je reste, alors qu'il sait que c'est impossible.

– Ne commence pas...

– Pourquoi pas ?! Parce que ça te forcera à ressentir quelque chose ? crache-t-il.

Je me lève et je m'éloigne à grandes enjambées. Wes ne me suit pas.

***

Je suis tirée d'un profond sommeil par un bruit de verre brisé. Je me lève et marche dans le couloir sur la pointe des pieds, sans bruit, jusqu'à ce que je trouve Wes, mort de rire, se débattant pour enlever sa veste.

Je vais à lui pour l'aider, ce qui est une mauvaise idée, car la veste n'a pas touché le sol qu'il me plaque contre le mur et qu'il se jette sur mon cou. Il me mord trop fort et je pousse un cri en le repoussant.

– Mia, Mia, Mia. J'ai trop besoin de toi. Je ne veux pas te perdre... S'il te plaît.

– Allez viens, je vais te mettre au lit, je dis en essayant de le soutenir.

Nous faisons quelques pas, puis il s'arrête et me serre dans ses bras en me plaquant contre un autre mur. Cette fois-ci, sa main s'empare de mon sein et je gémis quand il pince mon téton.

– Putain, j'adore les bruits que tu fais. Ça me rend tellement dur.

Il ne plaisante pas, car je sens son érection contre ma hanche. Je n'ai pas le temps de me dégager, car il me soulève dans ses bras, une main sous les genoux et l'autre autour de ma taille. Il a beau être ivre, il sait ce qu'il fait – il est simplement moins coordonné et plus brouillon.

– Wes, pas ici. Il faut que tu dormes.

– Tu peux venir avec moi ? supplie-t-il en me mordillant le cou. Reste avec moi dans mon lit.

– Oui, d'accord, on peut baiser dans ton lit cette fois-ci.

Dans sa chambre, il me tourne et m'empoigne par le bassin pour m'embrasser. Même avec un goût de whisky, je ne peux me passer de sa bouche.

– Non, je veux que tu dormes avec moi. Toute la nuit. Je veux me réveiller avec toi, dit-il en me tirant vers le lit.

Il s'assied, baisse ma culotte, enlève mon débardeur et me regarde, debout, nue devant lui.

– J'adore ton corps.

Sa main se promène sur ma clavicule puis sur mon sein, qu'il pince légèrement, sur ma taille, sur ma hanche et sur ma cuisse.

– Juste cette fois. Reste toute la nuit. Laisse-moi me réveiller avec toi.

Il se penche et prend un téton dans sa bouche. Des décharges électriques parcourent mon corps.

– Juste une fois, répète-t-il.

C'est la deuxième fois que nous faisons l'amour, mais cette fois-ci est teintée de désespoir. Au milieu de la nuit, Wes se réveille sobre et me prend de nouveau en me chuchotant qu'il veut tout refaire avec moi pour être sûr de ne jamais l'oublier.

* * *

Lorsque je me réveille, Wes me regarde dormir. Ses cheveux sont tombés sur son front et je lève une main pour les repousser, voulant voir tout son visage dans la lumière du matin.

– Pourquoi tu fais ce travail ? demande-t-il.

Sa voix est dénuée de jugement. C'est une simple question, comme s'il mourait d'envie de me la poser depuis que nous nous sommes rencontrés. Sans doute est-ce le cas.

Il mérite de savoir pourquoi je ne peux pas lui offrir davantage. Je sais qu'il veut que je reste, qu'il veut que je vive avec lui pour voir où cette histoire peut nous mener. Il sait que ça ne me dérange pas qu'il soit aussi occupé, et il m'a dit que c'est une des raisons pour lesquelles il ne veut pas de relation sérieuse. Je ne suis pas collante comme la plupart des femmes trophées et, justement, je n'ai pas envie d'être une simple femme trophée ni même une simple copine. J'ai besoin de tracer mon propre chemin et d'être indépendante.

Or, je ne le peux pas pour l'instant, parce que je dois aider mon père.

Au lieu d'effleurer la vérité ou d'inventer quelque chose, je lui explique la situation telle qu'elle est.

– Mon père doit de l'argent à des types très dangereux. Beaucoup d'argent.

– J'ai beaucoup d'argent, dit-il doucement.

J'ai les larmes aux yeux lorsque je me tourne vers lui.

– Oui, c'est vrai, mais c'est ton argent. Mon père s'est endetté auprès d'usuriers parce qu'il ne peut pas s'empêcher de jouer dans des casinos et de parier. Je travaille pour rembourser sa dette.

– Combien ?

– Un million.

Il expire lentement.

– J'ai vraiment beaucoup d'argent, Mia. Je peux t'aider.

Je secoue la tête. Je savais qu'un mec aussi généreux que Wes voudrait aider ma famille, seulement ce sont mes problèmes, pas les siens.

– Je sais que tu peux m'aider, mais je ne te l'ai pas demandé.

Il est crucial qu'il comprenne que c'est ma décision. Je ne suis pas une demoiselle en détresse et il n'est pas mon chevalier en armure. Les contes de fées n'existent pas, surtout pour les nanas de Las Vegas avec un bagage émotionnel aussi lourd que le mien.

– Et si je te dis que j'ai quand même envie de t'aider ?

– Tu es très gentil, Wes.

Il secoue de nouveau la tête et s'allonge sur le dos.

– Non, Mia, je ne le suis pas. Je suis égoïste. Je ne veux pas que tu partes et que tu poses pour un artiste plein aux as à Seattle. Je te veux *ici*, avec moi, dans ma maison et dans mon lit. Je paierais n'importe quoi pour avoir ça.

J'en ai le souffle coupé et je mets un moment à parler.

– Est-ce que tu m'aimes, Wes ?

Il plonge son regard dans le mien.

– Euh... Je sais que je t'apprécie – énormément, même.

Je souris et je promène mon doigt, du haut de son front à son menton.

– Je t'apprécie énormément, moi aussi. Vraiment. Mais c'est quelque chose que je dois faire. Pas seulement pour mon père – même si c'est la raison principale – mais pour moi, aussi. Et toi, tu dois te concentrer. Le tournage de ton film commence la semaine prochaine. Tu vas diriger des scènes pour la première fois...

Wes passe sa main dans mes cheveux.

– Je sais tout ça. Ça ne change pas le fait que je te veux avec moi.

– Je sais, je comprends. Pour être honnête, je n'ai pas envie de partir, mais c'est ce qui va se passer. Et on va rester amis, toi et moi, n'est-ce pas ?

Il soupire et me tire pour m'étendre sur lui. J'appuie mes bras sur son torse et mon menton sur son sternum.

– Bien sûr. Tu es le meilleur pote que j'aie eu de toute ma vie.

Je hausse les sourcils.

– Je veux dire que tu es la meilleure amie fille que j'aie eue.

– Je comprends, je réponds en lui faisant un baiser sur la bouche.

– Alors, tu pars dans deux jours, et je ne peux rien faire pour te faire changer d'avis ?

Je secoue la tête et pose mon oreille contre son cœur, écoutant ses battements lents. Au fond de moi, je sais que la seule raison qui pourrait me faire envisager de rester serait qu'il m'aime. Je ne peux pas nier que j'ai des sentiments pour lui et que je me retiens parce que l'amour n'est pas une possibilité – pas après que je suis tombé amoureuse de tous les hommes avec qui j'ai couché. Cette fois-ci, avec Wes, je me suis protégée de manière si féroce qu'il n'a eu que des petits bouts de mon cœur.

– Qu'est-ce que ça veut dire, pour nous ? demande-t-il en empoignant mes fesses.

Bon sang, son talent au pieu va vraiment me manquer. Mon vibromasseur va me paraître sacrément ennuyeux, à présent.

– Et si on se contentait de dire que nous sommes amis ?

Il grimace.

– Meilleurs amis ? ajoute-t-il.

Il me soulève par la taille pour me placer au-dessus de son érection et je descends lentement, enfonçant toute sa longueur en moi. Ce mec est foutrement bien gaulé – et il sait se servir de ce que la nature lui a donné.

– Des meilleurs amis qui se veulent du bien, je dis en mettant un coup de bassin et en penchant ma tête en arrière.

Je pose mes mains sur ses pectoraux musclés et je contracte les muscles de mon sexe.

– Ça me va, dit-il en me soulevant pour me renfoncer sur lui.

Nous crions tous les deux à l'unisson.

– Maintenant, chevauche-moi, ajoute-t-il.

CHAPITRE 9

– Qu'est-ce que tu veux faire aujourd'hui ? demande Wes lorsque j'entre dans la cuisine.

Je suis surprise de constater que c'est lui qui fait à manger.

– Où est Judi ? je demande.

– Je lui ai donné sa journée. Je voulais être seul avec toi pour ton dernier jour, répond-il avec un sourire et un clin d'œil.

Je m'assieds au bar où il finit de préparer notre petit déjeuner. J'ouvre grand les yeux en regardant la pile de pancakes dégoulinante de beurre et de sirop d'érable. Il termine le tout par une dose de chantilly, et lorsqu'il pousse l'assiette vers moi, je découvre qu'il a dessiné un sourire sur le premier pancake.

– Ce sont des happy cakes, annonce-t-il en jouant des sourcils.

Cet homme est plein de surprises – c'est un surfeur, un acharné du travail, qui loue des escorts et conduit une Jeep, qui est plein aux as et qui fait des pancakes avec des *smiley* dessus.

– Quoi ? dit-il en penchant la tête sur le côté.

Ses joues sont couvertes de cette petite barbe du matin à laquelle je me suis habituée et que j'adore. Je secoue la tête en coupant une part dans la pile des cinq pancakes.

– Tu me déconcertes, c'est tout. Chaque fois que je pense t'avoir cerné, tu révèles un autre aspect de ta personnalité.

Wes hoche la tête et entame son petit déjeuner.

– Que dire ? J'aime te surprendre, déclare-t-il en souriant.

– C'est réussi. Mais revenons-en à ta question, dis-je la bouche pleine des meilleurs pancakes au monde. Aujourd'hui, j'aimerais faire un tour à moto.

Il hoche la tête.

– Ça me va, où va-t-on ?

Je souris en rejetant mes cheveux par-dessus mon épaule.

– Nous irons là où nous guide la moto. Ce n'est pas la destination qui compte, c'est la route.

Wes fait le tour du bar, s'assied à côté de moi et me regarde. Je me tourne vers lui, pensant qu'il veut m'embrasser, car d'habitude c'est la première chose qu'il fait le matin. Or, aujourd'hui n'est pas une journée ordinaire. Tout semble pesant, écrasé par mon départ imminent. Au lieu de m'embrasser, Wes dépose une goutte de chantilly sur mon nez.

– Waouh, quelle philosophe ! dit-il en se moquant de moi.

– Tais-toi ! je m'exclame en le poussant.

– Attends, Mia. *Ce n'est pas la destination, c'est la route* ? Tu sors ça d'où ? Dis-moi la vérité, c'était écrit sur un autocollant quand tu as acheté la moto, n'est-ce pas ?

– Mais c'est vrai !

Je secoue la tête et recommence à manger. De temps en temps, il me met un coup de coude dans les côtes pour me faire savoir qu'il me chambre. Bon sang, ce beau gosse va me manquer – plus que je n'ai envie de l'admettre.

Beaucoup plus.

* * *

– Hey ! siffle Wes lorsque j'entre dans le garage où est garée ma moto.

Il ne parle pas de Suzi, mais de moi. Il me mate des pieds à la tête, depuis mes cuissardes à ma veste en cuir noir en passant par mon jean slim et mon t-shirt Radiohead.

– Ça te plaît ? je demande en me déhanchant, consciente que ça accentue mes courbes.

Car je sais que mes courbes lui plaisent. Il m'a dit des tonnes de fois qu'il était amoureux de mon corps. Il aime les femmes avec des formes – pas les brindilles avec un corps d'enfant.

Il pourrait me mentir, bien sûr, mais à en juger à l'expression sur son visage, je ne pense pas que ce soit le cas.

Il jette son blouson en cuir sur le siège de la moto, fait le tour de la Jeep et prend possession de ma bouche. Pour Wes, un baiser n'est pas un simple préliminaire. C'est un moyen de me marquer à vif, de laisser son goût dans ma bouche afin que je l'emporte avec moi toute la journée. Je n'oublierai pas un seul de ses baisers, tant ils sont délicieux. Il alterne entre de petits mordillements et de longs coups de langue. Quant à ses mains, elles sont magiques. Il sait toujours où caresser, quand pincer, quand chatouiller. Sa main est sur mes fesses tandis que l'autre est sur mon sein, il les malaxe avec une expertise exquise.

Je suce sa langue, puis je mords sa lèvre jusqu'à ce qu'il gémisse. Il rompt le baiser et appuie son front sur le mien.

– Je croyais qu'on allait faire un tour, je chuchote contre ses lèvres.

– Ouais, ça, c'était avant que je te voie comme ça. Maintenant, ma bite a d'autres idées.

Il avance son bassin contre le mien pour me faire sentir son érection. Cependant, je parviens

– non sans efforts – à reculer. Je pose mes mains sur ses joues et je plonge mon regard dans le sien.

– Plus tard. L'attente rendra ça meilleur, dis-je avant de mordre sa lèvre une dernière fois.

Je retourne auprès de Suzi et monte dessus.

– Salut ma belle, dis-je en tapotant son réservoir. Tu es prête à montrer à Wes ce dont tu es capable ?

– Euh, je pense que tu dois reculer pour que je puisse monter, dit Wes.

– J'ai du mal comprendre. Tu suggères que je m'asseye à l'arrière ? je demande en haussant les sourcils.

Wes pose une main sur le guidon et l'autre sur sa hanche.

– Si ça implique que tes cuisses serrent mes fesses et que je sente tes seins dans mon dos, alors oui, c'est ce que je suggère, dit-il.

– Dans ce cas, nous avons un problème, parce que Suzi est ma nana, et il n'y a que moi qui la conduise. Donc, mon ami, ce sont tes cuisses qui vont serrer mes fesses, j'annonce en avançant pour lui faire de la place. À moins que tu craignes d'endommager ta virilité ?

Wes me surprend en enfilant son blouson et en jetant sa jambe par-dessus Suzi sans broncher. Cela dit, c'est parce qu'il a une idée en tête. Il a décidé de me faire vibrer avant même que je n'aie démarré Suzi. Il se plaque contre moi, glisse une main sous mon mon t-shirt, dégage mon soutif et s'empare de mon sein. Il le tire et le titille jusqu'à ce que mon téton soit dur, et je gémis lorsqu'il lèche mon cou. Je me cambre et j'appuie ma tête sur son épaule, reculant mes fesses contre son érection. Je tourne la tête pour l'embrasser alors que ma braguette s'ouvre et que sa main glisse dans mon string.

– Mon Dieu, je chuchote lorsqu'il plonge deux doigts en moi.

Ses doigts me fouillent tandis que son pouce titille mon clitoris. Il me cambre contre lui, plongeant plus profondément en moi, continuant à m'explorer en me mordant le cou. Je lève mon bassin, me frottant contre ses doigts pour atteindre l'orgasme.

– C'est ça, Bébé, chuchote-t-il contre ma tempe.

Sa voix rauque m'excite encore plus et mon bassin accélère ses allers-retours, forçant ses doigts à me baiser. Son autre main pince mon téton tandis qu'avec l'autre, il frotte mon clitoris tout en me fouillant, pliant ses doigts pour former un crochet et me faire atteindre le sommet de mon orgasme.

Putain.

Douce folie.

– C'est ça, Chérie, reviens-moi, chuchote Wes alors que son pouce continue d'encercler mon clitoris, déclenchant des décharges de plaisir dans tout mon corps, accompagnant mon retour sur terre.

Je retire ce que j'ai dit, chuchote-t-il avant de m'embrasser dans le cou.

– Qu'est-ce que t'as dit ?

– La destination était sympa, mais c'est la route qui a compté. Te regarder perdre la tête comme ça, dans mes bras et sur cette moto, c'est quelque chose que je n'oublierai jamais.

Moi non plus.

****

Nous empruntons la Highway One[3] pour admirer les innombrables points de vue sur l'océan. Au détour d'un virage, Wes désigne un panneau délavé indiquant une plage, et j'avance dans le chemin cabossé, m'arrêtant à un minuscule sentier qui mène à une petite crique. Sur la plage, Wes enlève son sac à dos et en sort une fine couverture. Il s'assied face à l'océan, et son regard se perd au loin. C'est une plage publique, or nous sommes seuls – il semble n'y avoir personne à des kilomètres à la ronde. Wes fouille dans son sac et en extrait des sandwichs.

– Tu as préparé un pique-nique aussi ? D'abord, les pancakes et maintenant ça ? Laisse-moi deviner, c'est de la dinde label rouge avec du houmous maison et des légumes frais ?

---

3. Route célèbre de Californie qui longe la côte pacifique.

Il se couvre la bouche pour sourire en retroussant son nez.

– Perdu, Princesse, dit-il en me tendant la moitié d'un sandwich.

– Du beurre de cacahuète et de la confiture ? dis-je en ouvrant le sandwich et en secouant la tête.

Je mords dedans et découvre le parfait ratio beurre de cacahuète/confiture. Il sourit en me tendant un thermos, que j'ouvre pour boire, surprise d'y trouver du lait.

– Du lait ?

– Je voulais te donner le meilleur, Miss Mia, dit-il en reprenant le thermos pour boire à son tour.

– Tu savais que les sandwichs confiture-beurre de cacahuète étaient mes préférés ?

Il écarquille les yeux.

– C'est vrai, je suis sérieuse – j'adore. Et tu sais quoi ? J'adore ça. Être assise ici avec toi après une virée à moto. C'est... eh bien... je ne l'oublierai pas, Wes. Ce mois avec toi a été le plus beau de ma vie. Et je ne parle pas seulement du sexe.

Il hausse les sourcils.

– Ok, je parle du sexe, j'ajoute, et nous éclatons tous les deux de rire.

Il reprend une gorgée de lait avant de répondre.

– Je vois ce que tu veux dire. J'ai l'impression qu'avec toi, tout est facile.

Je penche la tête sur le côté et il sourit.

– Mais non... Je ne dis pas que tu es facile, je dis que les choses sont agréables. Tu ne m'as pas fait tourner en bourrique. Tes envies sont simples et tu ne fais pas dans le mélodrame. Je ne pensais pas qu'un couple pouvait être comme ça.

– Je n'ai jamais connu ça moi non plus. Il y avait toujours quelque chose pour gâcher l'histoire.

Wes regarde au loin et j'en profite pour admirer son profil. Sur l'échelle des beaux gosses, Weston Channing est au sommet. Il est sexy sans effort – c'est naturel, tout simplement. Il est détendu et élégant, même au saut du lit. Et là, maintenant, sur cette plage abandonnée, alors qu'il se confie à moi... il est irrésistible.

– Est-ce que tu as déjà été amoureux ?

Il tourne brusquement la tête vers moi en souriant légèrement. Il s'allonge sur le dos en se redressant sur ses coudes, et il secoue la tête.

– Non, je ne crois pas. J'ai cru l'être, une ou deux fois, mais comme je l'ai dit, les choses n'étaient jamais simples. Je crois que lorsqu'on aime quelqu'un, c'est censé être facile. Les choses doivent trouver leur place naturellement, sans forcer, non ?

Je hoche la tête.

– Les planètes, les lunes et les étoiles s'alignent et tout fonctionne, c'est ça ? je réponds en souriant.

– Quelque chose comme ça, ouais, dit-il en riant. Et toi ?

– Moi quoi ?

– Tu as déjà été amoureuse ?

Je réfléchis si longtemps à ma réponse qu'il pose sa main sur mon épaule et la serre délicatement.

– Tu n'es pas obligée de me le dire, ne t'en fais pas.

– Non, ce n'est pas ça. C'est juste qu'il serait plus simple de me demander s'il m'est arrivé de ne pas tomber amoureuse. D'une certaine manière, je suis tombée amoureuse de tous les hommes avec qui j'ai été. Hélas, ici, avec toi, je me demande si j'étais vraiment amoureuse ou si j'étais simplement… accablée par leur présence.

– Qu'est-ce qui te fait dire ça ?

Je plie mes jambes pour ramener mes genoux sous mon menton.

– Je ne sais pas. C'est différent avec toi.

– Donc, pour résumer, ça fait un mois que tu es avec moi, tu as admis que le sexe était le meilleur de toute ta vie…

Je lève les yeux au ciel, mais il poursuit.

– … tu as admis que c'était différent avec moi… est-ce que ça veut dire que tu m'aimes ?

– Peut-être.

Je ne connais vraiment pas la réponse à sa question.

– Eh ben, waouh.

Il se tourne sur le côté et s'accoude pour appuyer sa tête dans sa main.

– Et si je te dis que je suis en train de tomber amoureux de toi ?

– Wes...

Il sait qu'il ne vaut mieux pas s'aventurer dans cette direction.

– Je suis sérieux, parlons-en une minute.

Il me force à m'allonger et à imiter sa pose afin que nous nous regardions dans les yeux.

– Tu m'aimes peut-être, et moi je tombe amoureux de toi. Tu ne crois pas qu'on devrait agir ?

– C'est le cas, je réponds en souriant. Nous allons rester amis. Tu vas travailler et tourner ton film. Nous allons rester en contact, et quand j'aurai remboursé ma dette...

Je plonge mon regard dans le sien et je me tais.

– Quand tu auras remboursé ta dette... quoi ?

– Je reviendrai à Los Angeles. Là où tu vis.

– Mais tu vas quand même partir demain, dit-il, et son regard s'emplit de tristesse.

– Oui. Je pars demain.

Il hoche la tête et baisse les yeux.

– Donc, quand tu reviendras...

Cette fois-ci, c'est lui qui ne termine pas sa phrase.

– Je ne veux pas que tu m'attendes, Wes. Si tu rencontres quelqu'un avec qui tu te sens bien, profites-en. Fonce et amuse-toi. Un homme avec ton charisme n'aura aucun mal à trouver quelqu'un pour réchauffer son lit.

– C'est ce que tu vas faire ? Laisser tes clients réchauffer ton lit ? demande-t-il d'une voix froide à laquelle je ne m'attendais pas.

Je savais que cette conversation était risquée. Elle pourrait ruiner tout ce que nous avons construit durant ce mois, et tout ce que nous pourrions construire à l'avenir.

– Je dis simplement que pour l'année qui vient, chacun doit tracer son chemin. Chacun doit faire ce qui lui fait envie.

Il soupire lentement et se rassied.

– Ça veut dire que tu ne vas pas m'attendre.

– Non, je réponds en secouant la tête. Je vais faire ce qui me semble bien sur le moment, ce qui est bien pour moi. Et je veux que tu fasses la même chose, même si je ne veux pas te perdre.

Il prend ma main pour l'embrasser.

– Je ne veux pas te perdre non plus. C'est juste que... j'essaie de me convaincre que j'ai raison de te laisser partir. Parce que ça me semble être une connerie.

Il serre plus fort ma main, et cette fois-ci c'est moi qui embrasse la sienne.

– Pour moi aussi, mais c'est ce qui va se passer, et j'ai besoin que tu le respectes. Tu peux faire ça pour moi ? Nous verrons où nous en sommes plus tard. Pour l'instant, ça doit suffire.

– C'est loin d'être suffisant, Mia. Mais si c'est tout ce que j'ai, alors je m'en contenterai.

Il m'attire à lui et me serre dans ses bras. Je m'accroche à lui, consciente qu'il me faudra bientôt le lâcher.

* * *

Toutes mes affaires sont dans le quatre-quatre que je regarde partir en direction de chez moi. Le chauffeur a ma clé, et il va tout déposer chez moi avant de laisser ma clé chez le concierge.

Wes s'attend à ce que nous dînions ensemble une dernière fois, ce soir. Hélas, je n'en ai pas la force. Lorsque nous sommes rentrés de la plage, hier, nous avons passé l'après-midi et la soirée à faire l'amour, encore et encore, jusqu'à ce que nous soyons épuisés et que nous nous effondrions, blottis l'un contre l'autre dans son énorme lit. Il m'a dit qu'il rentrait à dix-huit heures pour m'emmener au restaurant, mais je ne serai plus là. Je ne peux pas lui dire adieu après tout ce que nous avons vécu ensemble.

C'est peut-être cliché, mais j'ai préféré coucher ce que je ressens sur le papier.

Weston Charles Channing III,

Je me fends la poire en écrivant ton nom. Tu l'as déjà dit à voix haute ? Fais-le pour moi. C'est drôle, tu vas rire. En tout cas, moi j'ai ri. ☺

Plus sérieusement, je veux te dire merci. Je m'attendais à détester chaque seconde de ce boulot, or c'est la chose la plus exaltante que j'ai faite de toute ma vie. Te rencontrer a été un cadeau. Tu es un cadeau, Wes. Je sais que c'est naze, dit comme ça, et j'ai failli le rayer, mais tu dois l'entendre de la bouche de quelqu'un qui tient à toi. Et je tiens à toi, Wes. Beaucoup. Plus que je ne le devrais.

Être avec toi, passer du temps à tes côtés, m'a transformée. Pour le mieux, je crois. À présent, j'ai l'impression que je peux endurer cette année tout en apprenant quelque chose. Je vais sauver mon père, certes, mais je vais me sauver également. Il est temps que je vive pour moi. Si je restais chez toi et que je te laissais résoudre mes problèmes en remboursant la dette de mon père, je le regretterais jusqu'à la fin de mes jours. J'aurais toujours ça en tête et ça pèserait sur notre relation. En partant, je pars parce que je l'ai décidé, et je pars alors que nous sommes de bons amis. Des meilleurs amis. Des meilleurs amis qui se font du bien.

Suis-je triste de partir ? Bien sûr. Je n'en ai pas envie, mais tu le sais déjà. Je sais que ce que je fais est horrible pour nous deux, mais je sais également que c'est la seule façon que j'ai d'être vraiment libre. Quelle est cette expression déjà ? « Si tu aimes une personne, laisse-la partir, si elle ne revient pas, il n'y avait aucune raison qu'elle reste avec toi. »

J'espère revenir un jour. Si c'est dans les cartes, alors je reviendrai, n'est-ce pas ? Sinon, nous aurons toujours un ami sur qui compter. J'espère sincèrement que tu le comprends. Je te souhaite le meilleur, Wes. Tout le monde va adorer ton film, parce que c'est toi qui l'as écrit et que tes paroles sont magnifiques.

Ce matin, quand tu pensais que je dormais, tu m'as embrassée et tu m'as dit : « Ne m'oublie pas. » Wes, je te le promets, je n'oublierai jamais le temps que nous avons passé ensemble, et surtout, je ne t'oublierai jamais, toi.

De tout mon cœur,

Mia

J'embrasse la lettre à côté de mon nom, laissant la trace rose bonbon de mes lèvres. Un dernier baiser pour Wes.

* * *

Les deux jours qui suivent sont un cauchemar de rendez-vous organisés par ma tante pour me préparer à rencontrer l'artiste Alec Dubois. Les rendez-vous chez le coiffeur et pour ma manucure-pédicure sont plutôt agréables, même si je les trouve ennuyeux à mourir. J'aime être chouchoutée comme toutes les filles, mais accorder des heures à mes cheveux et à mes ongles de mains et de pieds me paraît tout simplement ridicule. Or, ce n'était pas le pire, car après ça, Millie m'a envoyée chez l'esthéticienne.

Autant dire chez le bourreau Elle commence avec un masque apaisant pour le visage, elle berce mes sens avec des parfums sublimes, de la musique relaxante et un massage facial. Puis elle sort le gros néon aveuglant. Le choix s'impose entre fermer les yeux et perdre la rétine. J'ai bien fait de fermer les yeux, car je découvre que c'est le moment où elle dégaine « l'extracteur », une machine qui racle la peau pour en sortir tous les points noirs et déboucher les pores. C'est barbare. Cependant, je sors de là avec une peau lumineuse et parfaite, douce comme les fesses d'un bébé.

Ensuite, ma journée continue pour le pire, car je dois me faire épiler. Partout. L'artiste a des exigences très spécifiques. Si je me déshabille – et qu'il lâche vingt-cinq mille dollars –, je ne peux avoir de poil nulle part. Heureusement, j'ai le droit de garder le duvet sur mes bras. Quant au reste, bye bye. Je n'avais jamais eu droit à une épilation intégrale. D'abord, l'esthéticienne – cette sadique – couvre chaque millimètre de mes parties intimes avec de la cire brûlante. Lorsqu'elle refroidit et qu'elle durcit, elle appuie sur ma peau pour arracher tous mes pauvres petits poils, me laissant davantage comme une petite fille que comme une femme.

C'est déprimant, et je ne comprends pas pourquoi des femmes font ça volontairement si elles ne sont pas payées une fortune. Je sais ce que j'y gagne, moi – c'est quoi leur excuse, à elles ?

* * *

Février

CHAPITRE PREMIER

La grille rouillée de l'ascenseur résonne d'un bruit métallique lorsque le chauffeur la ferme. Il ne m'a pas adressé la parole depuis qu'il m'a demandé si j'étais Mia, lorsque je suis arrivée à l'aéroport de Seattle. Il tenait une pancarte avec mon nom dessus. Tante Millie m'avait dit de m'attendre à ce qu'un bûcheron me conduise à mon prochain client, et elle ne s'est pas trompée, car ce type est énorme. Il ne mesure que quelques centimètres de plus que moi, mais il compense sa petite taille par sa largeur. Il me fait penser à un de ces bodybuilders qu'on voit tirer des camions à la télé.

L'ascenseur monte au dixième étage et s'arrête dans un crissement de métal rouillé, me projetant contre le torse de l'ogre qui m'accompagne. Il ne semble pourtant pas le remarquer. Il se contente de grogner, puis il me guide dans un loft au sol en béton et dont le plafond, dix mètres plus haut, est recouvert de tuyaux. Il y a des gens partout, la moitié sont nus.

Mon Dieu, dans quoi me suis-je embarquée ?

Des cliquetis d'appareils photo retentissent partout tandis que des chariots pleins de projecteurs sont poussés d'un côté à l'autre de la pièce par des hommes en noir. Le bûcheron pose mon bagage au pied d'un mur et pointe du doigt un homme accroupi, visage collé à un appareil photo.

– Monsieur Dubois, grommelle-t-il avant de tourner les talons et de remonter dans l'ascenseur.

Je ne sais pas quoi faire. Est-ce que je dois m'asseoir quelque part et attendre que quelqu'un vienne à moi – en priant pour que ce ne soit pas un des hommes à poil – ou est-ce que je dois aller déranger l'artiste ?

Plutôt que d'attendre, je décide de faire un tour de la pièce. Sur le mur de droite, de vieilles fenêtres rétro, qui s'ouvrent à l'aide d'une manivelle, éclairent le loft. Des femmes nues ou seins à l'air passent devant moi et me reluquent avant de prendre place devant de grandes toiles blanches. Elles prennent une pose, que les assistants en noir corrigent – en bougeant leur coude ou leur index d'à peine trois millimètres sur la gauche ou sur la droite – avant de prendre la photo. Puis ils recommencent – l'index bouge de deux millimètres dans l'autre sens – et ils prennent un autre cliché. C'est bizarre.

Dans un autre coin de la pièce, un couple nu est allongé sur une gigantesque toile blanche. Un assistant grimpe en haut d'une échelle menant à une plate-forme située au-dessus du couple, sur lequel il verse méthodiquement le contenu d'un seau de peinture bleue.

– Ne bougez pas ! hurle-t-il. Sinon il faudra que je recommence, et Monsieur Dubois ne sera pas content !

Le couple ne bouge pas d'un iota. La femme tient le visage de l'homme comme si elle s'apprêtait à l'embrasser. Le modèle la serre contre lui, une main sur sa fesse, ramenant sa jambe sur sa hanche, l'autre main sur sa nuque, tandis que des gouttes de peinture bleue dégoulinent sur leur corps et tachent la toile.

– J'ai dit, ne bougez pas ! crie de nouveau l'assistant.

Je suis tellement fascinée par cette scène étrange que je ne sens la personne arriver derrière moi que lorsqu'elle balaye mes cheveux sur le côté.

– Parfaite, chuchote-t-on dans mon oreille avant d'embrasser la courbe de mon cou.

Prise de panique, je recule sans regarder où je vais, essayant de m'éloigner de l'étranger qui me tripote, mais je rencontre un obstacle et trébuche sur un coin de la toile. J'atterris dans le pilier de la plate-forme sur laquelle se tient l'assistant, et le reste est un chaos total. Le seau de peinture dessine un arc de cercle dans les airs, peignant tout sur son passage. En dessous, le couple le voit venir, et l'homme fait rouler la femme sur le côté, évitant l'assistant, son seau de peinture ainsi que la plate-forme qui leur serait tombée dessus si le modèle n'avait pas eu des réflexes de Ninja.

Quant à moi, il n'y a pas de Ninja pour me sauver.

Je tombe en arrière et mon talon transperce la toile épaisse. Il s'y coince alors que mon corps se tourne dans la direction opposée, et je pousse un cri strident lorsque ma cheville se tord, puis j'atterris dans une flaque de peinture bleue.

– Doux Jésus ! s'exclame l'homme que j'ai essayé de fuir, en venant – trop tard – à ma rescousse.

Il m'empoigne sous les aisselles et me soulève pour m'inspecter de ses yeux dorés inquiets. Au vu de ses petites pattes d'oie, je dirais qu'il a une dizaine d'années de plus que moi. Ses cheveux châtains sont striés de mèches blondes et rousses, et relevés en chignon. Sa mâchoire sculptée et ses lèvres charnues sont accentuées par une barbe châtain clair. Je ne suis jamais sortie avec un homme à barbe, et face à celui-ci, blottie dans ses bras musclés, je me demande bien pourquoi. Il est magnifique, il ressemble à Ben Affleck, mais en plus beau.

– Je ne voulais pas te faire peur. Je t'ai vue, là, et... Je n'ai jamais vu de femme aussi belle. Il fallait que je pose mes lèvres sur ta peau hâlée. Ma Mia, dit-il d'une voix pleine d'admiration.

Ses yeux caramel m'inspectent de la racine des cheveux à la pointe de mes bottes à talons aiguilles, des bottes que je vais m'empresser d'enlever, ma cheville gonfle déjà.

Je tente de poser le pied par terre, mais la douleur qui remonte tout le long de ma jambe me fait gémir et je m'agrippe aux bras du barbu, plantant mes ongles dans sa chair.

– Oh non, tu as vraiment mal ! s'exclame-t-il.

Je lève les yeux au ciel.

– Tu crois, *Sherlock* ?

Il se baisse pour passer un bras derrière mes genoux et me soulève pour m'emmener sur une méridienne, de celles que l'on voit dans les vieux films romantiques et sur lesquels les demoiselles en détresse s'évanouissent avec classe et élégance.

Pas de raffinement pour moi, je n'ai rien d'une Blanche-Neige, je ressemble plutôt à la fille cachée de Grincheux et d'un Schtroumpf. Je suis couverte de peinture bleue et prête à arracher la tête du premier qui essaiera de toucher à ma cheville.

– J'appelle un médecin ! dit à mon nouveau client un des assistants tout vêtu de noir.

– *Non, ce n'est pas nécessaire**[1], répond-il en français. Allez à l'appartement 3B, elle est médecin et c'est une amie. Tout ira bien, Mia, dit-il en plongeant son regard dans le mien.

Mes cuisses se contractent, mais je ne sais si c'est à cause de son accent follement séduisant ou de l'atroce douleur qui se propage toujours plus fort dans ma jambe.

Quelques minutes plus tard, une minuscule petite femme tenant une sacoche à l'ancienne arrive. Elle m'aide à enlever ma botte sans me tordre la cheville. J'entends quelqu'un ricaner derrière moi et je découvre, en me retournant, que c'est mon client, Alec Dubois.

– Quoi ? je demande.

– Tes chaussettes. Elles sont tout simplement divines, *ma jolie**.

---

1. * Tous les mots marqués d'une astérisque sont en français dans le texte.

Je ne sais pas ce que veut dire « ma jolie », et même si c'est super-sexy, ça m'agace. Il pourrait me traiter de maladroite ou de débile et je ne le saurais pas. Je regarde mes chaussettes de Noël puis le médecin, qui sourit mais ne dit rien. Elle me plaît. Quant au Frenchie, je n'ai pas encore décidé si je l'apprécie.

– Eh bien, elle n'est pas cassée, dit le médecin, mais vous avez une belle entorse. Je vais vous mettre un bandage, et il faut que vous évitiez de lui faire supporter le moindre poids. Ça devrait aller mieux d'ici deux semaines. Vous devez la reposer, la maintenir surélevée et y mettre de la glace. Je vous conseille aussi d'utiliser des béquilles.

Mince, je déteste les béquilles – tout le monde les déteste. Je n'ai pas envie d'avoir les aisselles rouges et irritées en plus d'avoir mal à la cheville. Surtout sur un tout nouveau contrat. Je me demande si l'artiste va vouloir se faire rembourser, et soudain je panique en pensant à mon père et à la manière dont je rembourserai Blaine ce mois-ci si le Français ne veut plus de moi maintenant.

– Je vais m'occuper de toi, *ma jolie**. Ne t'inquiète pas.

Alec s'assied à côté de moi, passe un bras autour de ma taille et m'attire contre lui, comme si nous nous connaissions depuis des années. À l'évidence, ce type n'a pas la même notion que moi de la distance à respecter entre deux personnes. Cependant, je dois avouer que je trouve ça réconfortant, et ça me rassure un peu quant au fait qu'il me renvoie chez moi.

– *Retournez travailler**, dit-il, suite à quoi ses assistants déguerpissent et reprennent leur activité.

– Qu'est-ce que ça veut dire ? Et qu'est-ce que tu fais ? je demande tandis qu'il se lève et qu'il me prend de nouveau dans ses bras en se dirigeant vers l'ascenseur.

– Je t'emmène à la maison pour que tu puisses te reposer. Tu dois être fatiguée de ton voyage. Et maintenant, avec ton entorse, tu dois t'allonger. Et j'ai dit à mon équipe de se remettre au boulot, ajoute-t-il dans un anglais parfait.

– Cette situation est super-bizarre. Je suis désolée pour la peinture et tout le bazar, et de m'être fait mal alors que je suis censée être une muse spectaculaire.

– Oh, ne t'en fais pas, tu l'es, spectaculaire. Tes traits sont sublimes et ton visage en deux est un miroir parfait, dit-il d'une voix émerveillée.

– Je ne comprends pas, qu'est-ce que tu veux dire par « mon visage en deux » et « un miroir parfait » ?

Un de ses hommes nous suit dans l'ascenseur avec mon bagage et il appuie sur le bouton du douzième étage, le plus haut de l'immeuble. Les portes s'ouvrent sur un nouveau loft, aussi grand que le précédent, mais qui est aménagé en appartement. Il y a une cuisine ouverte, un grand salon et des escaliers qui doivent mener aux chambres. Il m'emmène à la salle de bains, où il me pose délicatement sur un pied tandis que je me tiens au lavabo. Mon sac apparaît comme par magie, et Alec fouille dedans avant d'en sortir mon top et mon shorty Aubade.

– Tiens, mets ça, je vais chercher un sac pour tes vêtements.

Quelques secondes plus tard, il revient avec un sac-poubelle.

– Ça va aller ? demande-t-il en me regardant, une main sur la poignée de la porte.

– Oui, merci, je dis en me sentant rougir.

Mais quelle imbécile ! Je me dépêche d'enlever mon jean et mon t-shirt maculés de peinture bleue et j'enfile mon pyjama. Ensuite, je prends un gant propre et j'enlève le plus possible de taches sur ma peau. Le mieux serait que je me douche, mais ça devra suffire pour l'instant, je veux d'abord mettre les choses au point avec mon client, histoire d'évaluer son humeur et de voir s'il est en colère contre moi.

Lorsque j'ouvre la porte de la salle de bains, Alec m'attend devant et il me reprend dans ses bras.

Il m'emmène jusqu'à un canapé d'angle en velours pourpre, m'y dépose, puis il rapproche un tabouret sur lequel il s'assied. Il soulève mon pied sur sa cuisse et je me penche pour attraper mon mollet des deux mains, ne sachant pas comment réagir face à cet homme qui me touche sans complexes.

– Donc, tu voulais savoir pour le miroir parfait ? dit-il, reprenant le fil de la conversation.

Je hoche la tête et me mords la lèvre. Du bout de l'index, il trace un trait invisible du milieu de mon front jusqu'au bout de mon menton. Je frissonne sous son geste, mais peut-être est-ce à cause de son regard de braise qui me donne l'impression d'être la plus belle femme sur terre. Wes me regardait de la même manière. Un éclair de culpabilité s'empare soudain de moi, mais je le mets de côté, car Wes et moi ne sommes pas en couple. Nous sommes amis – des amis qui se veulent du bien. Peut-être serons-nous ensemble un jour. Peut-être. Mais pas aujourd'hui.

– Si on coupait ton visage en deux, ici, dit Alec en redessinant son trait invisible, chaque côté serait le reflet parfait de l'autre.

– Comme tout le monde, je réponds en fronçant les sourcils.

Il pose sa main sur ma joue et plonge ses doigts dans mes boucles.

– Oui, *ma jolie**, mais chez les autres, le visage n'est pas symétrique. Le tien est parfait. C'est le même des deux côtés. Ni plus beau ni plus moche que l'autre côté. C'est très inhabituel et fascinant. Tu es unique, dit-il avant de déposer un baiser sur chacune de mes joues. Demain, nous commençons le travail, *oui** ? Aujourd'hui, tu te reposes.

Il attrape un coussin qu'il pose sur le tabouret avant d'y allonger ma cheville enflée.

– Je dois retourner travailler maintenant, reprend-il d'une voix distante, comme s'il était déjà replongé dans son art.

Il est intéressant, cet Alec Dubois.

* * * *

N'ayant pas le courage de gravir les escaliers à cloche-pied, je passe l'après-midi sur le canapé où je fais une sieste avant d'appeler Ginelle, ma meilleure amie, ainsi que Tante Millie. Les deux ont trouvé hilarant que je me sois tordu la cheville. Apparemment, je suis chanceuse de me retrouver à la merci d'un bellâtre français.

La cloche signalant l'arrivée de l'ascenseur retentit et j'entends la grille en fer s'ouvrir. Alec entre dans le salon avec une paire de béquilles et un sac en papier blanc dont s'échappent de divins arômes.

Il pose la nourriture sur la table basse, appuie les béquilles sur le dossier du canapé et vient s'asseoir à côté de moi.

Je n'ai pas le temps de dire un mot qu'il saisit déjà mon visage pour m'embrasser sur chaque joue, laissant une marque brûlante sur ma peau. Il recule la tête et plonge son regard dans le mien.

– Comment vas-tu, *ma jolie** ?

– Euh, bien je crois. Ça veut dire quoi, « ma jolie » ?

Alec sourit et penche la tête sur le côté. Il enlève une mèche de mon front et la place derrière mon oreille. L'air autour de nous semble soudain chargé de promesses, d'un espoir inexplicable.

– Ça veut dire que tu es belle, répond-il.

– Ah, ok, je chuchote, envoûtée par ses yeux ambrés.

– Tu as faim ?

Je hoche la tête.

Il part à la cuisine et revient avec deux assiettes et des couverts, puis il se rassied en se collant à moi. Je ne peux pas me décaler sur le canapé sans qu'il le remarque, et je ne veux pas faire mauvaise impression, donc je reste enveloppée dans sa chaleur et son parfum C'est un mélange d'Hugo Boss et de peinture fraîche. Je le reconnais parce que j'ai travaillé dans une parfumerie à Las Vegas où je devais proposer à tous les clients de se faire parfumer.

La senteur d'Hugo Boss était divinement virile, à tel point qu'elle semblait se diriger tout droit entre mes cuisses chaque fois que j'en aspergeais quelqu'un.

J'appuie le poids de mon corps sur mes mains et je me décale discrètement de quelques centimètres. Alec se contente de me regarder en souriant et de me faire un clin d'œil avant de me tendre une assiette de nouilles sautées et de poulet aux champignons noirs.

– J'espère que tu aimes la cuisine chinoise, dit-il.

Je prends le plat et le porte à mes narines, fermant les yeux pour respirer le délicieux parfum de poulet aux épices. J'en ai l'eau à la bouche et je gémis en mâchant ma première bouchée. Lorsque je lève la tête, Alec ne mange plus. Il m'observe avec un regard incandescent, si intense que je manque m'étouffer.

– Tu es incroyablement belle, dit-il.

Il effleure ma joue et je l'appuie contre sa paume. Ça ne fait que quelques jours, mais la présence d'un homme me manque déjà.

– *Tu es le cadeau de Dieu au monde**, susurre-t-il d'une voix rauque en promenant son pouce sur ma lèvre.

– Qu'est-ce que ça veut dire ?

– Que tu es un miracle. Un sublime miracle.

Et je vais faire en sorte que tout le monde le sache.

Un miracle. Alec pense que je suis un miracle. Sublime.

Je ne sais quoi répondre, mais peu importe car je n'ai pas le temps d'y réfléchir. Il pose son assiette puis la mienne, et il avance son visage vers le mien. Nos bouches ne sont qu'à quelques millimètres, et je suis hypnotisée par sa présence. Cependant, mon cerveau sort de sa torpeur lorsque ses lèvres chaudes et tendres effleurent les miennes et qu'il suce ma lèvre avant d'y promener sa langue.

Je saisis sa nuque et tire sa tête vers moi en plongeant mes doigts dans ses cheveux. Je trouve son élastique et je lui détache les cheveux, libérant une masse de vagues épaisses sentant le citron et le savon. Ses cheveux tombent sur son visage et encadrent notre baiser. Alec attrape mon menton et penche ma tête sur le côté pour plonger sa langue dans ma bouche, apprenant déjà comment me faire gémir. Je mordille ses lèvres comme un animal affamé, mais ça ne semble pas le gêner. Je crois même qu'il grogne dans ma bouche.

Les muscles de mon corps se contractent, désespérés de sentir Alec plus près encore. J'essaie de m'allonger sur le dos pour qu'il s'étende sur moi, mais il rompt le baiser et appuie son front contre le mien.

– *Très jolie**, chuchote-t-il.

Ses mots en français me caressent comme sa langue a caressé mes lèvres il y a quelques secondes, m'excitant encore plus maintenant que je connais la sensation de sa bouche sur la mienne.

– Tout doux, *chérie**, dit-il d'une voix douce. Nous avons tout le temps d'apprendre à nous connaître physiquement. Je veux profiter de toi. Découvrir ton goût, la douceur de ta peau sous mes doigts, ton corps sur ma toile.

– Waouh, je murmure en plongeant mon regard dans le sien.

– « Waouh » ne suffit pas à décrire le plaisir que nous allons prendre. Mais mangeons, maintenant. Apprenons à nous connaître. Ce n'est que de cette manière que la manifestation physique de notre union sera divine.

Alec Dubois est tout simplement étrange. « La manifestation physique de notre union ? » Qui parle comme ça ? Je ne sais même pas ce que ça signifie !

– Tu es un mec bizarre, dis-je avant de reprendre mon assiette.

J'enroule des nouilles sur ma fourchette et j'en avale une énorme bouchée. C'est délicieux, presque aussi bon que le baiser que nous venons d'échanger.

Alec penche la tête en arrière et éclate de rire. Comme je disais, il est totalement bizarre.

Il saisit son assiette à son tour, pose ses pieds sur le tabouret, à côté du mien, et me transperce du regard.

– Oh, ma chérie, tu n'as pas idée. Mais tu le découvriras bien assez tôt. Maintenant, mangeons.

CHAPITRE 2

Hier soir, après m'être gavée des meilleures nouilles chinoises que j'aie goûtées de toute ma vie, Alec m'a portée dans la chambre à l'étage et il m'a installée dans son lit. Je ne crois pas qu'il y ait d'autre chambre dans l'appartement, mais il n'a pas supposé que nous dormirions ensemble, même après notre baiser. Je lui en suis reconnaissante, car j'avais besoin de la soirée pour trouver ma place dans ce nouveau monde.

J'ai eu du mal à réaliser que je n'étais plus à Malibu, dans la maison de Wes nichée sur la colline, dans mon lit de nuages. Le lit d'Alec est ferme mais confortable, dans une chambre aux tons bleu et gris pâle. Le sommier repose sur une plate-forme en bois massif et il est décoré d'une tonne de coussins bleu marine. Il y a peu de meubles, une armoire, une commode, deux petites tables de nuit, l'une avec une lampe de chevet, l'autre avec une pile de livres. Je remarque que plusieurs des titres sont en français et, je ne sais pourquoi, je souris en voyant que certains proviennent d'une bibliothèque.

Pour l'instant, Alex s'est comporté en parfait gentleman. Il ne m'a pas renvoyée chez moi lorsque je me suis tordu la cheville, au contraire il a été aux petits soins. Il me regarde comme s'il était prêt à m'offrir la lune. Et puis, bien sûr, il y a eu ce baiser. Des frissons me parcourent l'échine en repensant à ses lèvres chaudes sur les miennes. J'ai été surprise qu'il m'embrasse, même si j'aurais sans doute dû m'y attendre étant donné sa façon de me toucher en permanence. Je crois qu'il m'a plus touchée en vingt-quatre heures que Wes en une semaine, alors que Wes adore me toucher.

Wes. Non, je refuse d'y penser. Nous allons rester amis et voir ce qui se passera par la suite. Il sait que je dois faire ce travail pour sauver mon père, et je ne veux pas faire vœu d'abstinence tant que ce n'est pas fait. Maintenant que j'ai goûté à la passion que Wes m'a fait découvrir, je ne peux plus m'en passer. Mais je suis prête à passer à autre chose – et à quelqu'un d'autre –, et c'est ce que je vais faire. Je sais qu'il y a de l'alchimie entre Alec et moi et il suffit de voir sa façon d'embrasser pour savoir qu'il est bon au lit. Il est temps que je m'amuse.

Alex a dû poser mes béquilles et ma valise contre le mur à côté du lit, pendant la nuit. Lorsque je me réveille, je regarde autour de moi et sautille jusqu'au petit placard, mais il ne contient que des vêtements d'homme. Or, mon contrat stipule que mes clients me fourniront les tenues nécessaires pour la durée de la mission. Je me demande où il a bien pu mettre mes habits. J'ouvre la commode, mais je n'y trouve que des boxers, des chaussettes et des pyjamas.

Je sors un jean propre et un t-shirt Radiohead de ma valise. Ginelle et moi nous étions amusées comme des folles à ce concert, à tel point que nous n'avions plus de voix le lendemain. Thom Yorke a un talent incroyable, et lorsqu'un groupe comme Radiohead venait à Las Vegas, je faisais tout mon possible pour me procurer des billets.

Une fois habillée, j'enfile une seule basket et je me contente d'une chaussette pour l'autre pied. Arrivée en haut de l'escalier, je décide de descendre les marches sur les fesses, laissant mes béquilles glisser le long de l'escalier, et je dois dire que je suis plutôt fière de moi d'y avoir pensé.

– Eh ! Je t'aurais aidée à descendre, *ma jolie**, dit Alec en faisant le tour du bar pour venir à moi.

Merde. Il est en bas de pyjama, torse nu, et je me retrouve bouche bée devant ses abdos sculptés et sa peau hâlée. C'est un véritable festin pour les yeux. Ses cheveux ondulés tombent sur ses épaules dans des tons châtains, roux et blonds. Les muscles de son abdomen se contractent quand il m'aide à me relever, puis il me guide vers le bar. Une fois que je suis installée sur un tabouret, il me tourne le dos, et je retiens mon souffle sans pouvoir m'empêcher de laisser échapper un cri aigu. Tout le côté gauche de son dos est couvert d'encre noire, des mots en français qui commencent sur son épaule et finissent dans le creux de ses reins. Alec tourne la tête et me surprend en train de le reluquer.

– Ton tatouage... il est... il est magnifique, je bégaie.

D'une main experte, Alec casse deux œufs dans une poêle, sans utiliser le rebord comme je le fais, et je prends note de lui demander de m'apprendre à le faire d'ici la fin du mois.

– *Merci**, répond-il avant d'ajouter deux œufs aux premiers.

Dans une autre poêle, il fait frire du bacon.

– Qu'est-ce que ça veut dire ? je demande.

Il passe une mèche derrière son oreille et attrape une tasse pour me servir un café.

– C'est un poème de Jacques Prévert, un auteur français. Il l'a écrit en 1966. Tu veux du lait ou du sucre ? demande-t-il en désignant ma tasse.

– Les deux, s'il te plaît.

Il pose la tasse devant moi, puis il retourne les œufs et le bacon.

– Ça te gênerait de me dire de quoi parle le poème ? je demande timidement.

Alec se lèche les lèvres, s'adosse au plan de travail et croise ses chevilles. Mon Dieu, ce mec est aussi magnifique que Wes, même s'ils sont complètement différents. Là où Wes avait le teint et les cheveux plutôt clairs et était généralement rasé de près, les cheveux, la moustache et la barbe d'Alec sont plutôt foncées et il est assez mat de peau.

– « Ces gens peints avec amour dans le furtif silence et l'obsédant vacarme des rues de tous les jours ». C'est un extrait du poème *Gens de Witold* de Jacques Prévert, qui décrit le public devant les tableaux de Witold-K[2]. Il raconte comment les gens passent d'un tableau à l'autre, et ne voient que les

---

2. Witold Leszek Kaczanowski, dit Witold-K, peintre et sculpteur polonais et américain, était un ami de Jacques Prévert. Il peignait très souvent des personnages de dos.

dos de ceux qui les précèdent. Mais nous aussi, face au tableau, nous ne montrons que notre dos à ceux qui nous suivent. Ça me rappelle que le public va venir voir mes tableaux et mes photos, et que parfois, les gens s'observeront entre eux. Et cette observation changera leur expérience – finalement, du point de vue de celui qui approche, la personne qui regarde ma peinture fera partie de la toile.

Je réfléchis un moment à ce qu'il vient de dire.

– C'est une perspective intéressante.

Alec me sourit et me tend une assiette avec deux œufs et du bacon.

– Mange, *ma jolie**. Nous avons une grosse journée de travail devant nous.

– D'ailleurs à ce propos, où sont mes vêtements ? je demande en dévorant mon petit déjeuner.

Il fronce les sourcils en mâchant un morceau de bacon.

– Quels vêtements ?

– Tu sais, les vêtements, ceux que tu veux que je mette pendant que je suis ici. Normalement, ils doivent être fournis...

Je ne finis pas ma phrase, trop mal à l'aise de faire allusion à mon contrat.

Alec sourit d'un air narquois et pose ses mains sur le comptoir pour approcher son visage du mien.

– *Ma jolie**, il n'y a pas de vêtements pour toi, parce que tu seras nue pendant ton séjour chez moi. Tu es ma muse, et j'ai besoin de voir ton corps et tes courbes autant que possible.

Je cligne des yeux plusieurs fois, puis j'ouvre la bouche et la referme. Il ne peut pas être sérieux, si ?

– Tu veux que je me promène à poil ? Tout le temps ?

– *Oui**, répond-il, comme si c'était sans importance.

– *Oui* ?* C'est tout ce que tu as comme réponse ? (Je pose bruyamment ma fourchette dans mon assiette.) Tu crois que je vais me balader toute nue ? Toute la journée ?

Alec fronce de nouveau les sourcils.

– Tu n'es pas à l'aise avec ton corps, *ma jolie** ?

– Bon sang, je n'arrive pas à le croire ! je réponds en croisant les bras. Ça n'a rien à voir avec le fait d'être à l'aise ou pas avec mon corps, même s'il est vrai que je pourrais perdre quelques kilos, mais je ne connais personne qui apprécierait d'être à poil toute la journcc !

– Hmmm, dans ce cas, nous avons un problème. Finis ton petit déjeuner, nous devons aller à l'atelier. Je veux faire des photos de toi avant que la lumière ne change, puis je commencerai les tableaux.

Il avale sa dernière bouchée de bacon tout en allant à l'évier, où il rince son assiette avant de la mettre dans le lave-vaisselle.

– Je vais me préparer, nous en reparlons plus tard, *oui** ?

– *Oui**, je réponds d'une voix sarcastique.

Il secoue la tête et monte les escaliers en courant. Il redescend une seconde plus tard avec ses vêtements, et il file sous la douche.

Il veut que je sois nue tout le temps. Ce type est vraiment bizarre. Je lève les yeux au ciel en grinçant des dents. Il ne m'a pas vraiment répondu, en fait. Il m'a simplement dit que nous avions un problème, puis il a changé de sujet et il est parti. Cette deuxième journée ne semble pas mieux partie que la première – mis à part le fait que je l'ai vu à moitié à poil. Cependant, malgré notre baiser d'hier et même si je rêve de lui sauter dessus, il est hors de question que je sois nue à longueur de journée. Ça ne fait pas partie du contrat, je n'ai lu nulle part que « Mia accepte pleinement de courir nue pendant un mois ». Il est complètement fou, ce type !

* * * *

Après sa douche, Alex m'emmène deux étages plus bas, dans son atelier.

– Les deux étages sont à toi ? je demande en le suivant à travers le loft.

Je suis surprise de ne voir que deux assistants dans le loft, alors qu'il est huit heures du matin. Peut-être ne travaillent-ils pas de huit heures à dix-sept heures comme ailleurs ?

– Oui. Ici, c'est mon atelier, et au douzième étage, c'est ma maison, comme tu le sais. J'aime être près de chez moi, car je travaille parfois toute la nuit. Quand je finis ma journée, je n'ai pas envie de traverser la ville pour rentrer à la maison. Ici, je n'ai qu'à prendre l'ascenseur.

– Je comprends, c'est logique. Où sont tous tes employés ? je demande en m'asseyant sur la chaise qu'il me donne.

Devant nous, à environ trois mètres, se trouvent deux toiles blanches suspendues au mur, éclairées par de nombreux projecteurs. Elles mesurent à peu près un mètre quatre-vingts sur un mètre vingt, mais l'une est à la verticale, l'autre à l'horizontale.

– C'est un jour réservé à la création, donc je n'ai pas besoin d'assistants. Je n'ai besoin que de toi, de mon appareil photo et de ma peinture.

– Cool. Alors, qu'est-ce que tu veux que je fasse ?

– On va commencer avec des tests. J'aimerais que tu te tiennes debout devant la toile qui est en position paysage.

Il m'aide à me lever, puis il me porte jusqu'à la chaise qui est devant la toile. Il me place debout, mais de façon à ce que je puisse m'appuyer sur le dossier.

– Si tu as besoin de poser le pied, fais-le sur ce coussin, pas sur le béton dur. Ça devrait aller, *oui** ?

– Oui, merci, Alec. Fais ce que tu as à faire, je vais très bien. Je suis très confortable.

Il hoche la tête et retourne à son trépied où il ajuste les lumières.

– Ok, maintenant, je veux que tu enlèves ton t-shirt. Garde ton soutien-gorge pour l'instant, je veux seulement voir la courbe de tes épaules, de tes bras, de ton cou et de ta taille.

Je retiens mon souffle et me mords la lèvre en enlevant mon t-shirt.

– Comme tu veux, Frenchie, mais ça va te coûter cher.

– Je connais le prix, ne t'en fais pas, dit-il derrière son appareil photo.

J'ai à peine jeté mon t-shirt par terre que le cliquetis de l'appareil retentit. Je reste parfaitement immobile dans mon soutien-gorge en dentelle noire. Heureusement, il couvre complètement mes seins, comme un bikini, mais ça ne m'empêche pas d'être nerveuse car je n'ai jamais fait de mannequinat. Après tout, je n'ai jamais pensé que j'avais le corps qu'il fallait.

– *Impressionnant**, marmonne Alec en français.

J'ai l'impression que c'est un compliment, donc je me tais et je le laisse faire son truc.

– C'est très bien, ajoute-t-il quelques minutes plus tard.

– Comment ça ? Je ne fais rien ! je m'exclame.

– Ta beauté suffit. Et puis ces photos sont surtout pour la lumière, la position, etc. Tu en as marre d'être debout ? demande-t-il.

– Un peu.

Je ne pensais pas que je serais aussi fatiguée de rester en équilibre sur un pied. Nous faisons donc une courte pause, il m'apporte de l'eau et un châle pour couvrir ma poitrine. Lorsque nous reprenons le travail, il me demande de me pencher et d'ébouriffer mes cheveux avant de me relever. Je répète le mouvement deux ou trois fois jusqu'à ce qu'il soit satisfait du résultat. À mes yeux, j'ai l'air d'une folle qui sort du lit, mais apparemment ça lui plaît.

– Tes couleurs sont parfaites, *ma jolie**.

Il se dirige vers une table sur laquelle il prend un petit pot de peinture rouge cerise et un pinceau.

– Ça va te paraître étrange, mais je vais peindre tes lèvres. La peinture n'est pas toxique.

– Ok, comme tu veux. C'est toi le boss.

Il secoue la tête en riant doucement. Je souris, puis je fais la moue pendant qu'il recouvre mes lèvres d'une peinture brillante et visqueuse. Ensuite, il décoiffe un peu plus mes cheveux et retourne à son appareil photo.

– Maintenant, Mia, je veux que tu penses à quelque chose de triste. Quelque chose qui te brise le cœur. Peut-être quelqu'un qui te manque, *oui** ?

Je regarde au loin en pensant à Wes, à ce qu'il est en train de faire. Je me demande s'il est seul et si je lui manque. Peut-être est-il nu devant quelqu'un d'autre, lui aussi ? Ces pensées sont trop tristes et j'essaie d'en changer. Cependant, je ne sais pourquoi, je pense à mon père. Ça fait un mois que je ne l'ai pas vu. Il est toujours dans le coma, et sa fille n'est pas à ses côtés.

– Mia ! crie Alec.

Je tourne brusquement la tête vers lui et je cligne des yeux. Une larme solitaire s'échappe et coule sur ma joue.

– Je l'ai eue, chuchote-t-il.

– On a fini ? je demande d'une voix tremblante tandis qu'il me tend un chiffon humide.

– Pour cette partie du projet, oui, nous avons fini. Tu peux enlever la peinture et te reposer. Je vais chercher ton t-shirt.

– Merci, je chuchote.

Je me rhabille et nous nous asseyons côte à côte, face à la fenêtre donnant sur la rue. Une pluie fine tombe sur la ville et les gens marchent d'un pas rapide pour ne pas se mouiller.

– Quel est le tableau sur lequel on travaille ?

– Tu veux dire, quel est son nom ?

Je hoche la tête, les yeux rivés sur les passants en contrebas.

– « Pas d'amour pour moi ».

Bien évidemment. Ce devrait être le slogan de toute ma vie.

– Je suis prête à reprendre le travail.

Nous retournons devant la toile et, en silence, j'ébouriffe mes cheveux et j'enlève mon t-shirt.

– Quelle est la suite ? je demande.

– Tu trouves l'amour, bien sûr.

CHAPITRE 3

Après un million de photos et de poses subtilement différentes qui nous ont fait sauter le déjeuner, nous sommes enfin rentrés à la maison. Apparemment, lorsque l'inspiration frappe, il faut en profiter.

J'ai eu du mal à contenir mon désir, je mourais d'envie de mettre mes mains sur lui, n'importe où, mais surtout dans ses cheveux, dans ses longues vagues rousses et dorées. J'ai passé ma deuxième journée à imaginer que je griffais son torse musclé et sa fine taille. Logiquement, lorsqu'une femme se retrouve en soutien-gorge devant un homme hétérosexuel, il n'est pas difficile de penser que les choses vont déraper. Hélas, Alec est accro à son travail.

Lorsque nous sommes rentrés chez lui, nous avons avalé une pizza en vitesse, puis il est reparti à l'atelier pour travailler sur les photos de la journée. Je me suis couchée seule, avant qu'il ne rentre. J'ai trouvé étrange qu'il ne m'ait pas fait de nouvelles avances depuis le baiser du premier jour. De mon côté, je suis prête à passer à l'étape suivante qui m'aiderait à cesser de penser à Wes et à la petite planche de surf qui tient la clé de sa maison et de son cœur.

Ce matin, j'ai de nouveau descendu les escaliers sur les fesses, m'attendant à découvrir Alec aux fourneaux, comme hier, mais je ne trouve qu'un petit Post-it sur la cafetière.

Ma jolie,*

Rejoins-moi à l'atelier quand tu es prête. Il y a beaucoup à faire.

A.

Je mange une banane et me sers un café avant de claudiquer jusqu'à l'ascenseur. Il y a bien plus de monde dans l'atelier qu'hier, des hommes en noir qui prennent des photos ou qui portent du matériel d'un côté de la pièce à l'autre. Je suis contente qu'Alec ait fait mon shooting lui-même, au moins j'ai eu quelqu'un à qui parler. Les assistants ne semblent pas apprécier que les modèles parlent toutes les deux minutes, j'en entends un dire « ne bouge pas » ou « chut » à l'une d'entre elles. Même si tout cela me paraît encore bizarre, je me sens chanceuse de découvrir les coulisses d'un artiste mondialement reconnu.

– Te voilà enfin, me dit un des hommes en noir.

Il me saisit le bras et me tire en avant plus vite que ne le permet mon handicap. Je fais de mon mieux pour le suivre, mais le bout en caoutchouc de ma béquille roule sur un fil électrique, et je suis forcée de mettre tout mon poids sur ma cheville blessée pour éviter de tomber. Je vacille, mais je parviens à rester debout.

– Fais gaffe, mec. Tu vas te prendre une béquille dans la tronche si tu n'arrêtes pas de tirer sur mon bras. Je ne suis pas un chien en laisse, je m'exclame, furieuse.

– *Que se passe-t-il* ?* demande une voix agacée derrière nous.

Alec nous regarde, l'air furieux, mains sur les hanches, comme un lion prêt à bondir sur sa proie.

– Monsieur Dubois, votre modèle n'était pas assez rapide, vous l'attendiez il y a une heure, répond l'assistant.

Il y a une heure ? S'il voulait que je me lève tôt, il aurait dû mettre un réveil ou trouver une manière croustillante de me réveiller. Je ne suis pas responsable de mon retard.

– *Imbécile**, murmure Alec. Tu as oublié tes lunettes ?

L'homme se gratte la tête.

– Pardon ?

– Tu es sourd, en plus d'être aveugle ?

Cette fois, l'homme ne se laisse pas faire.

– Écoutez, Monsieur Dubois, les modèles doivent suivre les règles et être à l'heure. Or, elle est en retard. Très en retard. Je voulais juste qu'elle se dépêche...

– Ça suffit. Tu n'es qu'un idiot, dit-il en pointant son index sur l'homme en noir. Tu ne vois pas qu'elle est blessée et qu'elle ne peut pas courir avec des béquilles ?

– Je voulais juste...

– *Assez* !* Tais-toi avant de creuser un trou si profond que tu ne reverras plus jamais la lumière, crache Alec.

Il regarde autour de lui et tend le bras vers moi.

– Maintenant, pour tous ceux qui écoutent, et je sais que vous écoutez...

Quelques personnes essaient de tourner la tête, comme pour cacher le fait qu'elles tendaient l'oreille pour ne pas perdre une miette de la dispute.

– ... Cette femme s'appelle Mia. Elle est la muse pour toute la série « Amour sur toile ». Elle est aussi précieuse que n'importe laquelle de mes toiles et j'attends que vous la traitiez ainsi. Maintenant, retournez au travail, dit-il en frappant deux fois dans ses mains.

– Tu vas bien, *ma jolie** ?

– Oui, il m'a agacée, c'est tout. Il a trop tiré sur mon bras et j'ai failli tomber. C'était une simple erreur.

– Une erreur qu'il ne commettra pas deux fois, aboie-t-il avant de me soulever dans ses bras comme une princesse. Tu as bien dormi ?

Autant en profiter, parce que ce sera peut-être ma seule chance.

– J'aurais mieux dormi avec un corps chaud à côté de moi.

Il s'arrête brusquement et plonge son regard brûlant dans le mien.

– C'est vrai, ça ?

– Je ne mens jamais.

Bien sûr, ce n'est pas vrai, puisque je mens chaque fois que ça m'arrange. Mais il ne le sait pas.

– Ça, j'ai du mal à le croire, *ma jolie**.

Il m'emmène dans le coin où nous avons travaillé hier et me dépose sur la chaise, mais je ne le laisse pas partir avant de lui avoir répondu.

– Crois-le, je chuchote avant d'embrasser sa joue.

– Alors, nous allons devoir y remédier. Je ne veux pas que tu te sentes délaissée.

– Ce serait une tragédie, je rétorque en souriant jusqu'aux oreilles.

Il me répond par un clin d'œil, puis il se tourne pour prendre la peinture et son pinceau.

– Tu vas me repeindre les lèvres ?

Il vient vers moi et lève le menton pour me dire de regarder derrière moi.

Je me retourne, prenant soin de ne pas mettre de poids sur ma cheville blessée, et c'est là que je les vois, que je me vois. Deux images de moi : l'une est un portrait peint en blanc et noir, l'autre est une photo de moi qui ne recouvre qu'une moitié de la toile. Sur cette dernière, les lèvres rouges sont la seule touche de couleur. Quant au tableau, il est encore plus réaliste que la photo, à tel point que je me lève pour le regarder de plus près. Les coups de pinceau sont minuscules. C'est une copie parfaite de la photo. On y voit la larme sur ma joue, la tristesse de mon regard, les épaules voûtées d'une femme torturée. Une femme triste, mais... magnifique.

– C'est... je n'arrive pas à croire... comment ?

Je lève la main pour toucher le tableau, mais Alec s'empresse de saisir mon poignet.

– Ne touche à rien, la peinture est encore fraîche. J'ai travaillé dessus toute la nuit.

J'écarquille les yeux en réalisant ce que j'ai failli faire.

– Je suis désolée ! Je n'avais pas compris ! Je suis bête, j'aurais dû le deviner, c'est logique. Désolée.

Alec caresse une de mes boucles avant d'effleurer ma tempe du bout du doigt, puis ma joue, puis mon menton. Je frissonne et les poils de mes bras se hérissent.

– Tu as froid ? demande-t-il avec un sourire en coin, parfaitement conscient de l'effet qu'il a sur moi.

– Non, je réponds en le dévorant des yeux et en me léchant les lèvres, le suppliant en silence de poser sa bouche sur moi, n'importe où, partout.

– Dans ce cas, au travail.

Il passe sa main dans mes cheveux pour dégager mon visage. Ce n'est pas ce que j'espérais, mais je m'en contenterai pour l'instant.

– Assieds-toi, je vais peindre tes lèvres, dit-il.

Je pousse un grognement et sautille de nouveau jusqu'à ma chaise pour m'asseoir.

– Tu ne penses jamais à autre chose qu'à ton travail ? je lui demande alors qu'il s'agenouille devant moi.

– Tu me demandes si j'ai envie de t'embrasser à t'en couper le souffle ? Ou si je meurs d'arracher ton t-shirt pour sucer les pointes de tes seins jusqu'à ce que tu me supplies de te faire l'amour ?

– Me faire l'amour ? je ricane malgré les fourmillements qui naissent entre mes jambes.

– Bien sûr, *chérie**, les Français font l'amour. Mais il y a bien des manières de faire l'amour. Ça peut être dur, rapide, lent, tendre. J'ai l'intention de te faire toutes ces choses durant de nombreuses heures. Mais pas maintenant. Maintenant, nous devons travailler. Nous nous amuserons plus tard.

Je hoche la tête, ne trouvant pas les mots pour lui répondre. J'aimerais lui demander ce qu'il entend par s'amuser, même si j'ai une bonne idée de ce qu'il a en tête.

Alec peint délicatement mes lèvres avec son rouge visqueux. Lorsqu'il a fini, il me porte jusqu'au portrait qu'il a peint de moi pendant la nuit.

– C'est maintenant que ça devient compliqué. Je veux que tu poses tes lèvres sur celles du tableau. Je vais te diriger aussi bien que possible. Tu vas t'approcher, puis tu les presseras lentement sur la toile pour transférer la peinture de ta bouche sur l'autre.

Je le regarde en écarquillant les yeux mais, comme hier, je ne parle pas pour ne pas abîmer la peinture sur mes lèvres. Il pose sa main derrière ma tête, et je place mes mains sur le mur, de part et d'autre de la toile, approchant ma tête à quelques centimètres.

– Surtout, ne touche pas le portrait ailleurs que sur les lèvres, sinon je devrai le recommencer, dit-il.

J'inspire et expire lentement par le nez avant d'approcher un peu plus. Lorsque je pense être au bon endroit, Alec prend ma tête entre ses mains et me repositionne légèrement. Il me fait avancer la tête, et je fais la moue avant de presser mes lèvres sur la toile. Il m'aide à reculer pour éviter que je tombe et il me guide de nouveau vers la chaise. Les lèvres du portrait en noir et blanc sont désormais rouges, comme celles de la photo. Elles sont si bien faites que c'est presque comme si Alec les avait peintes, mais on voit que c'est un baiser sur la toile.

– C'est exactement comme je l'avais imaginé. Tu me fascines, Mia, dit-il d'une voix émerveillée en regardant son œuvre.

– Prends une photo, elle durera plus longtemps, je taquine lorsqu'il passe plusieurs minutes à admirer sa toile en silence.

Il tourne lentement la tête vers moi et je découvre un regard envoûtant.

– Cette œuvre va trôner dans la maison de quelqu'un jusqu'à la fin de ses jours. Elle passera d'une génération à une autre, en héritage, jusqu'à la fin des temps.

Certes, lorsqu'on voit les choses ainsi, ça semble plutôt génial.

* * * *

Alec passe le reste de la journée à me prendre en photo. Cette fois-ci, je suis vraiment torse nu, debout, face à la toile à moitié vierge.

– Je ne comprends pas pourquoi je dois être nue pour ça, je dis en cachant ma poitrine.

Mes seins sont couverts de chair de poule et j'ai du mal à croire que ce soit très beau à l'écran. Mes cheveux sont lâches et ébouriffés, mais cette fois-ci il a fait venir quelqu'un pour les décoiffer professionnellement. J'ai tellement ri qu'il a fini par quitter la pièce pour jeter un œil sur ses autres travaux. Je sais que je l'agace, je suppose qu'il n'est pas habitué à ce que ses muses le contredisent ou se moquent de lui. D'ailleurs, je me demande combien de muses il a eues, l'idée que je sois la dernière d'une longue liste me met mal à l'aise.

– Tu as déjà embauché d'autres muses ? je demande sans vraiment vouloir connaître la réponse.

Le cliquetis de l'appareil photo retentit, et il parle en français à un des assistants qui s'empresse d'ajuster les projecteurs de quelques centimètres.

– Non, *ma jolie**, tu es la première, répond-il en continuant le shooting.

Sa réponse me satisfait. J'aime savoir que je suis la seule qu'il ait engagée. Je ne suis pas certaine que cela me place au-dessus des autres modèles, mais j'aime le penser pour booster ma confiance.

– Que fait-on, au juste ? je demande, toujours debout devant la partie vierge de la toile.

– Je vais te faire aimer ton image, et le public y verra une femme qui s'aime.

– Mais encore ? je rétorque en fronçant les sourcils.

– *Ma jolie**, soupire-t-il. Je dois finir ces photos pour avoir le temps de peindre, de dîner avec toi, de te faire l'amour et de peindre ta photo sur la toile. Il y a beaucoup à faire.

Waouh, est-ce qu'il vient vraiment de réciter une liste de tâches à faire et d'y inscrire le fait de me « faire l'amour » comme si c'était un travail comme un autre ?

– Surtout, ne te force pas à faire quoi que ce soit dont tu n'aies pas envie, je rétorque sèchement.

– Mia, ton humeur affecte ton image. Cesse de penser à ta frustration, je te prie, et concentre-toi sur le travail que nous faisons.

Je me tourne brusquement vers lui, poings sur les hanches, oubliant que mes seins ballottent dans tous les sens devant une horde d'étrangers.

– Je ne peux pas faire ça, justement, je réponds en haussant le ton, parce que je ne sais même pas ce que tu attends de moi !

Plusieurs de ses assistants arrêtent leur travail pour me regarder, et je me couvre la poitrine avec un bras.

Alec avance vers moi et me replace devant la toile, puis il dégage mes cheveux dans mon dos et se penche pour chuchoter dans mon oreille.

– *Ma jolie**, je suis désolé. Je ne cherche pas à t'énerver. Nous sommes tendus, alors concentrons-nous, et nous parlerons plus tard. *Oui* ?*

Il me parle de cette voix calme qui, au bout de trois jours à peine, semble immédiatement me détendre. Il embrasse délicatement mon épaule nue, et je prends cela pour une promesse.

– Maintenant, mets ta main ici, dit-il en soulevant mon bras droit et en le posant sur le mur. J'aimerais que tu mettes ton autre main sur la toile, sur ton cœur.

Je lui obéis en mesurant chacun de mes gestes afin de ne pas abîmer la photo, et Alec retourne à son appareil.

– Très bien, Mia, maintenant regarde ton portrait. Pense à un moment où tu t'es sentie aimée. Belle. Où tu étais bien dans ta peau.

Je suis immédiatement plongée dans un souvenir datant d'avant que ma mère ne nous abandonne.

À l'époque où nous étions une joyeuse famille de quatre. Je venais de décrocher le rôle principal dans la pièce de l'école, et même maman était contente pour moi, elle qui était toujours centrée sur ses propres désirs et ses propres victoires. Or, ce jour-là fut différent. Elle m'a prise dans ses bras et elle m'a embrassée, puis elle m'a dit qu'elle était fière de moi et qu'elle m'aimerait toujours. Ensuite, mon père m'a tenue fort contre lui et il a chuchoté à mon oreille qu'il avait toujours su que j'avais quelque chose de spécial. Quelque chose qu'aucune autre fille n'avait. En cet instant, dans les bras de mon père, enveloppée par l'amour de ma mère, je les ai crus. C'est mon plus beau souvenir. Le plus beau jour de ma vie.

Derrière moi, Alec prend une rafale de photos.

Toutefois, mon souvenir ne s'arrête pas là. Le lendemain, maman est partie et elle n'est jamais revenue. Je n'ai jamais joué dans la pièce de l'école. J'ai longtemps cru qu'elle était partie à cause de moi, parce que j'avais réussi quelque chose et que j'avais toute l'attention de papa pour moi, ce dont elle avait désespérément besoin. Aujourd'hui, avec du recul, je vois les choses différemment.

Je lève la tête vers les larmes de Mia, sur la toile, et j'ai pitié d'elle. Pendant une seconde, je m'autorise à avoir pitié de mon enfance, des choix de ma famille, de la manière dont j'ai vécu ma vie jusqu'à maintenant. Je ne vois plus une magnifique jeune fille sur la photo, je vois l'image d'une fille triste qui a perdu quelque chose de précieux. Quelque chose de beau.

Sans demander si nous avons fini, je remets mon soutien-gorge et mon t-shirt, je sautille jusqu'à mes béquilles et je m'éloigne. Les remparts que j'ai construits autour de mon cœur sont en train de s'effondrer, et je ne pense pas pouvoir endurer un nouveau choc.

– Mia ! crie Alec.

Je ne réponds pas. Je me contente de lever la main pour lui dire au revoir. Il est tard et la journée a été longue, il ne peut pas m'en vouloir d'avoir besoin de me reposer.

Chez lui, je vais tout droit dans la cuisine, où je trouve une bouteille de vin déjà ouverte. Je m'en sers un grand verre et j'en bois une longue gorgée avant de laisser les larmes couler.

J'entends la porte de l'ascenseur s'ouvrir, c'est Alec qui me rejoint. Il prend un autre verre à pied et le remplit du liquide pourpre. Il s'appuie contre le plan de travail et me regarde tandis que j'essaie de me calmer.

– Pourquoi tu ne t'aimes pas ?

CHAPITRE 4

– Je m'aime, je rétorque sèchement. Alec plonge son regard dans le mien, et je remplis de nouveau mon verre.

– Ah bon ? On ne dirait pas, répond-il avant de finir son vin rouge.

– Tu crois me connaître ? Au bout de trois jours ? je crache en fronçant les sourcils.

Alec pince ses lèvres et me pénètre d'un regard plein de frustration. Cependant, il y a autre chose dans son regard, quelque chose que je ne parviens pas à identifier.

– Je crois que je te connais mieux que tu ne te connais toi-même, répond-il.

Il fait un pas vers moi et pose sa main sur ma joue, mais je l'enlève et je fais un pas en arrière.

– Tu penses que parce que tu es un artiste, tu as un don spécial pour analyser les gens ? Si c'est le cas, ta magie se plante, Frenchie, parce que la dernière personne avec qui j'ai envie d'être en ce moment, c'est toi ! je m'exclame en posant violemment mon verre sur le plan de travail. Merde ! je grogne lorsque j'en renverse sur le comptoir.

Je sautille vers l'essuie-tout et j'en saisis une quantité bien trop grande pour éponger ma petite éclaboussure.

– Laisse-moi faire, dit Alec.

Il essaie de prendre l'essuie-tout, mais je le repousse encore une fois.

– C'est bon, je peux le faire. J'ai réparé mes erreurs et celle des autres toute ma vie, je peux bien m'occuper d'une petite tache de vin.

Je renifle, faisant de mon mieux pour retenir les émotions qui menacent de déborder. Il est hors de question que je m'effondre maintenant. Il me percevrait comme étant faible et inutile.

Alec recule en levant les mains.

– Ok, ok. *Je suis désolé**. Pardon.

J'ai conscience d'être injuste envers lui. Ce n'est pas sa faute. Il n'a rien fait pour mériter que je lui parle ainsi. Lorsque j'ai fini d'essuyer ma bêtise, il me tend une autre bouteille de vin et je remplis de nouveau mon verre.

– Parle-moi, *ma jolie**. Je suis là. Je veux être là pour toi, dit-il d'une voix douce.

Je lève les yeux vers les siens et je sais qu'il est sincère. Il n'y a pas de pitié dans son regard, simplement de l'inquiétude.

– Alec, je suis désolée. C'est juste que pendant le shooting, quand tu m'as demandé de penser à un moment heureux, j'ai revu le meilleur de mes souvenirs. Seulement, il a été immédiatement remplacé par un autre très douloureux, lié à une époque de ma vie que je n'ai pas encore acceptée. C'est tout. Ce n'est pas toi.

J'avance vers lui et je passe mes bras autour de sa taille, nichant ma joue contre son torse. Il me serre fort dans ses bras et caresse lentement mon dos.

– J'ai l'impression que tu as passé une bonne partie de ta vie à t'occuper des autres, *oui** ?

Je me contente de hocher la tête contre lui, et il inspire profondément avant de resserrer son étreinte.

– Alors maintenant, *ma jolie**, il est temps que tu t'occupes de toi, *oui** ?

Je hoche de nouveau la tête.

– Je vais t'aider. Ce projet, « Amour sur toile », sera libérateur. Ensemble, et aux yeux du public, nous allons trouver la paix. Pour toi. Je vais te montrer, à travers l'art, combien tu es parfaite.

Il pose ses mains sur mes épaules et me fait reculer pour me regarder dans les yeux. Je réalise alors que je pleure, mais je découvre son regard serein et je me perds dedans.

– Ce sera mon chef-d'œuvre, et grâce à lui, tu trouveras une partie de ce dont tu as besoin pour avancer.

Il sourit jusqu'aux oreilles, puis il avance son visage. Enfin – enfin –, Alec m'embrasse, comme je le veux tant depuis que je suis arrivée. Un baiser profond, humide, long.

Nos lèvres fusionnent. Il s'écrase sur moi et me piège entre lui et le plan de travail sur lequel il appuie ses mains. Je commence alors mon exploration de son corps, promenant mes mains sur ses abdos, ses pectoraux, rêvant déjà de parcourir le même trajet avec ma langue. J'arrive sur son cou et je poursuis mon chemin dans ses cheveux soyeux. Il penche ma tête en arrière pour plonger encore plus loin dans ma bouche, puis il caresse mon corps comme si j'étais une toile et que sa main était un pinceau. Ses caresses sont précises – tantôt délicates tantôt puissantes –, mais le but est toujours le même : séduire. Je veux sentir ses mains sur moi, partout, et sans vêtements. J'ai mal au pied à force de vouloir le poser par terre, j'aimerais me mettre sur la pointe des pieds et plaquer mon corps contre le sien. Frustrée, je recule brusquement.

– Qu'est-ce qu'il y a ? demande-t-il d'une voix essoufflée.

– Mon pied... j'ai mal... j'ai besoin de... m'allonger. Le lit ? je demande d'une voix haletante tout en caressant sa joue.

Il sourit jusqu'aux oreilles et pose ses mains sur mes fesses pour me soulever.

– Avec plaisir, *ma jolie**, dit-il alors que j'entoure mes jambes autour de sa taille.

Il me porte jusqu'au premier étage tout en m'embrassant délicatement dans le cou. Dans sa chambre, il pose un genou sur le lit et se penche sans me lâcher, pour m'allonger sur le dos. Je glisse tout de suite mes mains sous son t-shirt, pressée de sentir sa peau. Il l'enlève, puis il défait les boutons de son jean et le laisse ouvert, me donnant un aperçu de touffes de poils auburn et d'un bout d'érection. Apparemment, Frenchie ne met pas de sous-vêtements, c'est fascinant.

– Tu es commando ? je demande en souriant.

– *Quoi** ? demande-t-il en fronçant les sourcils.

Je pose mes mains sur ses hanches et je me redresse pour les glisser dans son jean et empoigner ses fesses nues.

– Tu ne portes pas de boxer, j'explique alors que ses fesses se contractent.

– Non. Les boxers sont inconfortables et inutiles. Ils m'empêchent d'avoir tout de suite l'objet de mon désir. Toi, par exemple.

Il s'étend sur moi, ses genoux de part et d'autre des miens, et il plonge son visage dans mon cou qu'il embrasse à la fois tendrement et sauvagement. Il empoigne d'abord mes seins par-dessus mon t-shirt, puis il se redresse pour l'enlever complètement. Une seconde plus tard, l'agrafe de mon soutif est défaite et je suis de nouveau torse nu devant lui. Du bout du doigt, Alec forme des dessins invisibles sur mon torse. Je ferme les yeux et je le laisse me toucher comme jamais je n'ai été touchée, avec révérence, comme si j'étais spéciale et que mon corps était précieux.

– *Tu es l'art**, chuchote-t-il en promenant son doigt le long de mes côtes. *Tu es l'amour**, poursuit-il en effleurant mes seins. *Tu es la beauté**, conclut-il alors que ses pouces tracent des cercles autour de mes tétons.

Je retiens mon souffle avec un cri aigu et je me cambre, cherchant à accentuer sa caresse si légère.

– Qu'est-ce que tu as dit ? je chuchote d'une voix rauque.

Il se penche en avant et répète ses paroles en déposant des baisers sur mon torse, sur mon cœur, mes seins, puis il suce et lape un téton, m'arrachant un gémissement.

Quant à moi, je promène mes ongles le long de son dos musclé avant de plonger mes doigts dans ses cheveux, qui chatouillent mon ventre lorsqu'il descend vers mon nombril. Il enlève brusquement mon jean et mon string, et il s'installe entre mes jambes. Il en soulève une pour embrasser mon cou-de-pied, puis ma cheville, et il remonte lentement jusqu'à mon genou, qu'il mordille et qu'il lèche. Je ne savais pas que le genou était une zone érogène aussi sensible. Waouh, mon sexe se met à pulser violemment, alors qu'il ne l'a même pas encore touché. Alec répète les mêmes mouvements sur l'autre jambe, prenant soin de ne pas me faire mal à la cheville. Lorsqu'il atteint mon genou, cette fois-ci, je frissonne.

– Tu as froid ? demande-t-il en souriant.

Je secoue la tête et il repose ma jambe à côté de l'autre avant de les écarter délicatement.

– Je veux goûter à ta beauté, dit-il en haussant les sourcils, comme s'il me demandait respectueusement la permission.

Il attend un moment, sans me quitter des yeux, et je réalise qu'il demande vraiment mon autorisation. Je lèche mes lèvres et je fais oui de la tête. Soudain, ses yeux deviennent sombres et brûlants de désir. Il se baisse alors que je lève la tête pour admirer ce corps magnifique entre mes jambes, et soudain, sa bouche est sur mes lèvres tandis que sa langue s'enfouit en moi.

– Oh mon Dieu ! je crie en m'agrippant à sa tête.

Ses mouvements ne sont pas mesurés, comme je m'y attendais. La plupart des hommes commencent lentement, mais pas Alec, qui attaque mon sexe comme s'il n'allait plus jamais en avoir l'occasion. Sa langue lape chaque millimètre de chair à laquelle il a accès et de petites décharges électriques tournoient dans mon sexe tandis que sa barbe frotte mes lèvres. Les sons qu'il fait ont quelque chose d'animal, des grognements, des bourdonnements et des gémissements de joie tandis que mes hanches se cambrent sous son visage.

Son pouce tournoie autour de mon clitoris et sa langue continue de me fouiller. Je lâche sa tête pour empoigner les draps tandis qu'un orgasme se prépare dans le bas de mon dos et que tout mon corps s'engourdit, électrifiant toutes mes cellules.

– Tu es divine. Tu es si douce, *ma jolie**, gémit-il en léchant ses doigts avant de les plonger en moi. Comme le plus fin des champagnes, grogne-t-il en lapant mon clitoris. Je n'en aurai jamais assez. Je vais me gaver de toi jusqu'à sentir ton jus, *chérie**.

Ses paroles sont provocantes, mais c'est ce dont j'ai besoin pour me faire chavirer. Il forme un crochet avec ses doigts pour toucher ce point sensible tout en me dévorant, et tout mon corps se contracte sous le plaisir extrême qu'il libère en moi.

Au sommet de mon orgasme, il retire ses doigts et lèche la petite rosace entre mes fesses, me faisant sursauter et frissonner. Ensuite, il suce mon sexe. Lorsque je redescends sur terre et qu'il a fini de me boire, il écarte mes jambes. Je m'attends à ce qu'il s'étende sur moi et qu'il me pénètre – en tout cas c'est ce que j'espère –, mais ce n'est pas ce qu'il fait.

Il se remet à lécher mon sexe et il pose un doigt sur mon anus, tournant autour avant de l'y enfoncer lentement sur un centimètre. Je pousse un cri et recule les hanches, ne sachant pas si je veux que cette partie sombre de moi soit envahie ainsi. Cependant, je ne peux réprimer les soubresauts de plaisir qui m'envahissent lorsqu'il le touche, et Alec remarque ma réponse. Il sourit lorsque je baisse les yeux vers lui, et il mord sa lèvre inférieure, comme je rêve de le faire.

– Baise-moi, Alec, je m'exclame, exaspérée.

– *Non, pas encore**, murmure-t-il.

Je ne parle pas français, mais je sais ce que « non » veut dire.

Cette fois, les mouvements de sa langue sont lents comme s'il guérissait ma chair ou qu'il essayait d'en mémoriser les détails. Cela dure un moment et je finis par perdre patience. Mon bassin dessine des cercles sous son visage tandis qu'il me caresse avec sa langue et ses doigts. Sans prévenir, il glisse deux doigts en moi et je gémis. Enfin ! Il les retire aussitôt, mais ma déception ne dure pas longtemps car sa langue remplace ses doigts avant de remonter sur mon clitoris. Il l'a à peine touché qu'un nouvel orgasme se prépare.

– Putain, oui !

Je soulève mes hanches et j'empoigne ses cheveux, plaquant son visage sur moi. Il comprend qu'il doit aller plus vite, plus fort, et il ne me déçoit pas. Je suis tellement concentrée sur la quête de mon deuxième orgasme que je ne réalise pas que son doigt tournoie de nouveau au-dessus de cet endroit secret que personne n'a jamais exploré auparavant. Il appuie sur ma rosace en même temps qu'il suce plus fort sur mon clitoris. Mon bassin essaie de se soulever, mais Alec le maintient en place, baisant mes fesses avec son doigt alors que je tremble de tout mon corps. La sensation est différente, si brûlante et si délicieuse que j'en demande encore, reculant contre sa main, voulant qu'il y aille plus fort et plus vite encore.

– *Très belle**, chuchote-t-il contre mon clitoris.

Alec est infiniment doux avec mon sexe, mais il est sauvage avec mes fesses, plongeant en moi, me faisant remonter sur le lit avec la force de sa main. Jusqu'à maintenant, je ne savais pas que c'était quelque chose qui pouvait me faire envie et je m'en délecte. Mon Frenchie.

Alec s'agenouille sans cesser ses mouvements et il se concentre sur mon sexe, là où j'ai le plus besoin de lui. Je gémis et je ferme les yeux, consciente qu'il me regarde.

– Ouvre les yeux, dit-il.

Je lui obéis et je plonge mon regard dans le sien, qui est noir de désir.

– Je veux te regarder. Pour me souvenir de ton visage quand ta beauté intérieure brille le plus.

Il enfonce son doigt en moi tandis que de son autre main, il pince mon clitoris. Je pousse un cri, je soulève mes hanches et je m'envole, libre comme un oiseau après qu'Alec m'a donné des ailes.

Quelque part dans mon rêve, j'entends un bruissement de plastique et je sens une odeur de latex. Alec empoigne mes épaules et, soudain, je sens son sexe me pénétrer. Son jean râpe mes cuisses à chaque aller-retour. J'ai l'impression que le plaisir ne cessera jamais. Je ne me suis même pas encore remise de mon dernier orgasme. Je l'entoure avec mes bras et mes jambes, profitant de la chaleur de sa peau contre la mienne.

– *Chaud, soyeux et parfait**, chuchote-t-il avant de s'emparer de ma bouche.

Le sexe long et dur d'Alec est profondément enfoui en moi et j'aimerais qu'il y reste à jamais. Cependant, je veux qu'il jouisse, lui aussi, alors j'emploie toutes mes forces à le retourner pour m'asseoir sur lui et le chevaucher. Il empoigne mes hanches et m'aide à me soulever et à m'asseoir sur lui. Il est magnifique dans cette position, les muscles de ses avant-bras se bandent à chaque va-et-vient de nos bassins, et une fine couche de sueur recouvre son abdomen musclé. Je me penche en avant pour laper et sucer son téton.

– *Putain, oui** ! s'exclame-t-il en serrant les dents.

Je continue de titiller son téton jusqu'à ce qu'il soit pourpre et dur, puis j'accorde la même attention à son jumeau. Alec saisit mes hanches, m'indiquant qu'il a besoin que j'y aille plus fort. Je me redresse, je rejette mes cheveux en arrière et je le chevauche aussi fort et vite que je le peux. Chaque fois que je me rassieds sur lui, mon clitoris se frotte à son bassin, envoyant des décharges de plaisir dans mon sexe que je contracte autant que possible.

Il parle dans un français rapide que je ne comprends pas. Il s'assied et pousse sur ses pieds jusqu'à ce qu'il soit adossé à la tête de lit. Il recule mon corps et prend le contrôle de mes mouvements, les yeux rivés sur le point de rencontre de nos corps. Je voulais que tout cela soit pour lui, mais mon corps est de nouveau en train de s'envoler, et Alec le sait. Il avance la tête pour prendre un téton dans sa bouche et il le suce fort, longtemps, jusqu'à ce qu'il ne puisse plus se contrôler.

Il plaque sa tête contre le cadre en bois et je m'y agrippe pour avoir encore plus de puissance. Je nous fais chavirer tous les deux, nous plongeant dans un océan de plaisir où le seul bruit est celui de nos gémissements. Mes muscles se contractent sur sa verge avec une force que je n'ai jamais connue auparavant. Il me tient contre lui, soulevant son bassin contre le mien tandis qu'il tremble de plaisir.

Nous restons ainsi un moment, sans changer de position. Il promène ses mains dans mon dos, sur mes bras et mes cuisses, comme s'il avait besoin de me toucher pour être sûr que j'existe vraiment.

Je le comprends, lorsque l'on s'abandonne ainsi et que le plaisir est aussi intense, il est dur de revenir à la réalité.

Peu à peu, les battements de nos cœurs s'apaisent et je passe mes bras dans son dos pour le tenir contre moi. Il ne me lâche pas non plus et il me touche et m'embrasse partout où il le peut. C'est agréable, très agréable, pour être tout à fait honnête.

L'espace d'un instant, cela me fait penser à Wes, mon Wes magnifique, adorable, et terre à terre. Le seul homme dont je crois que je pourrais vraiment tomber amoureuse. J'inspire profondément et je retiens mes larmes, car je ne le trompe pas. Je ne trompe pas Wes. Cependant, j'ai beau me le répéter, je ne peux effacer la culpabilité que je ressens.

– Qu'y a-t-il ? demande Alec en me faisant reculer pour voir mon visage.

Je secoue la tête, refusant de lui dire ce à quoi je pense.

– Je me détendais dans tes bras, c'est tout, je réponds en lui embrassant le nez. On devrait s'occuper de la... euh...

Je baisse la tête et Alec suit mon regard.

– Ah, la capote, oui. Je m'en charge.

Je m'assieds sur le matelas à côté de lui, puis il se lève, enlève la capote et la jette à la poubelle alors que je m'allonge sur le dos en poussant un grognement.

– Qu'est-ce qu'il y a ?

– Il faut que je fasse pipi, je marmonne.

Il éclate de rire et, avant que je n'aie pu dire quoi que ce soit, il me prend dans ses bras comme il aime tant le faire et me porte jusqu'à la salle de bains. Il me pose devant les toilettes, puis il repart vers la porte.

– Je nous prépare de quoi manger, *oui** ?

– *Oui**, je réponds, le faisant rire tandis qu'il referme la porte derrière lui.

Lorsque j'ai fini, je prends la robe de chambre rouge bordeaux qui est suspendue au crochet derrière la porte. Elle est douce et épaisse, il se pourrait que je n'aie plus jamais envie de l'enlever.

Je sors de la salle de bains à cloche-pied et sautille jusqu'à la cuisine, où je trouve Alec tenant un plateau dans une main et deux verres de vin dans l'autre. Il est toujours à poil, mais je ne vais pas me plaindre.

– *Un moment**, dit-il en montant les escaliers.

Deux secondes plus tard, il revient à moi en courant, son sexe saute dans tous les sens.

– Quoi ? demande-t-il en souriant lorsque j'éclate de rire.

Il me prend dans ses bras et me porte à l'étage.

– Je vois que tu as trouvé mon peignoir, dit-il d'une voix faussement austère.

Il me repose sur mon pied et défait le nœud de la ceinture.

– C'est inacceptable, poursuit-il. Je te l'ai déjà dit, *ma jolie**, j'ai besoin de voir ton corps nu.

Je le laisse m'enlever la robe de chambre, puis je remonte sur le lit et je me mets à l'aise. Il pose le plateau devant nous et me tend un verre de vin dont le riche parfum de fruits rouges réchauffe déjà mon ventre. Sur le plateau qu'il a apporté, il y a une sélection de salamis, de petits cubes de cheddar, des raisins verts et des fraises. Mon estomac gargouille bruyamment tandis que je me demande par quoi commencer, et je décide de goûter au fromage, qui va divinement bien avec le vin.

– Merci, je dis en tirant le drap pour couvrir ma poitrine.

– Pour quoi ?

– Pour ça, pour ce soir, je dis en prenant une fraise. Merci de me peindre et de partager ton travail avec moi. C'est un honneur d'être ici avec toi.

– Tu es ma muse, Mia, dit-il en caressant ma joue. Ta place est ici.

CHAPITRE 5

Après avoir mangé, nous batifolons un moment, apprenant à nous connaître en nous embrassant et nous caressant. À la suite d'un long baiser particulièrement langoureux, je m'appuie sur le torse d'Alec et le serre dans mes bras.

– Tu sais que tu ne parles quasiment qu'en français quand on baise ?

– Je ne baise pas, *chérie**, répond Alec en se crispant. Je te l'ai dit, je te fais l'amour, je fais l'amour à ton corps, dit-il d'une voix sérieuse que je n'explique pas. Et je parle français parce que tu me fais perdre la tête et que je me perds en toi, dans ton corps sexy.

Je dégaine mon sourire le plus coquin et je réfléchis à cette histoire de baiser versus faire l'amour.

– Ça ne complique pas les choses, de parler d'amour ? Est-ce que toutes les femmes ne tombent pas amoureuses de toi si tu leur parles ainsi ?

– J'espère bien, répond-il en caressant mon bras.

– Attends, tu veux que je tombe amoureuse de toi ? je demande en levant la tête pour plonger dans ses beaux yeux.

– Bien sûr, pas toi ? répond-il d'un air confus.

Je secoue vivement la tête.

– Non, pas du tout. Je veux m'amuser avec toi, et après, je passerai à un autre client avec qui je coucherai peut-être.

– C'est pareil pour moi, dit-il sans sembler comprendre où se situe le problème.

– Alors, si je comprends bien, tu veux que je sois amoureuse de toi, même si tu sais que je vais partir pour être avec quelqu'un d'autre. C'est ça ?

Il hoche la tête en souriant innocemment.

– Et toi, tu vas tomber amoureux de moi, mais quand je partirai, tu vas baiser comme un lapin avec une autre nana.

– Baiser comme un lapin ? répète-t-il en souriant jusqu'aux oreilles.

– Concentre-toi, je gronde en frappant son torse.

– Je ne peux pas me concentrer quand tu parles d'amour et de sexe. Pour moi, les deux vont ensemble. D'ailleurs, on devrait les rassembler de nouveau, tu ne crois pas ?

Alec m'attrape par la taille pour m'allonger sur lui et je découvre qu'il bande déjà. Il empoigne mes fesses et appuie mon bassin contre le sien.

– Est-ce qu'on a fini de parler, *ma jolie** ? J'aimerais te refaire l'amour.

– Non ! je rétorque en m'asseyant à cheval sur lui et en croisant les bras. Je ne te comprends pas, Alec.

– Qu'y a-t-il à comprendre ? Je te fais l'amour, et chaque jour, je tombe un peu plus amoureux de toi.

– Ok, approfondissons cela. Tu m'aimes un peu plus chaque jour, mais ça ne te gêne pas de me laisser partir ?

– Si tu voulais rester, je ne m'y opposerais pas, dit-il, sarcastique.

– Tu ne t'y opposerais pas ? je m'exclame. Je ne te comprends pas, Frenchie !

Il saisit mes épaules et me plaque contre lui, puis il nous fait rouler pour être sur moi, et il m'embrasse en frottant son érection sur mon sexe. J'ai beau respirer lentement pour ne pas me laisser distraire, ça ne marche pas.

– Laisse-moi t'expliquer, *oui** ?

– Je t'en prie, *oui** !

– Les Français font l'amour. Je fais l'amour. Je dois avoir des sentiments pour toi si je veux te faire l'amour, *oui** ?

– *Oui**, je répète.

Jusque-là, c'est assez logique. Ce qui n'a aucun sens, c'est de tomber amoureux l'un de l'autre et de se séparer ensuite. C'est précisément pourquoi il était si dur pour moi de quitter Wes, car même si je n'aime pas l'admettre, j'ai des sentiments pour lui. Et maintenant, voilà que le Frenchie veut que j'aie des sentiments pour lui aussi ?!

– Donc, poursuit Alec, pour avoir cette intimité avec toi, je dois t'aimer un peu. Mais ça ne m'empêchera pas de te laisser partir. Et quand tu ne seras plus avec moi, tu auras toujours une partie de mon amour avec toi, dans ton cœur. Pour toujours. Ce morceau de mon amour est à toi jusqu'à la fin de tes jours.

Je dois reconnaître que sa théorie est assez belle, cette idée que le sexe lui permet d'offrir un peu de son amour à une femme et que cet amour sera à elle pour toujours.

– Donc, si je comprends bien, nous nous aimerons toujours, mais nous ne nous engageons pas auprès de l'autre comme un couple.

– *Oui**, exactement, *ma jolie** ! Tu as compris.

Je m'engage à t'aimer tant que tu es là et je te promets que mon amour restera avec toi toute ta vie. De mon côté, j'emporterai ton amour partout où je vais. Nous saurons toute notre vie que cette relation était construite sur la confiance, l'amour et l'amitié, dit-il avant de m'embrasser. Dans la vie, ce sont les seules choses qui comptent.

J'ai soudain les larmes aux yeux. Je cligne des paupières et une larme solitaire s'échappe, qu'Alec essuie avec son doigt.

– Est-ce que je peux t'aimer, maintenant ? demande-t-il avec une simplicité qui résonne profondément dans mon cœur.

– Oui, Alec. J'aimerais beaucoup que tu m'aimes, je dis en ravalant le nœud dans ma gorge.

C'est donc ce qu'il fait. Il m'aime toute la nuit, ou du moins jusqu'à ce que je m'endorme, m'offrant le réconfort dont j'avais besoin pour oublier ce qui s'est passé plus tôt dans le loft, ainsi que la culpabilité qui me ronge vis-à-vis de Wes.

Alec et moi allons nous aimer comme des amis et nous traiter avec respect. Nous allons profiter du corps et de l'esprit de l'autre, et à la fin du mois, nous nous dirons adieu. Nous aurons toujours de l'affection l'un pour l'autre et notre amour ne nous quittera jamais, comme un souvenir qu'on peut revisiter lorsqu'on en ressent le besoin.

Je trouve cela parfait et je décide de m'autoriser à m'attacher à chacun de mes clients, mais à ma manière. Je ne promettrai pas de les aimer pour toujours, car cette promesse est sacrée et elle ne peut être faite qu'au bon moment et avec la bonne personne.

Je repense à Wes et à combien il me manque. À la lumière de ce que dit Alec, je vois maintenant que j'ai passé tout le mois à essayer de ne pas tomber amoureuse de Wes, à me protéger. Cependant, ça n'a pas marché, car j'aime Wes, à ma façon. Et je crois qu'il m'aime aussi. Seulement, avec lui, je crois que ça pourrait être un amour pour toujours, et c'est pour cela que j'ai dû partir. Nous tenons énormément l'un à l'autre, et si nous sommes faits pour être ensemble, nous avons le temps d'y penser. En attendant, je vais profiter de mon Français et de toutes les expériences que je vais vivre d'ici la fin de mon année d'escort.

* * * *

Le lendemain, lorsque je descends à l'atelier, il est de nouveau plongé dans le silence. Je commence à comprendre le schéma de travail d'Alec : un jour, il prend les photos et le suivant, lorsqu'il peint, il libère ses employés pour travailler seul. Au fur et à mesure que j'avance dans le loft, j'entends une musique envoûtante, une voix sublime et des notes de piano qui résonnent dans l'atelier. La chanteuse est pratiquement en train de chuchoter, et le morceau est si beau que c'en est perturbant. Des instruments à corde s'y mêlent alors, et je ferme les yeux, me laissant imprégner par la musique.

Click. J'ouvre brusquement les yeux et je trouve Alec devant moi, son appareil photo à la main.

– Je n'ai pas pu m'en empêcher. Tu étais trop belle et gracieuse dans cette lumière. Il fallait que je capture ce moment.

Je penche la tête sur le côté en souriant.

– Tu as eu ce que tu voulais ? je demande sur un ton ironique.

– Et toi ?

J'inspire lentement et je regarde autour de moi.

– Viens, il y a beaucoup à faire, dit Alec en tournant les talons.

Je le suis et je m'installe sur ma chaise, face à mon portrait qui me coupe le souffle. Cette fois-ci, la toile est orientée en mode paysage. La première moitié est une sérigraphie, l'autre est une peinture qu'il a dû faire dans la nuit après que je me suis endormie.

– Comment... ?

C'est un tableau de moi face à la photo qu'il a prise hier. Mon front est à quelques centimètres de la toile, et il a peint ma main sur le cœur de la photo. Jamais je n'ai vu un tel mélange de techniques, je comprends sa renommée mondiale et pourquoi les gens sont prêts à payer une fortune pour son art. Dire que maintenant je fais partie de son art... Je suis sa muse !

– J'ai très peu besoin de dormir et j'étais inspiré par ton corps. Il fallait que je le peigne.

– Tu veux dire qu'on a fait l'amour et que l'expérience t'a tellement inspiré que tu es descendu peindre ça ?

– *Oui**. Ton corps nu, te faire l'amour, m'a donné toute l'énergie dont j'avais besoin pour créer cette image, mon cadeau au monde entier. Tu comprends maintenant, *oui** ?

J'étudie le tableau en noir et blanc, où on aperçoit une touche de mes seins nus. Je vois ma joie tandis que mon image touche le cœur triste de la veille. C'est comme si mon *moi* heureux venait consoler mon *moi* triste. J'en ai la chair de poule.

Alec peint de nouveau mes lèvres tandis que je continue d'admirer ses tableaux, envoûtée, incapable de détourner le regard, comme s'ils avaient une emprise sur mon cœur. Mon rythme cardiaque accélère et j'ai les larmes aux yeux. Alec prend ma main, puis il me soulève et me porte jusqu'au tableau. Cette fois-ci, ce ne sont pas mes lèvres que j'embrasse.

– Embrasse la toile ici, dit-il en désignant la main qui recouvre le cœur de la deuxième image.

Je me penche et j'embrasse le canevas, laissant l'empreinte parfaite de ma bouche sur la main peinte. Alec remet une couche de peinture rouge sur mes lèvres, puis il désigne le coude sur l'image, et je l'embrasse. Il repeint mes lèvres, et j'embrasse l'épaule, puis le dos de mon image. Encore une couche de rouge. Nous répétons l'opération plusieurs fois, jusqu'à ce qu'il y ait des baisers partout sur le tableau qu'il a peint pendant la nuit. C'est bizarre, mais cela rajoute une nouvelle dimension à son œuvre, les baisers rouge vif contrastant avec le noir et blanc des photos et du tableau.

Lorsque nous avons terminé, il me porte sur ma chaise et essuie délicatement mes lèvres avec des lingettes pour bébé, puis il me donne une bouteille d'eau et du baume à lèvres. Il pense vraiment à tout.

Il traverse la pièce, me laissant avec la musique et les tableaux que je continue d'étudier. Celui du premier jour montre mon visage triste, la larme sur ma joue et le baiser rouge sur mes lèvres. À sa droite, la photo de moi est la même, mais on me voit face à cette photo, ma main sur le cœur de la toile, couverte de la tête aux pieds par des traces de lèvres rouges.

La lumière au-dessus des tableaux est vive, elle semble naître au centre des images pour éclater vers l'extérieur, accentuant le contraste entre le blanc, le noir et le rouge, ainsi que la différence de textures.

– Tu as compris la signification ? demande Alec.

Je tourne la tête et je le dévisage pendant un long moment tandis qu'il analyse ses créations. C'est lui qui aurait dû être le sujet de ses tableaux, lui qui est si grand, si fort et si viril.

– Alors, *ma jolie** ?

Je secoue la tête en me concentrant de nouveau sur les tableaux.

– Je vois que c'est magnifique et que ça me touche.

– Ça te touche ?

– Oui, je chuchote en me focalisant sur la première image. Dans celle-ci, j'ai l'air triste, mais c'est plus que ça. Il y a un sentiment de dévastation sous-jacent, une tristesse si profonde dans les yeux que tu as peints que je pourrais presque croire que je ne serai jamais heureuse. Que cette femme ne connaîtra jamais le bonheur.

J'essaie de prendre du recul par rapport au tableau, mais c'est impossible, et j'ai l'impression que c'est justement ce qu'il souhaite.

– Oui, dit-il. Quand j'ai capturé ton image, j'ai ressenti une souffrance, et c'est comme ça que j'ai su que la photo était la bonne. L'art doit émouvoir celui qui l'observe, que ce soit des sentiments de joie ou de tristesse, de colère ou d'amour. Au quotidien, tout ce que nous voyons nous émeut d'une façon ou d'une autre. Ce tableau t'a touchée de la manière que j'espérais.

– Pourquoi ? Pourquoi tu voudrais qu'une personne ressente une tristesse qui est si profonde qu'elle ne s'en remettra peut-être jamais ?

– Parce que je veux que le public le ressente. Le tableau s'appelle « Pas d'amour pour moi ».

Ces mots transpercent mon cœur comme une flèche et mes larmes se mettent à couler sur mes joues.

– Et celui-là ? je demande en craignant la réponse.

– Que ressens-tu en le regardant ?

Je regarde rapidement la triste photo de moi et je détourne les yeux.

– De la honte.

Sa mâchoire semble se crisper et il hoche légèrement la tête. Je me concentre de nouveau sur la main qui est posée dessus.

– De l'espoir, j'ajoute.

Il continue de me dévisager sans rien dire, et je regarde alors tous les baisers sur la Mia qui tend la main vers la première Mia triste.

– De l'amour, je conclus en haussant les épaules.

Alec vient vers moi et s'agenouille à mes pieds avant de prendre mon visage dans ses mains et de m'embrasser tendrement.

– Tu as vu ce que je voulais que tu voies : la honte, l'espoir, l'amour, dit-il en me regardant d'un air émerveillé.

– Mais pourquoi ? Ces choses sont véritablement dures à comprendre.

– Tout comme l'art, parfois. Tout repose dans les yeux de celui qui l'observe. Ce que tu vois, ou ce que je vois, sera peut-être différent de ce que verra une autre personne, et c'est tout l'intérêt.

– Tu lui as donné un nom ?

Il hoche la tête.

– Comment ?

– Comme je veux que les gens le perçoivent.

Je déglutis en attendant qu'il s'explique, ce qu'il ne fait pas.

– C'est-à-dire ? j'insiste.

Il promène son doigt de ma tempe à ma bouche en suivant sa main des yeux.

– « S'aimer soi-même ».

CHAPITRE 6

Durant la semaine suivante, Alec et moi tombons dans une routine : il prend les photos, nous mangeons, nous faisons l'amour. Ou bien : il peint, nous mangeons et nous faisons l'amour. Nous n'avons toujours pas quitté l'immeuble, et il pleut presque tous les jours. Le soleil de Malibu me manque, comme la possibilité de nager, d'aller me balader ou de surfer. Ce qui me manque le plus, en dehors de ma famille, c'est Wes. Je ne dis pas qu'Alec n'est pas super, mais, même si nous nous entendons bien et que le sexe est génial, il n'y a rien de plus à notre relation que le travail et la baise. Il a beau parler de « faire l'amour », pour moi, c'est du sexe, et j'adore.

Ça pourrait être pire, je suppose, il pourrait me traîner dans des musées ennuyeux pour me faire voir les œuvres d'autres artistes.

Aujourd'hui, Alec ne veut pas que je descende à l'atelier avant ce soir, ce qui est nouveau, puisque d'habitude il veut que j'y aille dès que je suis levée. Sa nouvelle requête est problématique, car lorsque je suis seule, je ne peux m'empêcher de penser à toutes les personnes qui me manquent : comme mon père, qui ne s'est toujours pas réveillé. Il a été transféré dans une unité de soins payée par l'État, et Gin dit que l'endroit n'est pas mal. Apparemment, elle et Maddy y vont tous les deux ou trois jours pour lui lire le journal ou simplement lui tenir compagnie. Elle m'a envoyé une photo de lui, allongé dans son lit. Les hématomes sur son visage ont disparu, mais il est toujours dans une sorte de plâtre qui le couvre des épaules jusqu'aux pieds. Sur cette photo, c'est comme s'il dormait, on ne voit pas s'il se bat pour survivre. Les médecins ne connaîtront l'état de sa santé mentale que s'il sort du coma. Quand il sortira du coma, inutile de projeter des ondes négatives dans l'univers. Je ne crois pas à ces conneries, mais on ne sait jamais.

Je parcours ma liste de contacts et j'appelle Maddy, à qui je n'ai pas parlé depuis plus d'une semaine.

– Coucou, répond la voix chantante de Maddy.

Immédiatement, l'étau sur mon cœur semble se desserrer.

– Salut Mads, comment tu vas ?

J'entends un bruissement de feuilles et une fermeture Éclair.

– Boh, je me prépare à aller en cours.

– C'est un cours de quoi ?

– De médecine légale.

Je me passe la main dans les cheveux en ramenant le plaid sur mes épaules.

– Attends, c'est pas l'étude des cadavres, ça ?

– Ouais, enfin techniquement, le but est de déterminer la cause exacte de la mort en étudiant le cadavre. L'autopsie est faite par un médecin légiste, et c'est souvent dans le cadre d'une enquête pour meurtre ou dans certaines affaires de...

Ma petite sœur continue de parler, mais je ne l'écoute plus, m'étant arrêtée au mot « cadavre ».

– Tu vas découper des morts ? je m'exclame d'une voix choquée.

Qui pourrait avoir envie de faire ça ? Je sais que c'est un métier, bien sûr, et que c'est nécessaire pour résoudre des enquêtes pour meurtre, et caetera, mais je n'ai aucune envie que ma petite sœur découpe des morts ! J'en ai la chair de poule.

– Un cadavre, oui, et ça fait partie du programme. On doit tous suivre une variété d'options, et j'ai choisi celle-là. C'est super-intéressant, tu ne croiras jamais les trucs tordus que font les gens !

– Je sais ce que font les psychopathes, et je n'ai aucune envie que ma petite sœur soit liée à ce genre d'horreurs. Tu es un petit ange, Maddy, je ne veux pas que tu sois corrompue par les ordures de ce monde.

– Mamma Mia, tu ne pourras pas me protéger toute ma vie. J'ai dix-neuf ans, tu sais. Et puis, tu n'as que cinq ans de plus que moi.

– Ça ne m'a pas empêchée de m'occuper de toi jusqu'à maintenant ! je rétorque.

– Mia, je ne sais pas encore quel type de scientifique je veux être...

– Le genre qui guérit les cancers et qui invente des nouvelles pilules qui me feront rester maigre pour toujours ! Pas le genre qui voit des morts tous les jours !

Je me redresse sur le canapé. Il est hors de question que Maddy soit entourée par les horreurs de ce monde. Nous en avons connu assez durant notre enfance, et j'ai tout fait depuis qu'elle a cinq ans pour qu'elle ne voie que la lumière et la beauté qui l'entourent.

– Tu sais que je t'aime, dit-elle doucement de cette voix qui me fait toujours céder. Je sais que tu veux le meilleur pour moi, et je...

Elle marque une courte pause avant de poursuivre.

– ... Mia, je dois choisir moi-même ce que je vais faire de ma vie, d'accord ? Promets-moi de me laisser décider toute seule.

Qu'elle décide de quelque chose toute seule ? Ma petite sœur ? Faire quelque chose sans moi ? Sans que je sois là pour la guider, la protéger, la sauver si nécessaire. Je ne comprends pas, mais je fais taire la voix qui panique dans ma tête et je fais de mon mieux pour la soutenir.

– Je veux que tu sois heureuse, Mads. Promets-moi simplement d'envisager toutes les options.

– Oui, bien sûr ! Je suis aussi un cours de botanique et c'est fascinant ! s'exclame-t-elle en retrouvant son ton joyeux.

– C'est quoi, la botanique ?

Mon Dieu, je me sens bête d'avoir à demander à ma petite sœur ce que veut dire un mot. Je l'ai déjà entendu, mais je ne sais pas dans quel contexte.

– C'est la science des plantes, répond-elle en riant.

Elle vient vraiment de dire la science des plantes ? Elle passe de l'étude des morts à celle des plantes ?

– Les plantes ? je demande.

– Ouais, c'est super-cool, en fait ! Pour l'instant, on étudie le lien des plantes et des fleurs avec leur environnement. Ensuite, on va passer à l'horticulture, où on apprendra à cultiver les plantes et les fleurs pour la nourriture et la décoration.

Ça me paraît tout aussi bizarre, mais bien moins dangereux et beaucoup plus mignon.

– Je préfère ça, petite sœur.

– J'étais sûre que tu me dirais ça. Eh Mia, je suis en binôme avec un mec, et mon Dieu, il est canon ! s'exclame-t-elle en riant, comme la jeune fille qu'elle est.

Voilà enfin un sujet dont je peux parler.

– C'est vrai ? Allez, raconte-moi tout !

Et c'est ce qu'elle fait. Elle m'explique que ça fait deux semaines qu'ils flirtent, mais qu'il n'a pas encore osé lui demander de sortir avec lui. Il a un an de plus qu'elle et il s'est spécialisé dans la science des plantes. Ça me plaît, ça veut dire que c'est un intello. Je suggère à ma petite sœur de faire le premier pas, et elle panique, car il est hors de question qu'elle demande à un mec de sortir avec elle, ce dont je suis plutôt fière. Cependant, je suis encore plus fière qu'à dix-neuf ans elle soit toujours vierge. Elle a hésité à coucher avec un ou deux garçons, mais nous en avons discuté à l'époque, et elle a décidé qu'ils n'en valaient pas la peine. Je voulais que ce soit quelque chose de spécial, pas comme moi, qui étais ivre à l'arrière de la voiture de mon copain du lycée, juste avant qu'il ne me quitte pour la pom-pom girl avec des seins plus gros et un QI bien plus petit.

J'ai pensé qu'il serait utile de lui parler des moments pourris de ma vie si cela signifie qu'elle apprenne à se protéger. Maddy est la plus belle chose à laquelle je me sois consacrée, et je suis déterminée à m'assurer qu'elle réussira. Pour nous deux.

Je me sens beaucoup mieux après avoir parlé à Maddy. Je sais qu'elle s'en sort bien à la fac, qu'elle a trouvé un bel intello avec qui flirter et que les factures sont payées. Je me sens en paix. Je suis certaine, à présent, que j'ai fait le bon choix en acceptant ce boulot d'escort. Maddy a de l'argent sur son compte en banque, le frigo est rempli et je suis à jour dans mes paiements pour Blaine. Je suis de bonne humeur lorsque je sors de la douche et je suis en train de sécher mes cheveux avec la serviette lorsque j'entends mon téléphone sonner. Je sautille jusqu'aux toilettes, où je m'assieds pour lire le message.

De : Wes Channing
À : Mia Saunders
Alors, c'est comment, Seattle ?

Mon cœur bat la chamade et mon ventre fait un saut périlleux en voyant le nom de Wes sur mon écran. Je suppose qu'il cherche à me montrer que nous pouvons être amis, puisque c'est ce que nous avons décidé. Je réfléchis quelques minutes à ma réponse, accablée de culpabilité d'avoir couché avec Alec. Cependant, je la range de côté, car je dois traiter Wes comme un ami, et inversement. Certes, j'ai des sentiments pour lui et j'adorerais être avec lui, mais ma vie ne le permet pas, et ce sera ainsi durant les dix mois à venir.

De : Mia Saunders
À : Wes Channing
Humide. Tu savais qu'il pleuvait presque tous les jours, ici ?

Là. Voilà, ça devrait faire l'affaire. Un message court. Amical. Je relis plusieurs fois ma réponse, puis je l'envoie. J'ai la tête penchée en avant sous le sèche-cheveux lorsque mon téléphone sonne de nouveau.

De : Wes Channing
À : Mia Saunders
Tout le monde sait ça ! Il pleut presque autant qu'il fait beau. Bon, j'avoue, j'ai regardé la météo sur Internet. Tu auras du soleil dans quelques jours. Bien sûr, tu pourrais venir à Malibu, où le soleil brille et la piscine est chaude.

Bien évidemment. Je ne suis pas surprise qu'il m'invite à revenir. Je me demande si ce sera toujours ainsi entre nous : simple et, plaisant, avec le désir d'une histoire sérieuse juste en dessous de la surface.

De : Mia Saunders

À : Wes Channing

Pardon, Monsieur Météo, j'aurais dû le savoir. Merci pour l'info, Malibu en janvier était chouette. J'y referai peut-être un tour en janvier prochain ;)

J'ajoute un clin d'œil pour alléger ma réponse, car même si nous en avons parlé, je ne peux pas lui faire de promesse. Il me reste encore dix mois à travailler et je ne sais pas ce qui peut m'arriver.

De : Wes Channing

À : Mia Saunders

Alors, j'attends ta visite avec impatience. Reste au sec, ma chérie.

Je ne réponds pas, car je ne peux pas répondre. Wes incarne tout ce que je cherche chez un homme – et plus encore –, mais il n'est pas à moi. Il le sera peut-être un jour, mais pas maintenant. Ça m'a fait plaisir de lui écrire car ça m'a rappelé qu'une belle histoire m'attendait peut-être à la fin de cette année, mais pour l'instant, c'est un artiste sexy qui occupe mes journées et mes nuits.

* * * *

À dix-huit heures, je prends l'ascenseur pour rejoindre Alec. Je ne l'ai pas vu de la journée, ce qui n'est jamais arrivé jusqu'à présent. Cependant, j'ai aimé avoir du temps pour moi, car ça fait deux semaines que nous sommes collés l'un à l'autre. Je vois Alec bouger dans le coin opposé à celui où nous avons travaillé les jours précédents. Il est derrière son appareil et il est en train de prendre en photo un homme qui se tient debout devant une toile blanche. Ah ! Un homme nu, et bien monté. Waouh. Ce n'est pas la première fois que je vois un homme à poil, bien sûr, mais je suis rarement face à des types aussi musclés dont le sexe se dresse à la verticale.

Je fais de mon mieux pour ne pas faire de bruit avec mes béquilles et j'avance discrètement vers eux.

De temps en temps, l'homme ferme les yeux et branle doucement son érection. Il se lèche les lèvres et avance le bassin tandis qu'Alec enchaîne les photos en l'encourageant.

– *Oui**, comme ça.

– Cambre-toi plus, fais comme si tu faisais un spectacle pour une femme.

– C'est ça, lâche ton sexe et mets tes deux mains derrière la tête.

J'ai l'impression d'être une voyeuse en regardant cet homme se branler devant la caméra d'Alec. La scène est érotique et chargée d'une tension sexuelle qui envahit le loft entier, à tel point que je me sens déjà mouiller ma culotte.

– Fini, déclare Alec.

Il attrape un peignoir qu'il jette au modèle. Ce dernier l'enfile et regarde les images que lui montre Alec sur son appareil.

– Ce ne seront pas des photos, je vais les peindre, *oui** ? Tu es d'accord ? demande Alec.

L'homme hoche la tête.

– Vous faites du bon travail, répond-il. Au début, je pensais que ça allait être comme du porno, mais ça n'a rien à voir.

– Non, en effet, dit Alec en frappant l'homme sur l'épaule. Tu es prêt pour la femme ? demande-t-il.

Je tourne la tête à la recherche d'une autre femme dans la pièce et ma chaussure râpe le sol en béton, attirant le regard des deux hommes.

– Salut, je dis bêtement en leur faisant un signe de la main.

Heureusement, il fait sombre là où je suis et ils ne peuvent pas me voir rougir.

– Mia, viens ici. Je te présente Aiden. Il va poser avec toi, *ma jolie**.

Les paroles d'Alec me font l'effet d'un seau d'eau glacée jetée au visage.

– Euh, quoi ?

Alec vient vers moi et me guide vers Aiden, qui me serre la main.

– Enchanté de faire ta connaissance, Mia. J'ai hâte de travailler avec toi ce soir, dit-il gentiment.

Ok, donc il est gentil, musclé et canon ? Dieu doit être une femme sans cœur pour créer Aiden, Alec et Wes – trois hommes parfaits – et les mettre sur mon chemin à quelques semaines d'intervalle.

Je grommelle un « bonjour » avant de me tourner vers Alec.

– Comment ça ? Je vais poser avec lui ?

– C'est pour « Amour interdit », *chérie**. Je vais vous prendre en photo en train de faire l'amour sur la toile.

Faire l'amour ?!

– Explique-toi... et *vite*, je gronde.

– Oh, *non**, vous n'allez pas *faire l'amour**, s'empresse-t-il de corriger. Pas vraiment, non, vous allez faire semblant pour la photo. Tu comprends, maintenant ? demande-t-il en prenant mon visage dans ses mains.

– Non. Pas du tout. Donne-moi plus de détails avant que je m'enfuie en courant, Frenchie.

Alec pince ses lèvres et pose ses poings sur ses hanches. Aiden s'assied en nous tournant le dos, ce que j'apprécie, car nous sommes plus tranquilles pour discuter.

– *Mon amour**, j'ai besoin de vous prendre tous les deux en photo, nus, en train de vous tenir comme des amants. Lorsque j'aurai ce qu'il me faut, je le peindrai. Après t'avoir fait l'amour, bien sûr, dit-il en effleurant mon nez avec le bout du sien. Ce sera ma plus belle œuvre. Toi et cet homme, qui est très viril, perdus dans les méandres de la passion.

Il se penche et m'embrasse brièvement, lapant ma lèvre avant de reculer, tentant clairement de me convaincre de faire quelque chose sans avoir à en parler davantage. Ce petit con de beau gosse français.

Je soupire et retire mes cheveux de mon visage.

– Tu as dit qu'on devait être nus, si j'ai bien compris ?

– *Oui**, tu sais que je dois voir le corps pour pouvoir le peindre. Mais aucune femme n'a un corps plus beau que le tien.

Il me regarde des pieds à la tête. Je n'ai pas mis de soutien-gorge, consciente que j'allais devoir l'enlever de toute manière, et son regard brûlant fait pointer mes seins sous mon caraco moulant. Ses mains effleurent mes côtes et ses pouces survolent mes tétons dressés.

– Je vois que cette idée te plaît beaucoup, dit-il.

– J'aime l'idée d'être avec toi, je précise en m'approchant de lui. Mais je ne connais pas cet homme.

Je trouve déjà suffisamment dur de me mettre nue devant Alec pour ses photos... et maintenant je dois me rouler par terre avec un autre homme, à poil, et faire semblant de faire l'amour ? Ça n'a rien à voir avec les photos qu'il a prises jusqu'à maintenant et où il n'y avait qu'Alec et moi.

Il me dévisage en attendant ma réponse, mais son regard est infiniment doux. Après tout... ce n'est pas comme si je devais coucher avec cet homme, je dois seulement faire semblant. Je tourne la tête vers Aiden, assis sur la chaise, jambes croisées, balançant son pied dans le vide.

– Très bien. Je veux bien essayer. Pour toi, je dis à Alec.

Je veux qu'il sache que ça ne me fait pas plaisir, mais que je le fais parce que j'ai confiance dans sa perspective d'artiste.

– Ok, Mia. Va là-bas et déshabille-toi. Aiden, donne-moi ton peignoir, dit Alec en retrouvant son ton professionnel.

Aiden se lève et enlève la robe de chambre, révélant de nouveau son magnifique corps nu. Même au repos, son sexe est impressionnant. Je me dis qu'il doit rendre les femmes sacrément heureuses et je rigole bêtement.

– Il y a un problème ? demande Aiden en fronçant les sourcils et en baissant les yeux avant de couvrir son sexe avec sa main.

J'écarquille les yeux en réalisant ce pour quoi il pense que je ris.

– Oh mon Dieu, non ! Tu as un superbe pénis... je veux dire... euh... je ne riais pas à cause de ta taille... euh... aaargh ! je m'exclame en levant les yeux au ciel.

Bon sang, Mia, maintenant le pauvre va douter de sa virilité.

– Pourquoi je ne peux jamais être normale ? je rouspète en soufflant longuement.

– Ça va, dis Aiden en riant. Ne t'en fais pas, je comprends.

Il tourne les talons et s'assied sur le drap blanc qui recouvre le matelas.

– Sans rire, Aiden, je me disais juste que tu étais canon et que tu devais rendre les femmes très heureuses, je dis en ouvrant ma braguette et en baissant mon jean.

– Ma copine ne se plaint pas, en tout cas, répond-il.

Il me lance un clin d'œil, et tout à coup, cette situation ne me semble pas si horrible. Il a une copine. L'idée qu'il n'est là que pour poser et qu'ensuite il rentrera auprès de sa copine me soulage énormément. C'est absurde, puisque je vais quand même me rouler par terre avec lui, mais c'est ainsi.

– Complètement nue, *ma jolie**, dit Alec en gravissant une échelle surplombant le matelas.

J'enlève mon caraco, libérant mes seins, et mes tétons durcissent immédiatement, seulement cette fois-ci, c'est parce que j'ai froid.

– Il y a un radiateur là-bas, donc tu auras chaud lorsque tu seras sur le matelas avec Aiden.

Je retiens mon souffle et je baisse ma culotte avant de boiter vers Aiden. Ma cheville est presque guérie, mais j'ai un peu mal lorsque je mets trop de poids dessus, donc je fais attention de ne pas trop m'en servir. Je m'assieds sur le matelas et je rampe timidement vers lui.

– Ne t'inquiète pas, tu as un corps canon, toi aussi. Tu es prête à ce que je te touche ?

Je me lèche les lèvres et je lève la tête vers les projecteurs au-dessus de nous. Je vois à peine la silhouette d'Alec et, soudain, une vague de peur m'envahit, recouvrant mon corps de chair de poule.

– Euh, je suppose, ouais, je dis sans en être convaincue.

– Mia, allonge-toi, dit Alec. Aiden, mets ton bras sous sa nuque pour qu'elle repose sa tête dessus. Mets ta main droite dans son dos pour la tenir contre toi.

Aiden se rapproche et s'étend sur le côté. Lorsque je baisse les yeux, je vois que son sexe a durci. Je déglutis, faisant de mon mieux pour effacer le malaise qui s'empare de moi en voyant son érection. Je sais qu'il est normal pour un homme d'être excité lorsqu'il voit une femme nue, mais ça n'empêche que ça ne me plaît pas. Du tout.

Pendant ce temps, Alec continue de crier ses ordres.

– Passe sa cuisse sur la tienne pour cacher ton sexe.

Aiden fait ce qu'on lui dit et prend mon genou pour le tirer par-dessus sa cuisse. C'est alors que sa queue se niche entre mes cuisses, et je grimace.

– Mia ! gronde Alec. Fais comme si tu tenais l'homme que tu aimes. Regarde-le dans les yeux.

Je grince des dents et je lève les yeux dans ceux d'Aiden. Ils sont chocolat et doux. Cependant, j'y vois précisément ce que je ne voulais pas y voir, du désir. Sa main remonte sur ma cuisse pour empoigner ma fesse. Je me crispe et j'entends le cliquetis de l'appareil photo au-dessus de nous.

– Mia, tu ne fais pas semblant, insiste Alec. Lève le cou. Maintenant, Aiden, embrasse lentement sa gorge. Plante tes ongles dans sa chair.

Nous lui obéissons, et alors qu'Aiden appuie son sexe plus fort contre moi, je sens une goutte tomber sur ma peau. Je suppose que c'est du liquide préséminal, puisque ça ne peut pas être autre chose, et je déglutis difficilement. Je commence à compter dans ma tête, espérant qu'Alec aura vite la photo qu'il désire et que nous en aurons bientôt fini.

– Ça ne marche pas du tout, dit l'artiste en descendant bruyamment de son échelle. *Ce n'est pas bon**. Pas bon du tout, dit-il en faisant les cent pas. Deux corps magnifiques entremêlés, ce devrait être *magnifique, non** ?

Alec se parle à lui-même et j'en profite pour m'écarter, m'asseyant plus loin en croisant les bras sur ma poitrine. Alec tourne la tête vers moi et plonge ses yeux dans les miens. C'est alors qu'Aiden touche mon épaule, et je tressaille. Alec le voit et comprend tout de suite.

– Aiden, tu peux partir, dit-il en allant lui chercher le peignoir.

– Et la photo ? J'ai vraiment besoin de cet argent, dit-il d'une voix inquiète.

– Tu seras payé, tu as fait du bon boulot. Ma vision est spécifique. La première pièce sera peinte.

– Vraiment ? demande Aiden, et son visage s'illumine.

Alec lui sourit et lui frappe l'épaule.

– Oui. Maintenant, tu dois partir. Je vais travailler avec ma muse.

Aiden part se changer dans la salle de bains et Alec me tend son peignoir personnel, ce qui me fait sourire. Je l'enfile et je m'assieds en tailleur sur le bord du matelas.

– Tu n'as pas aimé ce shooting, dit-il en s'asseyant à côté de moi.

Sans déconner, Sherlock, t'as capté ?

Je reste assise en silence, le laissant tirer ses propres conclusions.

– Il me faut vraiment cette photo, Mia. Alors, j'ai une idée.

– Ok... je chuchote d'une petite voix timide et inquiète.

Il promène sa main sur ma joue et plonge son regard dans le mien.

– Je serai ta muse pour cette photo.

CHAPITRE 7

– Toi ? Ma muse ?

Je ne comprends pas.

J'entends Aiden traverser le loft, ouvrir la grille de l'ascenseur et la refermer. Alec se lève et retire son t-shirt à manches longues, révélant son torse musclé qui n'est que plus beau dans la lumière vive de l'atelier. Il défait sa ceinture et baisse son jean. Comme d'habitude, il ne porte pas de caleçon. Je saisis ses hanches en me léchant les lèvres et je le regarde.

– Tu poseras avec moi. Je me servirai de ça, dit-il en me montrant un petit boîtier noir avec un bouton rouge qui me fait penser aux détonateurs de bombe que tiennent les méchants dans les films. Je vais poser avec toi. Comme ça, ce sera vraiment de l'amour sur toile.

L'idée présente en effet une quantité infinie de possibilités. Je souris d'un air machiavélique en remontant mes mains dans son dos pour le tirer à moi et embrasser son gland. Lorsque je l'ai léché sur toute sa longueur, je recule.

– Tu n'étais pas obligé de faire ça, tu sais, je murmure.

– Si, *ma jolie**. Tu n'étais pas à l'aise. Une seule grimace sur ton joli minois est déjà de trop. Je savais que l'idée était délicate, mais lorsque j'ai vu ton expression quand il t'a touchée, sachant ce que tu faisais pour moi... *non, ce n'était pas bien**. J'aurais dû m'en douter, tu t'es engagée auprès de moi, donc tu ne peux pas faire semblant d'aimer un étranger. L'amour, celui que je veux montrer à travers mon art, doit être *authentique**. Il doit être vrai, et il doit être offert volontairement.

J'avance la tête et je prends sa verge dans ma bouche pour lui montrer combien ses paroles me font plaisir. J'apprécie l'importance qu'il accorde à mon bien-être et le fait qu'il comprenne que je ne suis pas seulement en quête de bon temps. Il sait que je suis à lui, et seulement à lui, pour le mois à venir.

Alec penche la tête en arrière tandis que je l'avale aussi profondément que possible, et le cliquetis de l'appareil photo retentit. L'idée qu'il capture ce moment d'intimité m'excite encore plus et je n'ai plus qu'une envie – qu'il me prenne, ici, maintenant. Il continue de baiser ma bouche pendant un moment, puis, brusquement, il recule les hanches.

– C'est trop bon, Mia. Mais je dois nous prendre en photo pendant qu'on fait l'amour.

Je hoche la tête et je le regarde ramasser son jean pour en sortir une capote. Je suis à deux doigts de lui dire que je prends la pilule et que techniquement il n'en a pas besoin, mais quelque chose me dit que ce n'est pas une bonne idée. Il enfile le préservatif et vient vers moi, lentement, comme un prédateur. Il m'allonge sur le côté, comme il l'a fait avec Aiden. Cependant, cette fois-ci, je me rapproche de lui autant que possible, écrasant mes seins contre son torse.

– Je vois que tu n'as plus peur de l'appareil, dit-il en souriant.

– Tais-toi et prends ta photo, Frenchie.

Je m'empare de sa bouche alors que les flashs éclairent nos corps nus. Il promène ses mains partout sur mon corps, et lorsque le boîtier repose sur mon sein, le métal froid ajoute un frisson de plaisir à l'excitation immense que je ressens déjà.

– Et maintenant, le véritable amour, grogne-t-il.

Il prend ma jambe sur la sienne, aligne nos bassins et me pénètre lentement. Je penche la tête en arrière et je me cambre pour coller mon bassin au sien.

– *Oui, chérie**, prends mon amour, chuchote-t-il en empoignant mes fesses pour s'enfouir complètement en moi, touchant par la même occasion ce point qui me fait jouir instantanément.

Fini. Je m'envole. Mon orgasme parcourt mon corps de long en large et de bas en haut. Je tiens Alec fort contre moi, voulant être toujours plus près de lui, m'accrochant à cette vague de plaisir en essayant de ne pas m'y noyer. Les flashs illuminent mes paupières fermées, capturant ce moment de jouissance exquise. Lorsque je reviens sur terre, je le pousse sur le dos pour le chevaucher et je saisis le boîtier du déclencheur.

– Chacun son tour, je grogne en souriant.

Il ne rechigne pas, profitant d'avoir les deux mains libres pour jouer avec mes tétons, tirant et frottant jusqu'à les rendre brûlants. Je penche la tête en arrière, puis je me soulève et me rabaisse sur lui. Ses muscles se contractent, et je clique sur le boîtier. Ces photos ne sont peut-être pas pour son exposition, mais je ne serais pas contre en avoir une copie.

Je chevauche mon bel artiste avec une telle ardeur qu'il se met à haleter et à grogner. Cependant, j'attends qu'il commence à parler français pour lui accorder du répit, car ce n'est qu'alors que je sais qu'il a atteint un point de non-retour.

– *Ton sexe est si chaud**.

– *Je pourrais t'aimer toute la nuit**.

– *Encore, Bébé**.

La dernière phrase, j'ai appris ce qu'elle voulait dire depuis longtemps.

Cependant, je n'ai pas le temps d'accélérer, car il me fait rouler sur le dos. Mon Dieu, cet homme est un dieu du sexe, son endurance est épatante. Ses coups de bassin s'amplifient, frappant mon clitoris à chaque aller-retour, et je sens un nouvel orgasme se préparer. Nos corps sont en sueur et les projecteurs chauffent au-dessus de nous.

– Qu'est-ce que tu as dit en français ? je demande avant de mordre sa lèvre et de l'aspirer dans ma bouche.

– J'ai dit que ta chatte est chaude et que je pourrais te faire l'amour toute la nuit. Et je pense que c'est ce que je vais faire, *ma jolie**.

Ses va-et-vient accélèrent encore et nous ne parlons plus. Le boîtier a disparu lorsque je l'ai lâché durant mon deuxième orgasme. Alec passe sa main entre nous et son doigt masse mon clitoris. Je plante mes ongles dans la chair de son dos, griffant sa peau comme une furie, puis je passe mes jambes autour de sa taille pour le tenir contre moi. Il se redresse sur ses avant-bras, recule son bassin jusqu'à ce qu'il n'ait plus que son gland en moi, puis il s'enfouit de nouveau avec une violence inouïe. Mes orteils se recroquevillent et je me mets à trembler violemment sous la puissance de mon troisième orgasme. C'est violent et chaotique, et je pousse un cri strident qui se mêle bientôt à celui d'Alec. En plein orgasme, il nous fait rouler sur le côté, et *click*. C'est la dernière chose dont je me souviens avant de m'endormir.

* * * *

Je me réveille seule, couverte par deux peignoirs, bercée par de la musique classique. Je m'assieds lentement et je balaye l'atelier du regard à la recherche d'Alec. Je l'aperçois de l'autre côté du loft, en jean, torse nu. Miam. Les muscles de son dos se contractent et ondulent sous le mouvement de son pinceau. Je ne sais pas combien de temps j'ai dormi, mais Alec a presque fini le tableau d'Aiden. J'y vois le modèle tenir son érection, cambré, la tête en arrière la mâchoire crispée. J'avance vers lui sans faire de bruit, mais je crois qu'il ne m'entendrait pas de toute manière tant il est perdu dans son monde.

Je m'assieds en silence sur une chaise à une dizaine de mètres de lui, et je le regarde opérer sa magie. Il est méticuleux et ses coups de pinceau sont parfaits. Il peint rapidement, avec des gestes précis. J'ai l'impression que chaque mouvement est fait en rythme avec les notes du piano. De l'art musical, c'est magnifique. La vue, cet homme, ce tableau, le tout forme une expérience céleste que je n'oublierai jamais.

J'attends un long moment, mais je ne peux plus me retenir de le toucher, alors j'enlève mon peignoir et je le pose sur la chaise, puis je vais silencieusement vers lui. On dirait qu'il est en transe. Le tableau me semble fini, mais je n'ai pas l'œil d'un artiste. Mes seuls domaines de compétence sont les hommes, les t-shirts de concert et les motos, et encore.

Je passe délicatement mes bras autour de sa taille pour poser mes mains sur ses pectoraux, et je l'embrasse entre les omoplates. Son odeur est divine, un mélange de bois, de sexe, de transpiration et de peinture. Je sais que j'interromps un moment de création, mais ça ne semble pas le déranger. Je crois qu'Alec aime avoir mes mains sur lui. Ou plutôt, je le sais.

– Tu es beauté et lumière, je murmure en embrassant ses épaules et en promenant mes mains sur ses abdominaux.

Il a le corps d'un homme qui passe des heures à la salle de sport, mais je ne l'ai jamais vu faire d'exercice.

– *Non**, je suis caché dans l'ombre et je ne m'illumine que lorsque mon art est exposé. C'est toi qui m'éclaires. C'est le reflet de ta beauté que tu vois en moi, de la même manière que mon corps appelle le tien et que le tien appelle le mien.

Je défais lentement sa braguette et empoigne son érection. Dans cette position, sa verge me paraît énorme, presque trop grande pour mes mains. Je plonge mes dents dans la chair de son épaule, incapable de retenir mon désir pour lui.

Il pose sa palette et son pinceau et il baisse son jean sur ses chevilles. Je fais le tour de son gland avec mon pouce pour étaler son liquide préséminal, puis je le branle, tantôt vite et fort, tantôt lentement et délicatement. Il prend ma main et la porte à sa bouche pour lécher et sucer chacun de mes doigts et la paume de ma main. Il la guide de nouveau sur sa verge et me montre avec quelle pression le serrer, comment le branler, bien plus fort que je n'aurais osé le faire. Lorsque j'atteins le rythme qu'il souhaite, il lâche ma main.

Il se remet à parler français et il appuie ses mains contre le mur. Je n'ai jamais trouvé sa langue maternelle aussi belle que lorsqu'il est perdu dans l'acte. J'aime l'entendre plus que je ne daignerais l'avouer. Je serre fort son sexe en remontant lentement vers son gland, puis je descends brusquement, recommençant encore et encore. Il gémit, puis il tend un bras en arrière pour le passer entre mes jambes où je mouille déjà.

Ses doigts tournoient autour de mon clitoris avant de plonger en moi. Je retiens mon souffle et je remonte ma main pour m'accrocher à son épaule pendant que mon autre main continue de le branler. Il parle français, je parle anglais, chuchotant tous deux nos mots d'amour. Mon sexe se contracte sur ses doigts, lui signalant mon orgasme au moment où son pénis se couvre d'une couche de liquide. Je l'étale sur toute sa longueur et, soudain, je tressaille, surprise par la violence de ma jouissance. Ma chatte emprisonne ses doigts et ma main enserre sa verge. Nous nous cambrons l'un contre l'autre, parcourus de spasmes, tandis qu'il éjacule sur ma main et le sol en béton. Je mords son dos et il grogne comme un animal.

Lorsque nos souffles et les battements de nos cœurs ralentissent, je lèche l'endroit où mes dents l'ont marqué. Il me tend une serviette et j'essuie ma main, mes yeux sont rivés sur la trace de morsure que j'ai laissée dans son dos.

– Je suis désolée, je chuchote.

– Ne le sois pas. Ne t'excuse jamais d'avoir été noyée dans la passion. Je porterai la trace de tes dents avec fierté.

Il remonte son jean. Il me serre dans ses bras et je m'accroche à lui, encore tremblante, lorsqu'une vague d'émotions s'abat sur moi et que les larmes coulent sur mes joues. Alec me console comme il le fait toujours, en me caressant le dos, en chuchotant des mots en français et en anglais, me disant à quel point je suis belle. Me disant que je suis la lumière. L'amour.

Plus tard, je pose de nouveau devant lui. Il est trois heures du matin, et je m'en contrefiche. J'ai joui trois fois ce soir et rien ne pourrait gâcher ma bonne humeur.

– Tends la main, comme si tu voulais cacher ton sexe, dit Alec. Couvre tes seins avec ton bras et penche la tête en arrière. Ferme les yeux et ouvre la bouche.

Je suis ses instructions à la lettre.

Alec prend les photos et je souris. Il reprend une photo, et j'ouvre les yeux pour le regarder. Mon Frenchie. Il est superbe derrière son appareil photo, torse nu, le jean ouvert, m'offrant un aperçu de sa virilité. Je ferme de nouveau les yeux et je couvre mes seins et mon sexe.

Click.

– Tu as fini ?

– Maintenant, oui, dit-il en dégainant son sourire le plus sexy.

Il vient vers moi et me soulève comme une princesse.

– Tu sais, ma cheville va beaucoup mieux.

– Mais je préfère te porter.

Il m'emmène chez lui, où il me dépose dans son lit avant de se nicher derrière moi, un bras sur ma taille, me serrant contre lui.

– Ce soir, *ma jolie**, c'était plus fort que tout ce que j'ai connu auparavant. Être avec toi est comme... c'est un endroit spécial dans ce monde. Je ne connaîtrai plus jamais ça. Je veux que tu saches que j'apprécie tout ce que tu me donnes.

J'ai beau être sur le point de m'endormir, je roule sur le dos et je l'attire à moi. Je ne pourrai jamais remercier Alec pour ce qu'il m'a offert, il m'a fait découvrir que je ne suis pas seulement Mia la sœur, la fille, l'amie. Je suis une femme avec des sentiments, des désirs et des aspirations. Je ne suis pas seulement une petite fille de dix ans abandonnée par sa mère.

Je dois faire ce job pour sauver mon père, une fois de plus. C'est un moyen de parvenir à une fin. Néanmoins, je vais tâcher de m'amuser.

Blottie contre lui, sa tête sur mes seins, je passe mes doigts dans les longs cheveux d'Alec. Il grogne lentement, et je sens peu à peu son poids reposer sur ma poitrine. Pour la première fois depuis que nous nous sommes rencontrés, Alec s'endort dans mes bras.

* * * *

Aujourd'hui, Alec me surprend en me servant un petit déjeuner au lit. Apparemment, le shooting d'hier lui a plu. J'ai hâte de voir les photos, mais je l'encourage à les regarder seul afin d'éviter que je lui saute dessus de nouveau. Il me promet que nous nous amuserons plus tard, mais, comme d'habitude, *il y a beaucoup à faire*. Cependant, ça ne l'empêche pas de me réveiller en m'offrant un orgasme, sa tête entre mes jambes, ayant compris que c'est tout ce dont j'ai besoin pour lui obéir.

Dans l'atelier, il me demande de me dévêtir entièrement et de me placer à côté du tableau d'Aiden qu'il a peint hier. Je suis appuyée contre le mur et il lève mon coude en plongeant ma main dans mes cheveux, de sorte à ce que si j'étais allongée, j'aurais l'air de branler le modèle. Alec prend une tonne de photos, et j'ai fini pour la journée.

Le lendemain, je suis de nouveau assise sur ma chaise et mes lèvres sont peintes. La peinture qu'il a finie hier soir est dans le même thème que les autres, mais elle est plus simple. C'est une sérigraphie de mon bras et de ma main couvrant le sexe d'Aiden. Il me demande d'embrasser la photo sur ma main. C'est intéressant, même si je ne comprends pas bien la signification.

– Tu comprendras, Mia. Je te le promets, affirme-t-il sans m'en dire davantage.

Le lendemain, lorsque j'arrive à l'atelier, je découvre une peinture d'Alec et moi en train de faire l'amour. Elle est accrochée à côté de celle d'Aiden, mais les deux sont séparés par une nouvelle sérigraphie. Une photo que je ne pensais pas voir et dont je ne soupçonnais pas l'existence.

Elle a été prise lorsqu'Alec a fini le shooting d'Aiden et moi, l'autre soir, mais nos parties intimes sont couvertes et nous regardons dans des directions opposées. On m'y voit assise, les genoux ramenés sous le menton, et Aiden me tend la main. Si la photo n'était pas si honnête, je l'aurais détestée.

– Qu'est-ce qu'elle fait là, cette photo ? je demande.

– Tu sais bien, Mia. Regarde les trois toiles comme un seul tableau et tu comprendras.

Je regarde la première image, dans laquelle Aiden se masturbe, et où ma main essaie de le cacher sans y parvenir. J'étudie ensuite la photo où il essaie de me toucher et où je suis affreusement gênée. Je termine avec la photo d'Alec et moi. Ma jambe est sur la sienne, et on ne voit pas qu'il me pénètre. J'ai mon bras sur lui, couvrant mes seins, et nos regards sont voilés par le plaisir que nous procurent nos orgasmes simultanés.

Lorsque je regarde les trois ensemble, je vois une histoire. Un homme se masturbe, un homme qui est censé me protéger mais qui n'y parvient pas. Son amour est à sens unique, comme on le voit dans la deuxième image. Ensuite, je trouve l'amour dans les bras d'un autre.

– Tu le vois maintenant ? chuchote Alec tandis que son bras m'entoure par-derrière pour m'attirer contre lui.

– Oui, je réponds en hochant la tête. C'est comme si c'était brisé.

– L'amour est brisé ?

Je hoche la tête, ne trouvant pas quoi dire.

– Alors, c'est ainsi que nous l'appellerons. Le triptyque se nommera « Amour brisé ».

Bien évidemment : Amour brisé, c'est tout ce que j'ai connu dans ma vie, et que je connais toujours. Ça tombe sous le sens.

CHAPITRE 8

Mon séjour avec Alec prendra fin dans huit jours, et je ne suis toujours pas sortie de l'immeuble. Je n'ai rien vu de Seattle et même si le soleil brille aujourd'hui, je doute qu'Alec veuille aller se promener. Il a passé les derniers jours à ajouter des touches à chacun de ses tableaux et il m'a expliqué qu'il va continuer à les peaufiner jusqu'au vernissage qui aura lieu la semaine prochaine. Le lendemain, je quitterai Alec et je rentrerai à la maison avant de partir à la rencontre de mon prochain client.

À la maison. Hélas, je ne parle pas de mon petit studio à Los Angeles, car cette fois-ci, je vais à Las

Vegas. Non seulement il est temps que je voie mon père mais Blaine m'oblige à lui verser le second paiement en mains propres, ça fait partie du deal. Quel enfoiré ! Si seulement j'avais su quelle mauvaise idée c'était de le fréquenter... Or, je m'empêtre toujours dans des situations impossibles avec les hommes. Au moins, maintenant, je suis payée et je peux partir à la fin du mois sans heurts, ça fait partie du job.

Cependant, je ne peux pas considérer Wes et Alec comme des boulots. Ce sont des mecs bien à qui je tiens énormément, des hommes avec qui n'importe quelle femme adorerait sortir, mais pas moi, c'est impossible. Cela dit, même dans d'autres circonstances, je ne pense pas qu'une histoire avec Alec durerait longtemps. Je ne dis pas que je ne l'apprécie pas, simplement je ne me vois pas construire une relation avec lui. Il a besoin de moi pour son travail et j'ai besoin de lui pour l'argent, ce qui ne nous a pas empêchés de créer un lien qui repose sur notre attirance mutuelle et une forte amitié. Wes, en revanche... c'est une autre histoire. Wes est le genre de mec dont on devient folle et dont on parle sans cesse à ses amies, qu'on rêve d'épouser. Ce n'est pas un coureur de jupons, même s'il a essayé de jouer ce rôle au début, jusqu'à ce qu'il me demande de rester.

Wes m'a demandé de rester. Avec lui. Pour lui. Pour qu'on forme un couple.

Je soupire longuement en observant la pièce et en regardant par la fenêtre, il fait tellement beau. Il faut qu'Alec me sorte d'ici, point à la ligne. Ça fait plus de deux semaines que je suis enfermée dans cet immeuble, et j'ai atteint ma limite.

Je me dirige vers l'ascenseur lorsque mon téléphone sonne.

– Allô ? je réponds sans regarder l'écran.

– Bien le bonjour, ma poupée. Comment va ma petite travailleuse préférée ?

– Salut, Tante Millie, je réponds en m'asseyant sur un fauteuil près de la porte.

– Qu'est-ce que j'ai dit au sujet de m'appeler Millie ? C'est Miss Milan, chérie, me rappelle-t-elle.

– Je ne t'appellerai jamais comme ça, tu sais. Tu as changé mes couches et tu me connais mieux que ma propre mère, ton horrible sœur. Je t'appellerai toujours Millie, Tatie.

– Argh. Ne me rappelle pas à quel point je suis vieille, tu vas me faire complexer. D'ailleurs, tu me fais penser que...

Elle marque une pause durant laquelle je l'entends noter quelque chose sur un bout de papier.

– ...il faut que j'appelle mon chirurgien pour rafraîchir mon Botox.

– Beurk, c'est moche, Tante Millie. Ne te mets pas ces trucs dans la peau. Tu pourrais rester bloquée comme ça, tu sais.

– C'est bien ce que j'espère, ma chérie ! répond-elle d'une voix joyeuse. Bref ! Je t'appelle à propos de Monsieur Mars. Tu vas à Chicago !

– Chicago.

Je n'y suis jamais allée, ça peut être sympa. De toute façon, je n'avais jamais quitté le Nevada et la Californie jusqu'à il y a deux semaines.

– Comment s'appelle le petit veinard ? je demande, moqueuse.

– Anthony Fasano, un grand restaurateur. Il détient la plus grande chaîne de restaurants italiens du pays. Tu connais *Fasano's* ?

– Waouh, bien sûr ! J'y ai mangé un million de fois ! Gin et moi adorons y aller, c'est le meilleur resto italien de Vegas !

– Ouais, eh bien, Anthony Fasano a hérité des mille deux cents restaurants de la chaîne quand son père est décédé l'an dernier. Apparemment, sa famille est déterminée à lui trouver une femme pour qu'il ait un héritier, parce que c'est le seul fils dans une famille de cinq enfants. Tu vas jouer le rôle de sa fiancée longue distance qui habite sur la côte Ouest. L'idée, c'est qu'il te fait venir pour rencontrer la famille et qu'ils lui fichent la paix.

– Waouh, tu crois pas qu'on dirait un scénario de Jerry Springer[3] ?

– Écoute Mia, tout ce qui compte, c'est qu'il paie pour louer ton joli petit cul. Le reste est sans importance. Que tu ailles à des cocktails mondains, que tu joues le rôle d'une muse ou que tu fasses semblant d'être la fiancée de quelqu'un... on s'en fiche. Fais ton boulot. D'ailleurs, c'est encore un beau spécimen, tu pourrais retoucher un bonus de vingt pour cent. À ce propos, j'ai vu que tu avais reçu les vingt mille dollars de Monsieur Channing et que Monsieur Dubois t'a également fait le versement hier. Tu as l'air de bien t'amuser ma poupée.

– Pardon, qu'est-ce que tu viens de dire ?

– C'est sans compter la fortune que tu...

– Attends, Wes et Alec m'ont payée pour... du sexe ?

Je ferme les yeux alors que mon cœur cesse de battre.

– C'est quoi, cette merde ? je chuchote, les larmes aux yeux.

3. Talkshow américain à la *C'est mon choix* dans lequel les deux parties opposées sont invitées à se confronter durant l'émission, qui finit souvent par des insultes et des bagarres.

– Chérie, ils sont censés te payer. Je suis surprise que tu ne l'aies pas remarqué avant. Monsieur Channing m'a demandé ton relevé d'identité bancaire et il a transféré l'argent avant-même que tu quittes Malibu. Monsieur Dubois a fait faire le transfert par un de ses employés, hier. Où est le problème ?

Je secoue la tête et je ferme les poings, luttant contre l'envie de frapper le mur le plus proche tandis qu'une vague de colère noire déferle dans mes veines.

– Faut que j'y aille. Envoie-moi les infos pour le prochain client.

Je lui raccroche au nez, puis j'envoie un message.

Je laisse mon téléphone sonner deux ou trois fois, le temps de laisser ma colère monter.

– Salut, dit la voix de Wes. Je pensais justement à toi...

– Ne te fatigue pas. Tu joues à quoi ? je crache d'une voix furieuse.

– Attends, ralentis, Mia. Qu'est-ce qui se passe ? demande-t-il d'une voix faussement inquiète.

Je sais maintenant que tout entre nous n'a été qu'un mensonge.

– L'argent, Wes ! Comment tu as pu faire ça ?

– Tu ne l'as pas reçu ? Oh mon Dieu, est-ce que ton père va bien ? Où es-tu, je paierai tout ce que tu veux. Dis-moi que tu vas bien, Mia ! crie-t-il à l'autre bout du fil.

– Mon père va très bien, enfin, il est toujours dans le coma. Je ne parle pas de l'argent que je dois aux requins, Wes. Je te demande comment tu as pu me payer parce qu'on a couché ensemble. C'était que de la baise, pour toi ?

– Il n'a jamais été question d'argent, Mia, et tu le sais très bien ! répond-il d'une voix rauque et tremblante.

– Alors pourquoi ? Pourquoi tu me traites comme une prostituée ? je demande alors que les larmes ruissellent sur mes joues.

– Non ! Bon sang, non ! Ne dis pas ça, Mia, ce n'était pas comme ça.

– Ah non ? Alors, pourquoi il y a vingt mille dollars sur mon compte en banque ? Millie me l'a dit !

– C'est qui, Millie ?

– Ma tante. Miss Milan, c'est pour elle que je travaille, *Escorts Exquises*, ça te dit quelque chose ?

– Tu travailles pour ta tante ?

Je réprime un grognement de frustration.

– Ne change pas de sujet, Wes ! Je pensais qu'il y avait quelque chose de spécial entre nous. C'est pour ça que je ne t'ai pas parlé des vingt pour cent supplémentaires. Je ne te les aurais jamais fait payer, je ne suis pas une call-girl ! J'ai couché avec toi parce que je le voulais, pas parce que tu me payais !

– Mia, ma chérie, écoute-moi. C'est dans mon contrat... Et puis, de toute façon, je voulais te donner cet argent. Tu ne m'as pas laissé rembourser les usuriers de ton père, alors la moindre des choses que je pouvais faire, c'était t'aider à payer la dette plus vite. Je suis désolé, je n'ai jamais voulu te faire de mal, dit-il en soupirant. Putain, Mia, je suis désolé. Il faut que tu me croies, je n'ai jamais pensé ça de toi ! Je tiens à toi. Énormément... chuchote-t-il. Tu me manques. Beaucoup trop. Je... Dis-moi ce que je peux faire pour arranger les choses.

J'inspire lentement en regardant les arbres verdoyants par la fenêtre après toutes ces journées de pluie.

– Ça m'a blessée, Wes. Mais...

– Mais quoi ? demande-t-il d'une voix désespérée.

Je ferme les yeux et je ravale le nœud qui s'est logé dans ma gorge.

– Je comprends pourquoi tu l'as fait. Je vais te le renvoyer.

– Non, ma chérie, non. S'il te plaît, garde-le pour te sortir plus vite de ce pétrin. C'est égoïste, je sais, mais... peut-être que ça te ramènera à L.A. plus vite, ou que ça aidera ta sœur avec la fac. Mia, je veux juste t'aider. Laisse-moi faire ça pour toi.

– Wes...

– S'il te plaît, Mia.

– D'accord.

– Merci, murmure Wes à voix basse. Est-ce que tout est arrangé entre nous ? Est-ce qu'on est toujours...

– Amis ? je termine.

Il rit doucement, et je réalise que c'est le plus beau son que j'ai entendu depuis trois semaines.

– Oui, amis, répète-t-il.

– Oui, on l'est toujours, Wes. Faut que j'y aille.

– Ton client ? demande-t-il d'une voix distante.

Je hoche la tête, même s'il ne peut pas me voir.

– Tu me manques aussi, tu sais, je dis.

– C'est vrai ?

– Oui. Tout va bien, Wes. On se parle bientôt ?

– Tu sais où je suis, ma belle. Tu as la clé.

– Au revoir, Wes.

Je raccroche avant d'entendre sa réponse car j'aurais trop envie de tout laisser tomber pour courir à lui et le réconforter. Je me sens soulagée de savoir qu'il m'a versé cet argent pour m'aider, il ne s'est simplement pas rendu compte de la façon dont j'allais l'interpréter.

Je ne suis la pute de personne, et à présent il est temps de l'expliquer à Alec.

* * * *

– *Ma jolie** ! Je suis prêt. On doit faire les photos pour « Amour égoïste », dit Alec dès que je passe les portes de l'atelier. Déshabille-toi, nous n'avons pas de temps à perdre, ajoute-t-il en me guidant vers un matelas recouvert d'un drap blanc.

Je n'ai pas le temps d'exprimer ma colère, car il enlève lui-même mon t-shirt avant de commencer à défaire ma braguette.

– Alec, stop ! Il faut que je te parle.

– *Non**. Enlève tes vêtements, mais garde ta lingerie, dit-il en allant vers l'échelle.

Ses mouvements sont brusques et ça m'énerve encore plus. Il est de nouveau perdu dans sa bulle de création et je crois qu'il n'entend pas ce que je dis.

– Alec, il faut que je te parle, je retente alors qu'un de ses assistants essaie de m'aider à enlever mon jean.

Je fais finalement ce qu'ils veulent et, une fois que je suis en soutif et en culotte, l'assistant m'aide à prendre la position. Je laisse la coiffeuse d'Alec me décoiffer, mais lorsqu'un autre assistant vient vers moi avec le pot de peinture, je décide que c'en est assez.

– Non ! je crie en le repoussant de la main. Alec, je t'ai dit que je devais te parler. À propos de l'argent qui est apparu sur mon compte hier.

Je serre les dents en attendant qu'il me regarde, mais il continue à trifouiller son appareil photo et à donner des ordres à ses assistants.

– *Oui**, je l'ai fait faire hier, répond-il enfin en regardant à travers l'objectif de son appareil.

– Pourquoi ?

– Mets ta main dans ta culotte, ferme les yeux, et fais comme si tu te donnais du plaisir.

– Je te demande pardon ?

Alec soupire et je vois sa mâchoire se contracter.

– Concentre-toi, Mia. Il y a beaucoup à...

– Beaucoup à faire, ouais, je sais, je grogne. Ce n'est pas la première fois que j'entends ça.

Il lève la tête et nos regards se croisent, mais il a l'air aussi agacé que moi.

– Dans ce cas, tu sais aussi que je suis à court de temps. Le vernissage est dans une semaine et j'ai encore deux tableaux à faire. Celui-ci, et un autre que je dois encore visualiser. Alors, quel est le problème ? J'ai envoyé l'argent, tu l'as reçu, *oui** ?

– Oui, Alec, mais...

Je regarde autour de nous. Il y a une dizaine de personnes qui sont là pour assister Alec, ce qui est inhabituel car d'habitude, lorsque je dois être à moitié à poil, Alec fait en sorte qu'on ne soit que tous les deux.

– Je veux te parler seule à seul.

– Nous parlerons une fois que ces photos seront finies, rétorque-t-il sèchement.

Je soupire, résignée, et je hoche la tête, décidée à lui obéir. Le problème, c'est que les photos ne lui plaisent pas, ce qui le rend difficilement supportable. Au bout d'un moment, il renvoie ses assistants chez eux.

– Ça aura été une perte de temps, dit-il d'une voix pleine d'amertume.

Il passe sa main dans ses cheveux pour défaire l'élastique qui les retient, puis il fait les cent pas et se met à marmonner en français.

– Tu t'attendais à quoi, Alec ? Tu veux que je me doigte dans une pièce remplie de gens que je ne connais pas, alors que je suis énervée contre toi ?

Il cesse de faire les cent pas et lève brusquement la tête en posant ses mains sur ses hanches.

– Et pourquoi es-tu en colère, Mia ? demande-t-il d'une voix grinçante, m'agaçant juste assez pour faire renaître la colère que j'avais réussi à réprimer durant les deux dernières heures.

– Tu m'as payée pour avoir couché avec toi, c'est ça le problème.

Il respire lentement, comme pour se calmer.

– Et ça ne te plaît pas, apparemment. Tu peux me dire pourquoi ?

– Parce que je ne suis pas ta pute ! C'est la deuxième fois de la journée qu'un homme me traite comme une prostituée. Je n'ai pas couché avec toi pour l'argent ! Bon sang, pourquoi les hommes sont-ils aussi bêtes ?

Je hurle si fort que l'écho de ma voix résonne aux quatre coins du loft.

– On a couché ensemble, Mia. Ton contrat stipule que tu dois recevoir un bonus de vingt pour cent si tu te déshabilles et/ou si tu couches avec moi.

Je me lève en grognant et je marche vers lui d'un pas rapide.

– Je croyais que tu me faisais l'amour ? je lui crache au visage.

– C'est le cas. Hélas, aux yeux de la loi, c'est la même chose.

– Aux yeux de la loi, le fait que tu me payes est de la prostitution, Alec !

– Alors, fais-le enlever de ton contrat ! De toute manière, tu t'es déshabillée très souvent pour mon art, donc je te dois ce bonus, rien que pour ça. Qu'est-ce que j'étais censé faire, hein, *chérie** ?

Merde. Ce n'est pas de sa faute. Il n'a rien fait de mal ; il ne fait que respecter les règles du contrat. C'est officiel, je suis une imbécile.

Alec pourrait me réprimander ou enfoncer le clou, mais au lieu de cela, il me serre contre lui pendant que je m'apitoie sur mon sort. Ce ne sont pas les hommes qui me voient comme une pute, c'est moi.

– Je suis désolée.

– Chut, ce n'est rien. Je comprends que ce soit difficile pour toi.

Enveloppée dans la chaleur de ses bras, je tente de me raisonner. Je réaffirme dans ma tête que je me connais, que je sais ce que je suis et ce que je ne suis pas. Aucune somme d'argent, aucun malentendu et pas même *Millie* ne peuvent changer ça. Je suis beaucoup de choses : la fille de quelqu'un, une sœur, une amie, une actrice en herbe. Je suis la muse de cet homme, certes, mais je ne suis pas une pute. Une salope, peut-être, mais pas une prostituée.

À l'aise avec ce que j'ai établi dans ma tête, j'embrasse Alec avec toute ma gratitude. Ensuite, je reprends place sur le matelas et j'écarte les jambes. Je le toise du regard en plongeant ma main dans mon soutif, et ses yeux s'embrasent tandis que mon autre main caresse mon corps, descendant lentement vers mon nombril. Alec se dépêche de remonter sur son échelle pour prendre son appareil photo.

– Montre-moi combien tu peux être égoïste avec ton corps, *ma jolie**.

Une fois de plus, je prends plaisir à lui obéir, fermant les yeux, jouant avec mon corps comme si mes mains étaient les siennes. Chacun de mes soupirs est le sien, chaque gémissement sort de sa bouche. Grâce à mon imagination et mon désir pour lui, je ne manque pas de lui donner le cliché parfait qu'il espérait tant.

CHAPITRE 9

Alec et moi sortons de l'immeuble main dans la main. Le soleil est resplendissant, le vent fait voler mes cheveux et le monde entier me tend les bras. Bonjour, monde extérieur, tu m'as manqué.

– Tu te rends compte que c'est la première fois qu'on sort de chez toi depuis que je suis arrivée ? Et je pars dans trois jours.

Alec lève ma main pour l'embrasser.

– Je ne l'avais pas réalisé, non. Je suis désolé, *ma jolie**, j'ai été un hôte terrible.

Je ris et je balance nos mains d'avant en arrière tandis que nous marchons.

– Il y avait...

– Beaucoup à faire, nous disons en même temps avant d'éclater de rire.

– Je suis vraiment désolé, *chérie**. Lorsque je suis concentré, ma vie n'est plus que travail, nourriture, sexe et sommeil.

– Sachant que tu as négligé le dernier.

Et c'est vrai, ce type dort encore moins que la plupart des insomniaques.

– Alors, où va-t-on ? je demande.

Ses cheveux sont attachés en chignon, et dans la lumière du soleil, ils sont vraiment flamboyants. Il est vêtu d'un t-shirt blanc à manches longues et d'un jean bleu marine et il porte son appareil photo en bandoulière. Alec Dubois est délicieux : viril, sexy, élégant. Et c'est moi la veinarde qui ai son attention pendant encore trois jours.

– Qu'est-ce que tu veux faire ?

Je regarde autour de moi et je réponds comme n'importe quelle touriste.

– J'aimerais aller à la *Space Needle*[4], bien sûr.

– Ça tombe bien, répond-il en souriant, car nous allons y dîner ce soir. D'ici-là, que dirais-tu d'une surprise ?

– Ok !

---

4. Aiguille de l'espace : tour futuriste construite à Seattle pour l'Exposition universelle de 1962. Elle ressemble à une soucoupe volante avec une grande aiguille en son sommet.

Alec hèle un taxi et donne des instructions au chauffeur que je ne peux pas comprendre, ne connaissant rien de la ville. Je regarde joyeusement les passants vaquer à leurs occupations jusqu'à ce que nous arrivions à notre destination. Alec paie le chauffeur, sort du véhicule et me tend la main. Je sors derrière lui et reste immobile face à la grille.

– Tu m'emmènes au zoo ? je demande en souriant jusqu'aux oreilles.

– Pourquoi pas ? Je n'y suis jamais allé, et ça fait des années que j'habite ici.

– Non, c'est une super-idée ! je dis en lui prenant la main. Allons voir les animaux.

Je ne dis pas à Alec que je ne suis jamais allée dans un zoo. Ici ou ailleurs. Ça ne fait pas partie des attractions de Las Vegas et une fois que ma mère est partie, mon père a cessé toutes les sorties en famille, quelles qu'elles soient.

Je découvre donc, à l'âge de vingt-cinq ans, que j'adore les zoos.

– Alors, pour l'instant, quel est ton animal préféré ? demande Alec en passant son bras autour de mes épaules.

– Il y en a tellement... je réponds en secouant la tête. Mais je crois que ce sont les ocelots.

– Les gros chats ?

– Oui, la vie que mènent les femelles me parle. Elles sont solitaires, elles s'accouplent quand elles en ont besoin, elles s'occupent de leurs petits en leur apprenant à chasser, puis elles les libèrent et elles retrouvent leur indépendance.

Alec fonce les sourcils.

– Et elles sont magnifiques et plutôt sexy, pour des chats. Si je devais être un animal, je choisirais celui-là. Et toi ?

Il reste silencieux et je prie pour qu'il ne pose pas de questions à propos de ma réponse. Ce n'est pas le moment d'ouvrir d'anciennes blessures, au contraire, c'est plutôt le moment de faire de nouvelles expériences et de créer de nouveaux souvenirs.

– Si je devais en choisir un, je dirais le renard polaire.

Je trouve son choix étrange, car je l'aurais plutôt vu dire une gazelle, ou quelque chose d'exotique.

– Pourquoi ?

– Parce qu'ils choisissent un seul partenaire avec qui ils restent toute leur vie. J'ai toujours envié les gens qui pouvaient faire ça. Je viens de découvrir qu'une créature aussi magnifique que le renard le fait et... ça me donne de l'espoir.

– Oh, mon Frenchie. Tu es un vrai Bisounours, sous tous ces muscles, n'est-ce pas ? je demande en l'embrassant.

Il passe ses bras autour de moi tandis que je l'embrasse langoureusement.

Click.

Je tourne la tête et je remarque qu'il vient de prendre une photo de nous en train de nous embrasser.

– Tu viens de faire un *selfie* ? Toi, un artiste ? Je suis choquée !

– Par quel autre moyen veux-tu que je capture ce baiser pour m'en souvenir jusqu'à la fin de mes jours ? répond-il en souriant.

– Sers-toi de ton cerveau, je réponds en tapotant sa tempe. Tout sera dans tes souvenirs, non ?

– Certes, mais maintenant, je l'ai aussi en photo.

Nous passons le reste de la journée à admirer les animaux. Je comprends maintenant pourquoi les gens aiment tant y aller. Il y a des familles et des enfants partout, et soudain, Maddy me manque. Est-elle déjà allée au zoo ? Je me fais la promesse de l'y emmener un jour. Il y a beaucoup de choses que Maddy et moi n'avons pas faites lorsque nous étions petites, et je fais le serment d'y remédier dès que mon père sera en sécurité et qu'il sera sorti du coma. Peut-être même qu'il voudra venir avec nous. J'en doute, mais ce n'est pas impossible.

* * * *

Le taxi nous dépose au pied de la *Space Needle* en début de soirée. Nous nous arrêtons d'abord à la plate-forme d'observation qui offre une vue à trois cent soixante degrés sur la ville. Nous trouvons une petite avancée d'où nous pouvons admirer le coucher du soleil, et j'appuie mes mains sur la rambarde. Mon regard se perd bientôt au loin, mais une rafale de cliquetis me sort de ma rêverie.

– Qu'est-ce que tu fais ? je demande à Alec en souriant.

Il vient vers moi, passe ses mains dans mes cheveux et m'embrasse tendrement. C'est un baiser dont je me souviendrai longtemps, lent, doux, et si chaud qu'une vague de chaleur embrase mes veines.

– Tu es trop précieuse. Trop belle, dit-il en appuyant son front sur le mien. Trop pour qu'un homme te garde pour lui seul. Celui qui obtiendra ton amour… pour toujours… sera un homme très chanceux, dit-il en plongeant son regard dans le mien.

– Alec… je chuchote en appuyant ma tête sur son torse.

– *Ma jolie**, ma vie va être vide sans toi, dit-il en me serrant si fort que j'ai du mal à respirer.

Cependant, ça ne me dérange pas. J'ai encore deux jours avec lui, mais c'est de ce moment que je me souviendrai toute ma vie. Le moment où j'ai réalisé qu'il existe différentes formes d'amour et que j'ai le droit d'aimer ceux à qui je me donne, même s'ils ne le méritent pas. Alec le mérite, et ce lien que nous avons tissé existera toujours entre nous.

Nous avons créé de l'art ensemble et nous avons fait l'amour, à notre façon. C'est ce qui comptera lorsque je regarderai en arrière et que je repenserai aux décisions que j'ai prises. Mon séjour avec Alec a été spécial et je comprends peu à peu que chacun de mes clients m'apprendra quelque chose sur moi et sur la vie.

– Viens, allons dîner pour qu'on puisse rentrer. C'est toi que je veux manger au dessert, dit-il en jouant des sourcils.

La nourriture du Skycity Restaurant est divine. Je commande un suprême de poulet à la mozzarella di bufala fumée et un bread pudding[5] qui sont tout simplement délicieux. De son côté, Alec déguste un faux-filet accompagné d'une fondue au bacon qui est succulente. Nous nous faisons goûter nos plats en partageant un peu de nos vies avant notre rencontre pour « Amour sur toile ». Alec est surpris d'apprendre que j'ai grandi dans le désert, mais il ne me demande pas pourquoi je

---

5. Plat à base de pain, de lait et d'œuf, qui peut être sucré ou salé.

suis devenue escort, je lui en suis reconnaissante. Il se concentre surtout sur ma pseudo-carrière d'actrice et mon goût prononcé pour les motos. De mon côté, j'apprends qu'il est venu vivre aux États-Unis à vingt ans et qu'il rentre en France après chacun de ses vernissages. D'ailleurs, il y partira quelques jours après mon arrivée chez mon prochain client.

J'apprends à connaître Alec autrement que sur le plan physique, et cela me plaît. Je me vois rester amie avec lui après mon départ, même si je sais que nous ne serons jamais aussi proches que Wes et moi. Mon beau surfer est tout simplement hors catégorie.

* * * *

Aujourd'hui est le grand jour. Le vernissage de l'exposition « Amour sur toile », par Alec Dubois. Un des assistants m'a expliqué que son atelier allait être complètement transformé pour accueillir le public, et j'angoisse un peu à l'idée de ce que vont penser les gens de ces tableaux, surtout parce que je suis présente dans tous. En tout, il y a sept toiles, mais je n'en connais que six. Alec m'a dit qu'il voulait que la dernière soit une surprise, c'est celle qui l'a occupé durant ces deux derniers jours.

D'ailleurs, c'est une bonne chose, car cette courte séparation nous a quelque peu préparés pour mon départ. Demain matin, je m'envole pour Vegas, et il se pourrait que je ne voie plus jamais Alec.

Millie m'a envoyé mes billets pour Las Vegas, où Gin et Maddy viendront me chercher pour m'emmener voir mon père, puis je reprendrai l'avion pour Chicago, où Anthony Fasano m'accueillera en personne.

Il est dix-huit heures, et il est grand temps que je me prépare pour ce soir. Je fouille dans ma valise à la recherche de la seule robe que j'ai apportée. Heureusement, ayant grandi à Las Vegas, je sais qu'il faut toujours avoir une petite robe noire sur soi qui ne se froisse pas et qui peut survivre une semaine au fond de son sac à main. Toutefois, il va falloir que j'assume d'aller au vernissage pieds nus, en claquettes ou en cuissardes... Je suis en train d'étudier les choix limités qui s'offrent à moi lorsqu'une boîte blanche, rectangulaire avec un nœud rouge, atterrit sur le lit à côté de moi.

– C'est pour toi, dit la voix d'Alec.

Je me tourne et je reste bouche bée. Mon artiste est prêt pour sa soirée, vêtu tout de noir, son costume, sa chemise, sa cravate en satin. Il est tout simplement canon. Des pulsations naissent immédiatement dans mon sexe et la tension devient électrique lorsque je laisse ma serviette tomber par terre.

– *Jésus Marie Joseph**, murmure Alec, m'excitant encore plus, comme chaque fois qu'il parle français.

Je me mords la lèvre et je vacille légèrement en le regardant venir vers moi. L'instant d'après, sa bouche s'empare de la mienne et il me plaque contre le mur. Ses mains empoignent mes fesses et me soulèvent, nichant son érection entre mes jambes lorsque je les passe autour de sa taille.

– On n'a pas le temps de faire ça maintenant, je dis sans vraiment y croire.

Je mordille son cou et je plante mes talons dans le creux de ses reins pour me coller à lui. Il grogne en plongeant sa langue dans ma bouche, et nous devenons silencieux, perdus dans ce baiser langoureux et affamé.

– Mais si, murmure-t-il dans le creux de mon cou. On va se dépêcher.

Je suce le carré de peau derrière son oreille qui l'excite tant, et il défait sa ceinture. Il met ensuite sa main dans la poche de son pantalon, sort un préservatif et, quelques secondes plus tard, son gland est à l'entrée de mon sexe.

– Putain, ne t'arrête pas maintenant, Alec, je t'en supplie.

Je sais qu'il aime que je l'implore. Il remonte son sexe sur mon clitoris et il le masse en dessinant des cercles avec son bassin. Ses mains agrippent mes fesses puis, sans prévenir, il s'enfouit en moi.

– Mon Dieu ! je crie alors que sa verge m'emplit complètement, me coupant presque le souffle. C'est tellement bon. C'est toujours tellement bon avec toi, je chuchote.

Il gémit dans mon cou, avance brusquement le bassin pour me plaquer contre le mur, puis il ramène ses mains sur mes seins. Il titille chaque téton en poursuivant ses allers-retours, m'approchant de plus en plus du nirvana que je désire tant.

– Je vais jouir.

Alec sourit, puis il baisse la tête et prend mon téton dans sa bouche.

C'est tout ce qu'il me faut pour chavirer. Mon orgasme déferle en moi et je me mets à trembler furieusement.

– N'oublie jamais comment tu te sens en cet instant, *ma jolie. Je t'aime**, dit Alec avant de m'embrasser de nouveau.

Ma chatte se resserre sur sa verge, le faisant grimper aux rideaux à son tour.

Lorsque nous avons fini, il s'assied sur le lit sans se retirer, et nous restons ainsi un moment, le temps que nos souffles se calment.

– On va être en retard à ton propre vernissage, je dis en riant.

– Mais on aura une bonne excuse, dit-il en me faisant un clin d'œil. Ça, c'est pour toi. Pour ce soir, ajoute-t-il en désignant la boîte.

Excitée comme une puce, je me lève et je vais de l'autre côté du lit pour ouvrir mon cadeau. J'y découvre une robe de soirée couleur champagne, couverte de minuscules cristaux qui brillent dans la lumière. Le décolleté drapé met merveilleusement en valeur ma poitrine sans la révéler totalement, et la robe tombe juste au-dessus du genou. Elle me va comme un gant. En même temps, Alec a eu largement le temps de mémoriser la forme de mon corps... Il me tend une autre boîte pendant que j'ajuste la robe – des escarpins Gucci, dorés, avec des talons de dix centimètres. Ils sont parfaits.

– Je n'ai jamais rencontré une femme qui n'aimait pas les chaussures.

– On aime toutes les talons qui disent *baise-moi*, surtout quand elles sont aussi belles que celles-ci. C'est dans nos gènes. On est nées comme ça, je dis en haussant les épaules.

Alec ajuste son costume pendant que je finis de me préparer, puis il me guide au dixième étage. La fête bat déjà son plein lorsque nous arrivons, et nous avons à peine passé la porte que des flashs illuminent la pièce de leur lumière blanche et que des applaudissements retentissent à travers le loft. Une petite femme blonde en tailleur blanc prend le bras d'Alec pour l'emmener parler aux journalistes. Je ne l'ai pas vue depuis mes premiers jours ici, mais à l'évidence, elle n'a pas l'intention de le laisser s'échapper. Il me regarde par-dessus son épaule en fronçant les sourcils, mais je le rassure en lui envoyant un baiser et en souriant.

Un serveur m'offre une coupe de champagne rosé, que j'accepte volontiers, et je me dirige vers le premier tableau qui, bien évidemment, me représente. Cependant, Alec y a ajouté beaucoup de profondeur depuis la première fois que je l'ai vu, à tel point que j'ai désormais l'impression de pouvoir tendre la main pour saisir la larme qui coule sur ma joue.

« Pas d'amour pour moi », indique la vignette sous le tableau.

Cinq mètres plus loin, la même image montre un double de moi de dos, en train de toucher le cœur de l'original. Le titre, « S'aimer soi-même », me fait l'effet d'une flèche tirée en plein cœur, réveillant des émotions que je n'ai pas suffisamment bien enfouies.

Je me dépêche de passer à la suivante, le triptyque qui semble attirer le plus de monde. Au-dessus, sous la lumière, une vignette explique l'œuvre au public : « Amour brisé ». Cependant, je remarque que chaque tableau a son propre titre. Le premier, où ma main couvre l'érection d'Aiden, se nomme « Amour interdit ». Le suivant, montrant le moment où Aiden me tend la main et où je détourne la tête, s'intitule « L'amour fait mal ». Le dernier, devant lequel la foule est rassemblée, s'appelle « Notre amour ». On y voit Alec et moi, perdus dans les méandres de la passion. C'est clairement l'œuvre la plus marquante des trois. C'est notre amour, en effet : à Alec et à moi. Beau, passionné, sauvage. Un amour pur, qu'Alec a parfaitement retranscrit sur la toile.

J'avance encore et j'observe les gens qui découvrent les toiles. Je n'entends pas une seule exclamation outrée et je ne vois pas la moindre grimace. Le public semble accepter la vision de l'artiste.

Plus loin, je me retrouve de nouveau excitée, déterminée à sauter sur Alec dès que je le verrai de nouveau. « Amour égoïste » me montre en train de me masturber devant l'objectif, mais il y a une puissance et une innocence dans mon regard à laquelle je ne m'attendais pas, étant donné le sujet de l'œuvre.

Je sens Alec passer son bras autour de moi pendant que je regarde le tableau.

– Tu aimes ?

– Oui, mais j'ai préféré le faire, je susurre.

– Ah, je vois. Peut-être pourrons-nous renouveler l'expérience plus tard ? Laisse-moi te montrer le dernier. C'est la meilleure photo que j'ai prise de toute ma vie.

Ce n'est pas peu dire, car Alec Dubois est un artiste et un photographe véritablement brillant. Ses tableaux sont partout, que ce soit dans les musées ou sur les t-shirts des boutiques les plus branchées. Il me mène au dernier tableau qui est recouvert d'un drap blanc.

J'attends sans bouger tandis que la foule s'attroupe autour de nous, afin de découvrir la pièce maîtresse de l'exposition.

– Ce portrait sera vendu deux fois le prix demandé. Et la moitié de la somme te reviendra, *ma jolie**.

Je suis choquée et je secoue la tête plusieurs fois, mais il se contente de sourire et de faire glisser le drap.

C'est en effet un portrait de moi, seulement c'est la vraie moi. La vraie Mia. Je suis debout sur la plate-forme d'observation de la *Space Needle*, le regard perdu dans l'horizon. Mes cheveux volent au vent comme un drapeau, et j'ai l'air heureuse : sereine, sur un nuage, envoûtée par la beauté de la vue. J'ai l'air parfaitement libre, je ne suis pas coincée dans un boulot que je ne veux pas mais auquel je m'habitue, je ne sauve pas mon père et je ne suis pas une actrice en herbe qui galère à trouver du boulot à L.A. C'est une beauté brute, à l'état pur. Pour la première fois de toute ma vie, je me trouve belle, et c'est Alec qui m'offre cette vision.

J'ai les larmes aux yeux en regardant l'instant qu'il a capturé. Une bouffée de chaleur envahit mon corps et ma vue se rétrécit, comme si tout était sombre autour de moi, la seule source de lumière provenant du portrait. Je baisse légèrement les yeux et je découvre le titre. Les larmes se mettent alors à couler sur mes joues, tombant dans mon décolleté et sur le béton sous mes pieds.

Je plonge mon regard dans celui d'Alec, qui semble aussi ému que moi.

Sous la plus belle photo de moi que j'aie jamais vue, la vignette dit tout ce qu'il y a à dire.

« Adieu, amour ».

CHAPITRE 10

Hier soir était une soirée de rêve. Je me suis sentie comme Cendrillon au bal du roi. Après que le public a découvert la dernière photo, il a compris qui j'étais et les médias ont voulu m'interviewer et faire des photos d'Alec et moi. C'était très amusant. Bien sûr, les coupes de champagne que j'ai bues tout au long de la soirée m'ont aidée à me détendre face à autant d'attention. À la fin de la soirée, tous les tableaux étaient vendus. Alec m'a expliqué qu'avant de prendre place chez les acquéreurs, ils seront exposés dans différentes galeries du pays pendant six mois afin que tout le monde puisse les voir. C'est sa passion, et il souhaite la partager avec autant de gens que possible.

Le ciel est encore noir, mais le soleil ne devrait pas tarder à se lever. J'ai fait mes valises hier, avant de me préparer pour le vernissage, j'ai caché mon sac dans un coin de l'appartement d'Alec. Mon vol décolle tôt, et j'aimerais partir sans me faire remarquer, comme avec Wes, je ne supporte pas l'idée de faire des adieux. Je mate une dernière fois mon beau Frenchie, son magnifique visage et son corps d'athlète.

Il a bu bien plus de champagne que moi, hier soir, mais ça ne l'a pas empêché de me faire l'amour comme un dieu en rentrant, s'endormant sur moi sans s'être retiré. C'était une partie de jambes en l'air complètement folle et pleine d'émotions qui symbolisait parfaitement tout le mois que nous avons passé ensemble. Je préfère que ce soit notre dernier souvenir ensemble.

Je sors du lit sans faire de bruit, sans oublier de lui voler son t-shirt. Je ne vois pas pour quelle raison je n'aurais pas le droit de garder un souvenir de lui, et il porte son parfum divin.

Je file me doucher avant d'aller dans la cuisine pour laisser un mot à Alec, comme je l'ai fait avec Wes. Il est cinq heures du matin et j'ai vingt minutes avant que mon taxi n'arrive pour m'emmener à l'aéroport.

Alec, mon cher Frenchie,

Je suis désolée de partir ainsi, mais je préfère que ton dernier souvenir, ce soit nous en train de faire l'amour. Car c'est bien ce que c'était – un acte d'amour. J'aurais dû te le dire hier, et je ne sais pas pourquoi je ne l'ai pas fait, mais c'est vrai, tu sais. Je t'aime, Alec. À ma façon. C'est un amour d'amis, d'amants, de deux personnes qui étaient destinées à s'aimer durant le peu de temps qu'elles avaient ensemble.

Je n'oublierai jamais mon séjour avec toi, car tu m'as appris qu'il y a différents types d'amour. Ta perspective est spéciale, et elle restera avec moi toute ma vie. À travers ton art, j'ai découvert une relation basée sur l'honnêteté la plus complète. Tu m'as toujours dit la vérité, et je t'en suis reconnaissante.

Cette expérience, d'avoir été ta muse... je ne pensais pas que ça me transformerait autant, mais j'avais tort, car j'ai énormément changé, pour le mieux.

Merci, Alec, de m'avoir montré que je peux aimer, que je peux me donner librement et accepter ce qu'on m'offre, même si ce n'est que pour une courte durée.

Je t'aime. Au revoir.*

Mia

J'embrasse la lettre à côté de mon prénom et je la laisse à côté de la cafetière, puis je me force à aller doucement dans sa chambre pour le regarder une dernière fois. J'appuie sur le bouton de l'ascenseur, puis je monte dans le taxi qui m'attend.

* * * *

Il y a tant de monde à l'aéroport que le temps que je passe la sécurité, je dois courir à ma porte d'embarquement pour ne pas manquer mon vol. Je m'assieds à ma place, essoufflée, lorsque mon téléphone vibre dans la poche avant de mon sac. J'y plonge la main et je sens une enveloppe. Je m'occupe d'abord du message et mon cœur bat la chamade en craignant que ce soit Alec.

De : Ginelle Harper
À : Mia Saunders
J'ai hâte de voir ta sale tronche ! Ha ! Mads me gronde de t'avoir traitée de moche. Désolée, ma salope ;)

Je ris et je mets mon téléphone en mode avion, puis je sors l'enveloppe de mon sac. Mon nom est écrit dessus dans une belle écriture italique, seulement ce n'est pas mon nom, mais *Ma Jolie**. Bon sang, il me manque déjà.

Je secoue la tête et je mets de côté mes émotions pour éviter le déluge de larmes. J'ouvre l'enveloppe et j'en sors une carte de vœux qui est une réplique d'un paysage français qu'Alec a peint il y a quelques années. C'est un peu mégalo, mais c'est aussi attendrissant que drôle.

J'ouvre la carte et des photos tombent sur mes cuisses. Ce sont ses tableaux, mais il y aussi le selfie qu'il a pris au zoo et dont je me suis moquée. On m'y voit en train de tenir son visage et de l'embrasser langoureusement. Des mèches de ses cheveux se sont échappées de son chignon et mes boucles volent dans la brise tandis que le soleil illumine nos visages. Je tiens la photo contre mon cœur et je laisse enfin les larmes couler. Mon Frenchie va me manquer, énormément.

La dernière photo est une copie de l'œuvre qu'il a si bien nommée « Adieu, amour ». C'est la fin parfaite pour un mois parfait. Il n'a rien écrit sur la carte, mais les photos disent tout ce qu'il y a à dire.

Comme Wes, je n'oublierai jamais le temps que j'ai passé auprès d'Alec. Je chérirai à jamais les souvenirs de cette vie dans laquelle j'ai vécu et aimé librement.

Je parcours les mails de Tante Millie à propos de mon prochain client. Je clique sur la photo et... *waouh,* elle avait raison, c'est encore un beau gosse. Pas besoin de savoir qu'il est italien pour le deviner. Je ne sais pas d'où elle sort ces types. Anthony « Tony » Fasano a trente et un ans, et à en croire la photo, c'est un ancien boxeur. Vêtu d'un simple short, je vois que sa peau est hâlée, que ses cheveux sont aussi noirs que les miens et que ses yeux sont d'un bleu glacial. Il ne mesure qu'un mètre soixante-dix, mais il est bien assez beau et viril pour compenser sa petite taille, et il n'a pas un gramme de graisse sur lui, ce qui est étrange étant donné qu'il est à la tête d'une chaîne de restaurants italiens. Mais peut-être est-ce une vieille photo ? Millie ne sait pas pourquoi il a besoin de moi, mais c'est ainsi. Je vais donc faire semblant d'être sa fiancée – Dieu sait pourquoi un homme comme lui a besoin de payer une femme. Je suis sûre qu'il n'a qu'à claquer des doigts pour qu'une dizaine de filles plus jolies les unes que les autres se jettent à ses pieds. Peut-être est-ce pour les mêmes raisons que Wes, ou peut-être ne rencontre-t-il que des nanas sans lendemain, et pas de femme avec qui il veut s'engager ?

Bref, j'ai quelques jours à Las Vegas, puis je reprendrai l'avion pour rencontrer Anthony Fasano, de Chicago, dans l'Illinois.

À moi la ville des vents[6].

FIN

6. Surnom donné à la ville de Chicago.

Mars

CHAPITRE PREMIER

J'ai à peine posé un pied sur le sol carrelé de l'aéroport de Las Vegas que je suis écrasée entre deux corps – l'un grand et mince, l'autre petit et robuste. Mes narines sont assaillies par des odeurs de chewing-gum à la menthe et de cerise. Les deux corps m'entraînent avec eux en sautillant, pleins d'énergie, et en criant pour exprimer leur joie. On dirait les hyènes qu'Alec et moi avons vues rire dans leur cage au zoo.

– Bon sang, ta tronche m'a tellement manqué ! s'exclame Gin avant de m'embrasser sur la bouche.

Tiens, voilà le chewing-gum à la menthe. Elle est vite poussée de côté par Maddy, ma petite sœur, qui me serre fort dans ses bras minces. Et voilà les cerises. Elle a toujours senti la cerise, depuis qu'elle est toute petite – je ne me suis jamais vraiment demandé pourquoi. Comme beaucoup de choses, j'ai toujours accepté que ce soit ainsi. J'ai beau être l'aînée, à côté d'elle, je me sens petite avec mon mètre soixante-douze, comparé à son mètre quatre-vingts. À dix-neuf ans, Maddy n'a pas encore toutes les courbes que j'avais à son âge, mais elle est superbe. Elle semble avoir un formidable métabolisme qui la maintient maigre comme un clou – petite veinarde.

Elle me regarde, les larmes aux yeux, et je prends son visage dans mes mains.

– Tu es la plus belle fille du monde, mais seulement quand tu souris.

– Tu dis toujours ça, répond-elle en souriant enfin.

À mes yeux, aucun sourire n'est aussi beau que le sien.

– Parce que c'est vrai. Tu l'es, n'est-ce pas qu'elle est la plus belle, Gin ?

Gin éclate une bulle de chewing-gum et me prend par le coude.

– Ouaip. Allez, on s'arrache !

J'éclate de rire et je me sens infiniment mieux, toute ma tension a disparu d'un coup. Bon sang, ça fait du bien de rentrer à la maison.

– Où est la voiture de papa, Mads ? je demande en fourrant mon sac dans le coffre de la voiture de Gin avant de m'installer sur le siège passager.

Maddy s'installe à l'arrière de la Hyundai de Ginelle et entortille une mèche de cheveux autour de son index.

– Hum...

Elle regarde par la vitre, je vois bien qu'elle prépare sa réponse.

– Qu'est-ce qui se passe avec la voiture de papa ?

– Rien de grave, soupire-t-elle.

Elle continue de jouer avec ses cheveux et s'étale sur la banquette arrière. À l'évidence, elle ne veut rien me dire.

– Dis-lui, Mads, gronde Ginelle.

Maddy rouspète et se redresse. Elle ferme les yeux, et lorsqu'elle les rouvre, je découvre un regard éclatant de détermination.

– Les mecs qui ont cassé la gueule à papa ont aussi abîmé sa voiture.

– Quoi ?! Pourquoi tu ne m'as rien dit ? je m'exclame, folle de rage.

– C'est juste que...

– Que quoi ? Comment tu fais pour aller à la fac ?

– En général, je prends le bus, quelquefois Ginelle m'emmène, dit-elle en regardant ma meilleure amie qui lui sourit. Et parfois Matt, le mec dont je te parlais, passe me prendre ou me ramène. Il dit qu'il est prêt à m'aider autant qu'il le peut.

– Tu m'étonnes – *petit con.* Mads, c'est dangereux. La maison est loin de la fac et tu es crevée après ta journée de cours. Comment tu fais quand tu restes tard à la bibliothèque ?

Je retiens mon souffle et me retourne sur mon siège, folle de rage que ma petite sœur doive prendre des risques parce que Blaine et ses molosses ont foutu en l'air la voiture de mon père. Quoi d'autre ? À quoi dois-je encore m'attendre ?

Maddy pose sa main sur mon épaule et la masse tendrement.

– Ça va, Mia. Je vais bien. On fait avec ce qu'on a, n'est-ce pas ?

– Absolument pas ! Demain, je vais t'acheter une voiture. Je n'arrive pas à croire que ça fait deux mois que tu n'en as pas. Et toi, je dis en enfonçant mon index dans le bras de Ginelle, tu aurais dû me dire ce qui se passait !

Je soupire et je repousse les mèches de cheveux qui me tombent sur le visage.

– Mia, tu n'as pas les moyens...

– Ne t'avise pas de me dire ce pour quoi j'ai les moyens ou pas. Ça fait quinze ans que je m'occupe de toi. Ce n'est pas parce que tu as dix-neuf ans que je vais arrêter de m'inquiéter pour toi du jour au lendemain. Bon sang, je suis folle de rage de t'imaginer marcher depuis l'arrêt du bus jusqu'à la maison, dans notre quartier ! Ne refais plus jamais ça, s'il te plaît. Je t'en supplie, promets-le moi. Demain, je t'achète une voiture. Mes deux derniers clients m'ont donné un bonus.

– Tiens donc ! dit Ginelle en me regardant en coin. Et comment as-tu fait, ma chérie ? Ce ne serait pas en te mettant sur le dos, par hasard ? demande-t-elle en souriant.

Je lui frappe le bras sans ménager mes forces.

– Aïe ! Espèce de garce ! Qu'est-ce qui te prend ?

– Tu me traites de salope, ma salope ? Tu l'as bien mérité, je dis en la fusillant du regard.

Elle a beau garder les yeux sur la route, je suis sûre qu'elle sent mon regard assassin sur elle.

– D'accord, je l'ai mérité, mais si j'ai un bleu, tu n'as pas fini d'en entendre parler.

– Ok meuf. Tu pourras nous emmener chez un concessionnaire auto, demain ?

Elle hoche la tête.

– J'ai pris quelques jours de congé, puisque tu venais.

– Oh, tu es trop mignonne, dis donc !

– Je sais être mignonne, tu sais, dit-elle en fronçant les sourcils.

– Je n'ai jamais dit le contraire.

– Mais tu as insinué que c'était étonnant que je le sois. Sache que j'étais avec un mec, hier soir, qui n'a pas arrêté de dire à quel point mon vag...

Je plaque ma main sur sa bouche pour la faire taire.

– Tu penses que tu peux garder cette histoire pour plus tard, ma pupute ? je dis en regardant Maddy du coin de l'œil.

– Bon sang, râle ma petite sœur, comme si je ne savais pas de quoi vous parlez ! Tu crois toujours que je suis si innocente...

J'enlève ma main de la bouche de Gin et me retourne brusquement.

– Tu veux dire que tu n'es plus innocente ?

Maddy croise les bras et lève les yeux au ciel.

– Je suis toujours vierge, si c'est ta question. Tu sais bien que je te le dirais. Mais ça ne m'empêche pas de savoir ce qu'est un cunnilingus, je ne suis pas bête, tu sais.

– On t'en a déjà fait un ? je demande en retenant mon souffle, ne sachant pas si je veux vraiment connaître la réponse.

Elle secoue la tête, se mord la lèvre et regarde au loin par la vitre.

– Non, mais je n'aime pas que tu te comportes comme si j'étais une gamine. Je suis une adulte, sœurette. Il faut que tu l'acceptes. Si je veux laisser un mec lécher mon minou, je le ferai.

– Lécher ton minou ? répète Gin. Tu veux dire ta cha...

Je lui pince la cuisse avant qu'elle n'énerve davantage Maddy. Je grogne :

– Pas un mot !

Elle écarquille les yeux et frappe ma main pour que je la retire.

– Mads, tu sais que je suis là, hein ? Si tu veux parler de ce genre de choses, je dis en lui prenant la main. Même si je ne suis pas à Vegas. Tu peux toujours m'appeler – jour et nuit. D'accord ?

Elle se penche en avant et pose son front sur ma main.

– Tu m'as manqué, chuchote-t-elle.

– Et toi encore plus, je dis en serrant sa main.

Elle m'offre son plus beau sourire et je remercie le Ciel de m'avoir donné Maddy comme petite sœur. Je n'aurais pas pu en choisir de meilleure.

– On va à la maison de repos, alors ? demande Gin, ruinant notre moment d'intimité entre sœurs.

– Ouais, il faut que je voie papa.

* * * *

La maison de repos est perchée en haut d'une colline qui domine le désert. C'est étrange, c'est un peu comme si elle avait été construite là pour que les malades et les convalescents ne gâchent pas la fête permanente qui se déroule à Vegas.

Nous parcourons les couloirs jaune pâle décorés de tableaux du désert et, sans le vouloir, je ralentis le pas. Maddy s'arrête bientôt devant une porte ouverte.

– Il est là. Tu veux entrer seule ?

– Ça ne te gêne pas ?

Elle me répond par un sourire plein de tendresse. Maddy a toujours su deviner les émotions des autres, contrairement à moi. Peut-être que si j'avais été davantage comme elle, je ne serais pas attirée par des hommes voués à me faire du mal. C'est sans doute pour cela qu'elle est encore vierge, d'ailleurs. Elle, au moins, voit arriver les connards de loin et elle les évite.

– Viens, Gin, allons à la cafétéria pour voir si madame Hathaway a refait ses délicieux cookies.

Le regard de Ginelle s'illumine, comme si elle partait à une distribution de diamants.

– On se tire, dit-elle en passant son bras dans celui de ma sœur.

Je respire lentement et serre les poings pour empêcher mes mains de trembler. *Tu peux le faire. C'est ton père – Papa.*

J'entre doucement dans la chambre, contournant le rideau fermé qui sépare son lit de la porte, et je retrouve enfin mon père. Il semble dormir, mais je sais que ce n'est pas le cas. J'ai les larmes aux yeux en approchant du lit et en m'asseyant sur la chaise. Ses bras sont tendus le long de son corps et je prends sa main dans les deux miennes avant de me pencher pour l'embrasser.

– Papa... je chuchote d'une voix à peine audible.

Je me racle la gorge et fais une nouvelle tentative.

– Papa, c'est moi, Mia, je suis là...

Je porte sa main à ma poitrine, m'approchant le plus près possible. Il a l'air mille fois mieux que la dernière fois que je l'ai vu, juste après que Blaine lui avait fait casser la gueule, il y a deux mois.

Les bleus de son visage ont disparu, ne laissant derrière eux que de minuscules traits roses sur sa tempe et sur sa joue. Peut-être aura-t-il toujours ces cicatrices, peut-être pas. Le temps nous le dira.

Pour le reste, il a l'air d'aller bien. Il a perdu énormément de poids et il ne ressemble plus au gros nounours que j'adorais câliner quand j'étais petite. Finalement, c'est juste un mec sans vie, ce sont les restes de l'homme fort et fier qu'il était avant que maman ne parte. Je retiens mes sanglots, mais je ne peux empêcher mes larmes de couler.

– Pourquoi il a fallu que tu t'endettes autant auprès de Blaine ? Pourquoi ?

Je frotte mon menton sur sa main, puis je me laisse tomber sur sa poitrine et je lâche tout. Je libère ma haine contre ceux qui lui ont fait du mal, ma colère contre lui parce qu'il a trop emprunté, parce qu'il est accro aux jeux et qu'il est alcoolique, et parce qu'encore une fois, c'est moi qui dois nettoyer après lui.

– Papa, tu as vraiment merdé, cette fois-ci. Tu ne peux même pas imaginer ce que je dois faire pour toi...

Je ne vais pas au bout de ma pensée, car je ne veux pas admettre que je suis une escort. Que je couche ou pas avec mes clients, ce n'est pas un métier vraiment respectable.

– Je fais tout ce que je peux, Papa. Je m'occupe de Maddy, je m'assure qu'elle continue la fac.

Elle s'en sort super-bien, tu sais. Elle a même rencontré un garçon... il faudra peut-être que tu te réveilles pour lui botter le cul, je dis en étudiant son visage, espérant qu'il ouvre les yeux. Rien.

Je prends un mouchoir de la boîte sur sa table de nuit et je me mouche rapidement.

– J'ai rencontré des gens super durant ces deux derniers mois. J'ai d'abord cru que travailler pour Tante Millie allait être un cauchemar, mais en fin de compte, c'est plutôt sympa. Mon premier client était Weston Channing *troisième du nom*. Tu imagines ? Weston Channing trois. Je me moquais tout le temps de lui, je dis en riant en repensant à notre rencontre. (En fait, j'ai su dès que je l'ai vu gravir les marches de la plage que j'allais tomber sous son charme.) Wes m'a appris à surfer, et que tous les hommes ne sont pas créés égaux, je dis en riant.

Je recule dans ma chaise et pose mes pieds sur le bord de son lit, puis je parle à mon père de mes deux mecs préférés. Je lui explique que Wes fait des films et vient d'une vieille famille, et je lui promets que quand il se réveillera, je l'emmènerai voir un de ses films et que je lui achèterai du popcorn.

– Et puis, il y a Alec. Il est français, Papa. Un véritable Français en chair et en os. Il m'appelait « *ma jolie*[1] ». Je dois admettre que ça va me manquer.

---

1. En français dans le texte. (NdT, ainsi que pour toutes les notes suivantes)

J'enlève une mèche bouclée de mon visage et je penche la tête en arrière pour regarder le plafond. Sur les carreaux, au-dessus de son lit, sont peints des paysages de plage. Ça me plaît. Je me dis que quand il se réveillera, la première chose qu'il verra, c'est la plage, pas des carreaux blancs comme une feuille A4.

– Alec a fait des tableaux de moi, Papa. Je suppose qu'ils ne te plairont pas, parce que je ne suis pas habillée dessus, mais tu dois savoir qu'il n'a pas profité de moi. Pas vraiment. On s'est amusés et il m'a aimée. Toutefois, c'était un amour différent de ceux que j'ai connus et des sentiments intenses que j'ai encore pour Wes. Je suppose que mon amour pour Alec est un peu comme celui que j'ai pour Ginelle, en version masculine, le contact physique en plus.

Beaucoup plus. Je souris et je regarde papa, mais ses yeux sont toujours fermés.

– Alec m'a appris que j'avais le droit d'aimer d'autres gens en dehors de toi, Mads et Gin. Il m'a expliqué qu'on peut tenir à quelqu'un, et même l'aimer, tout en acceptant de ne pas être avec lui pour toujours. C'était mignon. Il m'a appris beaucoup de choses sur moi-même. Je suis triste de penser que je ne les reverrai sans doute plus jamais. Enfin, peut-être que je reverrai Wes, mais tu sais, je suis encore un peu paumée vis-à-vis de lui, Papa.

J'étudie son visage, si serein et paisible, et je réalise que je peux enfin admettre ce qui me taraude depuis un mois. Je regarde la porte et je ne vois personne.

– Tu sais Papa, je dis d'une voix tremblante, je pourrais vraiment tomber amoureuse de Wes. Et tu sais quoi ? Ça me fout la trouille. Tous les mecs que j'ai aimés jusqu'à présent étaient pitoyables. Mon cœur a envie de franchir le pas, mais mon cerveau me rappelle sans cesse tous les enfoirés que j'ai connus avant lui. De toute façon, j'ai encore dix mois avant de rembourser ta dette auprès de Blaine. Bien évidemment, Wes a proposé de la payer. Il m'a demandé de rester avec lui, à Malibu, mais je suis partie quand même.

En fermant les yeux, je m'appuie au dossier de ma chaise. Je pose ma main sur mon petit cœur qui souffre encore de ne pouvoir vivre cette histoire avec Wes alors que j'en meurs d'envie. Je ne suis pas le genre de fille qui rêve d'une vie faite de fric, de belles voitures et de jeunesse éternelle. Non, j'ai grandi en étant pauvre, j'ai travaillé dur, je me suis occupée de ma sœur et j'ai aidé mon père à survivre. La vie que mène Wes est radicalement opposée à la mienne et, bien sûr, c'est en partie ce qui m'attire chez lui. Cependant, ce n'est pas le bon moment, et c'est pour ça que je suis tombée dans les bras d'Alec aussi facilement. Tant que le timing n'est pas bon, il me reste encore plein de choses à vivre.

– Si seulement tu pouvais te réveiller, je dis en embrassant sa main. Papa, réveille-toi. On a besoin de toi. Maddy a besoin de toi. J'ai besoin de toi.

Ma sœur et Ginelle reviennent quelques minutes plus tard, et j'écoute Maddy raconter à papa ce qui se passe à la fac en évitant soigneusement de lui parler de son mec, sujet sur lequel j'ai la ferme intention de l'interroger plus tard. Ensuite, Ginelle nous raconte plusieurs blagues qu'elle a apprises durant la semaine. Pendant tout ce temps, nos yeux sont rivés sur lui, attendant, espérant voir le signe que papa est encore là, quelque part. Qu'il ne nous a pas vraiment laissées.

Avant de partir, le médecin me résume son état de santé, m'expliquant qu'il va bien d'un point de vue physique et que ses blessures seront bientôt guéries. Une kinésithérapeute vient le voir tous les jours pour détendre ses bras et ses jambes, et ils vont bientôt apprendre à Maddy les mouvements à faire pour qu'elle le stimule davantage. Je déteste qu'elle doive apprendre ça, ça me tue de ne pas être là pour aider ma famille à traverser cette épreuve.

Lorsque nous partons enfin, ma colère a refait surface et je meurs d'envie de me défouler sur quelqu'un. Il est grand temps de rentrer à la maison, j'ai besoin de manger un bon repas, de boire quelques bières avec ma meilleure amie et de dormir pour oublier ces deux derniers mois.

Demain, j'irai voir Blaine.

CHAPITRE 2

Ginelle et moi traversons le casino d'un pas déterminé. Notre mission est d'aller au bureau de Blaine, de lui donner le chèque de mon deuxième versement et de déguerpir. Demain, j'ai tous mes soins chez l'esthéticienne, et je prends l'avion tôt après-demain pour retrouver mon prochain client à Chicago.

– Tu sais pourquoi il a un bureau dans un hôtel ? demande Gin tandis que nous évitons les serveuses à moitié à poil.

Il n'est même pas dix heures du matin et l'alcool coule déjà à flots. Ce n'est pas pour rien qu'il n'y a pas de fenêtres dans les salles de jeu, et que l'alcool et les buffets sont à volonté pour les joueurs. C'est ce qui les transforme en zombies accros aux jeux et à l'alcool, désespérés de ne jamais gagner. Or, la première règle du jeu, c'est justement que la maison gagne toujours. Tout le monde le sait, mais ça n'empêche pas les gens de continuer à tenter leur chance en dilapidant toutes leurs économies, anéantissant les chances de leurs gamins d'aller à la fac. Dans le cas de gros parieurs comme mon père, ils empruntent l'argent. Beaucoup d'argent. Plus qu'ils ne peuvent rembourser au cours de leur vie. Tout ça pour gagner.

– Blaine m'a dit qu'il ne cherchait pas à cacher ce qu'il fait. Il se voit comme un « investisseur ». Pour lui, le fait d'avoir un bureau et des employés lui donne la légitimité d'un homme d'affaires plutôt que l'air d'un criminel.

– C'est pas bête, en fait, répond Gin en faisant éclater une bulle de chewing-gum.

– Ouais ben... j'ai jamais dit qu'il l'était. C'est juste un connard sans cœur.

Nous arrivons à l'ascenseur et montons à son étage. Les portes s'ouvrent et je m'arrête. Je me recoiffe et ajuste mon t-shirt pour m'assurer qu'il couvre bien mon ventre. J'ai opté pour mon blouson en cuir noir et mes cuissardes à talons. La cerise sur le gâteau, c'est mon rouge à lèvres rouge vif qui, si j'en crois la pub, devrait rester fixé sur ma bouche pendant vingt-quatre heures. Je me sens forte, féroce et prête à affronter un enfoiré avec une petite bite. Bon, en vérité, sa queue est tout à fait normale, mais ça me fait du bien de l'émasculer en pensée.

Je sors dans le couloir et me tourne vers Ginelle, tout en bloquant les portes de l'ascenseur.

– Bon, toi, tu ne vas pas plus loin.

Ma meilleure amie fronce les sourcils, son regard devient furieux.

– Si tu penses une seule seconde que...

Je plaque ma main sur sa bouche et m'approche tout près de son visage, si près que je sens son haleine à la menthe.

– Chérie, Blaine a déjà fait du mal à un membre de ma famille et il a menacé de s'attaquer à Maddy et moi. Je ne supporterais pas qu'il menace une autre des personnes à qui je tiens. J'ai besoin que tu partes et que tu m'attendes en bas, j'ajoute en fourrant un billet de vingt dollars dans sa main. S'il te plaît.

– Et s'il décide de s'en prendre à toi ? demande Gin, les larmes aux yeux.

– Ça ne sera pas le cas. J'ai trop de valeur à ses yeux. Crois-moi.

Et je plonge mon regard déterminé dans le sien.

Elle inspire profondément.

– Ok... Mais si tu n'es pas revenue dans une demi-heure, j'appelle les flics.

Je la pousse dans l'ascenseur.

– Ça me va. Maintenant va-t'en, avant que quelqu'un ne te voie.

– Je t'aime à la folie, dit-elle.

– Moi aussi. À tout de suite, ma salope.

Elle écarquille les yeux, mais elle n'a pas le temps de répondre car les portes se referment sur elle. Je ricane quelques secondes, puis je prends mon courage à deux mains. Il est temps d'affronter ce monstre.

****

Le bureau de Blaine est décoré en noir, rouge et blanc. Ça me fait penser aux drapeaux à carreaux qu'on voit dans les courses de voitures ou de motos. Ce n'est pas très original, mais je suppose que ça rappelle son désir de « gagner ».

Une blonde avec d'énormes faux seins, un petit cul, un QI encore plus petit et une taille d'anorexique m'accompagne à son bureau.

– Monsieur Pintero, Mia Saunders est arrivée, dit-elle en s'effaçant pour me laisser passer.

Blaine et son mètre quatre-vingt-treize se lèvent. Ses épaules sont larges et il semble avoir pris vingt kilos de muscles depuis la dernière fois que je l'ai vu.

– Mia. Ma belle, ma superbe Mia, dit-il en me tendant la main pour me tirer contre lui.

Je tends le bras pour le repousser, fermement ancrée dans mes bottes.

– Je suis là pour parler affaires, Blaine, pas par plaisir.

– On ne peut pas faire un peu des deux ? lance-t-il d'un ton suave.

Ses yeux verts et jaunes, comme ceux d'un serpent, s'embrasent. Sa pupille est noire et envoûtante, comme s'il pouvait m'hypnotiser d'un simple regard. Je tourne la tête, m'assieds sur une chaise, puis je sors l'enveloppe de mon blouson et je la balance sur son bureau en verre.

– Tiens, voilà ce que tu veux.

– Comment pourrais-tu savoir ce que je veux, ma belle Mia ? Ça fait bien trop longtemps que nous ne nous sommes pas vus. Suffisamment longtemps pour que des blessures guérissent, tu ne penses pas ?

Au lieu de s'asseoir en face de moi, il choisit la chaise à côté de la mienne.

– Très bien, qu'est-ce que tu veux, Blaine ?

– Du temps.

– Ok, je veux bien jouer à ton petit jeu. Du temps pour quoi ?

– Je crois savoir que tu n'as pas perdu le tien.

– Blaine, crache le morceau. Qu'est-ce que tu veux ?

– Je veux que tu dînes avec moi, ce soir.

Ce mec est vraiment barjot.

– Tu es devenu fou ?

– D'après mon médecin, non.

Soudain, j'étouffe dans cette pièce, malgré la vue superbe sur tout Vegas. J'ai l'impression que ma peau est en feu, couverte d'acide – peut-être est-ce la colère qui bout en moi, prête à jaillir.

– Tu as tabassé mon père à mort, Blaine. Il est encore dans le coma.

– Ça, c'est les affaires, tu le sais bien, Mia. Il ne m'a pas laissé le choix.

Il tend le bras pour prendre ma main, mais il m'a à peine touchée que je sursaute et la retire vite fait.

– Ne t'avise pas de me toucher, tu as perdu ce privilège il y a bien longtemps quand tu as décidé de me faire du mal. Et maintenant, tu as fait du mal à mon père. Tu sais qu'il n'est toujours pas sorti de son coma ? je hurle si fort que les gens du bureau d'à côté m'entendent sans doute. Ils ne savent même pas s'il pourra reparler ni remarcher !

Blaine plonge son regard de serpent dans le mien.

– Ça, c'est un dommage collatéral de sa punition. Je me suis occupé de l'homme qui lui a fait du mal. Il ne posera plus de problèmes, ne t'en fais pas.

– Que je ne m'en fasse pas ? Non, mais tu t'entends parler ? Tu parles de la vie d'un homme comme si on pouvait la donner et la reprendre sur un simple claquement de doigts !

– Nous ne sommes que de passage sur cette terre, Mia.

– Ouais, surtout quand tu t'en mêles ! Écoute, tu as ton fric, je dis en me levant et en désignant l'enveloppe. C'est le deuxième paiement. Tu auras le troisième dans un mois.

– Tu n'auras qu'à me l'apporter en personne, dit-il en grinçant des dents.

Il me prend pour un de ses larbins ?

– Ça ne fait pas partie du deal, ça.

– Les deals se renégocient.

– Pas celui-ci, certainement pas, je rétorque en me dirigeant vers la porte.

– Et si je réservais tes services pendant un mois ? menace-t-il.

Je me tourne brusquement et, en deux enjambées, je suis nez à nez avec lui. Je suis si près que mon souffle fait voler ses cheveux.

– Si j'étais toi, je ferais très attention en me laissant t'approcher quand tu es vulnérable.

– Ah, mais tu sais à quel point j'aime jouer, Mia, ricane-t-il.

– Eh bien, ne mise pas sur moi, mon pote, parce que ce sera le dernier pari de ta vie. Je ne serai pas tenue pour responsable de ce qui t'arrivera dans ton sommeil. J'entends déjà ma déclaration aux flics, je dis en me redressant et en faisant la moue. *C'était un accident, Monsieur l'Agent, je vous le jure. On faisait l'amour – il aimait que ce soit brutal. Je ne pensais pas qu'il étoufferait. Il était en train de jouir, et l'instant d'après... il était parti...*

Je reprends un air déterminé et le regarde de haut. Je le vois déglutir, mais en dehors de cela, il ne semble pas affecté par ma menace. Cependant, je le connais suffisamment pour savoir qu'il ne sait pas trop s'il doit me prendre au sérieux. Peu importe, le fait qu'il se pose la question est déjà une victoire pour moi.

– Je m'en vais, maintenant. Merci pour ce face-à-face. C'est toujours sympa de voir de vieux amis. Surtout quand ils n'ont pas bien vieilli. Tu devrais t'acheter une crème antirides, la chaleur du désert est catastrophique pour la peau, tu sais. Allez, ciao ciao !

Et je claque la porte derrière moi.

* * * *

Lorsque j'arrive au bar, je retrouve Ginelle assise devant deux verres à shot pleins.

– Oh, Dieu merci, dit-elle en s'affaissant sur son tabouret de bar.

Je prends un des verres et j'avale la tequila cul sec, puis je prends le second et je l'enquille aussi.

– Eh ! On était censées fêter ça à deux ! s'exclame-t-elle.

– Deux de plus, je dis au barman.

Il hoche la tête, attrape la bouteille et nous sert deux autres shots.

Au bout du quatrième verre, j'arrête enfin de trembler.

– Est-ce que ça va ?

– Ouais, c'est juste... cet homme est le seul humain sur terre à m'énerver autant.

Elle boit une gorgée de son Coca et repose son verre.

– Il t'a menacée ?

– Ouais, il a menacé d'être mon prochain client, tu le crois, toi ?

Elle écarquille les yeux.

– Quoi ? C'est complètement dingue !

– Exactement, c'est ce que je lui ai répondu.

– Alors, comment tu t'en es tirée ? Tu ne vas pas vraiment le laisser faire ça, si ?

Elle gigote sur son siège, clairement mal à l'aise.

– Bien sûr que non ! En gros, je lui ai dit que s'il faisait ça, je le tuerais dans son sommeil.

Elle ouvre grand les yeux, puis elle penche la tête en arrière et éclate de rire.

– Il n'y a que toi pour... il n'y a que toi pour menacer de mort un assassin, Mia. Tu devrais surveiller tes arrières.

Je réfléchis un instant à ce qu'elle vient de dire. Blaine pourrait s'en prendre à moi, c'est vrai, mais tant que je lui dois de l'argent, j'ai plus de valeur vivante que morte. Ce raisonnement fonctionnera jusqu'à la fin de l'année, ce qui me laisse assez de temps pour rembourser la dette de mon père et décider de la suite.

– Alors, quels rendez-vous m'as-tu pris pour demain ? Mon contrat exige que je sois présentable à tout moment.

– Eh bien, avec le budget que tu m'as donné, Mads et moi t'accompagnons au spa. J'avais une réduction – trois pour le prix de deux. Au menu : soins du visage, épilation, manucure, pédicure. Ah, et tu vas te faire couper les pointes, aussi. J'ai dû payer ça en plus, mais tu m'as dit que tu en avais besoin, alors bon...

– Et tout ça, c'était dans mon budget ?

– Je connais des gens qui connaissent des gens qui me filent de grosses réductions. Donc ouais, c'était dans le budget.

Gin fouille dans son sac et en sort un paquet de chewing-gums. Elle l'ouvre, fourre une dragée dans sa bouche, la mâche deux ou trois fois et pousse un grognement. Je la dévisage en essayant de mettre le doigt sur ce qui a changé.

– C'est quoi, cette obsession pour le chewing-gum ?

Son regard s'illumine et elle sourit jusqu'aux oreilles.

– J'essaie d'arrêter.

– D'arrêter quoi ?

Son sourire disparaît et elle prend un air blasé.

– De fumer, dit-elle d'une voix lugubre.

Oh merde, je n'avais pas remarqué ! Les meilleures amies sont censées remarquer que leur amie ne respire plus un cancer en barre, non ?

– Merde, Gin, c'est génial ! Comment ça se passe ? Pourquoi tu ne me l'as pas dit ?

Elle soupire.

– Eh ben, j'allais te le dire, mais tu n'as pas arrêté de parler de Wes, d'Alec et de ton boulot, et tu ne m'as pas posé une seule question à propos de ma vie ici – à part ce qui concernait Maddy et ton père.

Je ferme les yeux avant de les plonger dans ceux de ma meilleure amie.

– Je suis désolée. Je n'ai pas été une très bonne amie, ces derniers temps, hein ?

– Non, répond-elle en secouant la tête, mais c'est normal, tu en as gros sur le cœur. Je comprends, t'en fais pas.

– Si, c'est grave. Toi aussi, tu comptes énormément pour moi, tu sais. J'ai envie de savoir ce qui se passe dans ta vie. Tu es ma meilleure amie et j'ai merdé. Ça ne se reproduira plus, promis.

Je le pense. J'ai été une mauvaise amie, alors que Gin n'a pas cessé de me soutenir et de m'aimer pendant toute cette affreuse période. Elle s'occupe de Maddy et elle va voir mon père, tout ça en gérant sa propre vie et ses propres ennuis.

– Si jamais tu recommençais, j'aurais quoi en échange ? demande-t-elle d'un ton léger.

Elle m'a déjà pardonné. Cela dit, c'est ainsi qu'on fonctionne. Nous ne sommes jamais restées énervées l'une contre l'autre plus d'un jour.

– Des photos d'un de mes clients ? je demande à mon amie quasi-nymphomane.

– Ça marche ! s'exclame-t-elle en me tendant la main.

Nous crochetons nos petits doigts, puis elle les embrasse. J'en fais de même, et je constate qu'il n'y a aucune marque sur nos mains. C'est le meilleur rouge à lèvres au monde.

– Cela dit, tu n'as vraiment pas été sympa... commence-t-elle en me regardant avec les yeux du Chat potté, alors je pense que je mérite un avant-goût.

Je me lèche les lèvres en la dévisageant, puis je souris et je sors mon téléphone de ma poche. J'ouvre ma galerie de photos et je les fais défiler jusqu'à trouver la bonne, que Ginelle regarde, bouche bée.

– Bon sang, tu es vraiment une garce, chuchote-t-elle, les yeux rivés sur l'écran.

Je reprends mon téléphone et je regarde à mon tour la photo. On y voit Alec, profondément endormi sur le ventre, à poil, révélant son dos musclé et ses fesses fermes. Ses longs cheveux ambrés sont étalés sur l'oreiller. Il était si beau, ce matin-là, que je n'ai pas pu résister à l'envie de le prendre en photo.

J'ai pris la photo suivante lorsque Wes et moi sommes allés surfer sans le prof. En un mois, je m'étais pas mal améliorée, et ce jour-là, j'étais déjà de retour sur la plage, regardant l'heure sur mon téléphone, lorsqu'il est sorti de l'eau à son tour. Il a commencé à enlever sa combinaison. Sur la photo, on voit son torse hâlé et musclé ainsi que sa taille fine et ferme et la délicieuse ligne de poils qui disparaît dans sa combinaison.

Je tourne mon téléphone et Ginelle écarquille les yeux. Elle prend son shot, le vide et le repose brusquement sur le bar.

– Je te déteste, dit-elle sans quitter mon portable des yeux.

– Ouais, moi aussi je me déteste.

Je me perds un instant en admirant Wes, l'homme qui m'a demandé de rester. L'impression que j'ai oublié quelque chose en Californie avec ce scénariste surfeur ne me quitte pas, mais je ne l'admettrai jamais.

CHAPITRE 3

Le valet m'ouvre la porte, puis il me guide à travers l'énorme penthouse situé au quarantième étage de l'immeuble. L'ascenseur a mis tant de temps à monter jusqu'en haut que je me suis crue sur une attraction de fête foraine. L'homme pose mon sac au pied d'un grand lit, puis il tourne les talons et disparaît, me laissant seule à écouter le bruit d'une douche couler.

Merde, merde, merde. Je n'ai pas vraiment envie de rencontrer mon client à poil. Je remonte l'anse de mon sac à main sur mon épaule, me préparant à déguerpir de là, lorsque la porte s'ouvre. Une silhouette imposante émerge d'un nuage de vapeur et de lumière, créant autour de lui une image surréelle qui aurait sa place sur grand écran.

Fascinée, je ne bouge plus.

Mon client entre dans la chambre, « vêtu » d'une minuscule serviette nouée autour de la taille, son corps musclé recouvert de minuscules gouttelettes qui ruissellent sur lui. Ma bouche est sèche, tout à coup, et mon cœur semble avoir cessé de battre, cependant ça ne m'inquiète pas, car c'est plutôt une belle mort, non ? J'ai vingt-quatre ans et j'ai enfin vu la perfection masculine.

– Doux Jésus, je murmure.

Je crois qu'un filet de bave coule sur mon menton. Wes et Alec sont tous les deux magnifiques. Or, la beauté d'Anthony Fasano est au-delà de tout entendement. Il est immense, une véritable armoire à glace. De ce que je vois sous sa serviette, ses cuisses font la taille de deux troncs d'arbre. Ses pecs sont carrés et ses abdos rectangulaires, fermement dessinés sur son torse. Quant à ses bras... j'en perds la tête, tant j'ai envie de les toucher, de les sentir autour de moi pour me faire oublier les deux derniers mois.

Ses cheveux ébène sont plaqués en arrière et l'eau goutte des mèches les plus longues, tombant sur les épaules les plus larges que j'aie vues de toute ma vie – et j'ai vu un bon nombre de mecs à poil. Ce type est sacrément en forme. Je sais qu'il fait de la boxe, Tante Millie m'avait communiqué une photo de lui en short, mais ce n'est rien comparé à la réalité.

Je me lèche les lèvres, les yeux rivés sur lui, et je laisse mon sac à main tomber à mes pieds. Quant au dieu qui se tient devant moi, il me regarde de la tête aux pieds. Il s'appuie contre le cadre de la porte et il passe la serviette qu'il avait dans la main autour de son cou avant de croiser les bras. Bon sang, les muscles de ses bras se gonflent davantage et mon souffle accélère tandis que mon sang s'embrase.

– *Papi*, Mia est là, dit-il.

Papi ?

Un autre homme émerge de la salle de bains et passe son bras autour de la taille du demi-dieu en souriant jusqu'aux oreilles. Cet homme-ci est plus petit, mais néanmoins musclé, sans le moindre gramme de graisse sur lui. Il me fait davantage penser à mon Frenchie. Cela dit, comparés au mur de muscles à côté de lui, peu d'hommes seraient à leur avantage.

Quoi qu'il en soit, le visage du second est aussi beau que celui du premier, magnifique, presque androgyne. Le genre qu'on veut prendre en photo et accrocher aux murs. Mon flair californien me dit qu'il est d'origine hispanique – ses cheveux bruns, ses yeux foncés, sa peau mate et ses traits pointus sont typiques.

Les deux hommes m'observent, côte à côte, détendus, quasi à poil, se tenant l'un l'autre... et je comprends enfin la situation. Je crois même que je reste bouche bée quelques secondes, les désignant tour à tour.

– Ah ! Waouh. Euh, ok. Alors... ok. Je comprends pourquoi vous avez besoin de moi, maintenant !

– Tiens, elle est intelligente en plus d'être belle, dit l'inconnu en me détaillant de la tête aux pieds. Il fallait que tu choisisses la plus jolie ? demande-t-il en fronçant les sourcils.

Il s'éloigne d'Anthony, croise les bras et soupire de manière théâtrale.

– Est-ce que je dois m'inquiéter ? demande-t-il en tapant du pied comme une nana cherchant à épingler son mec.

Le regard d'Anthony parcourt lentement toutes mes courbes, puis il sourit d'un air diabolique.

– Peut-être... dit-il lentement. Eh oui, il fallait que je prenne la plus jolie. Ma famille veut que je sois avec une femme parfaite, dit-il en regardant l'autre homme. Elle est plutôt parfaite, tu ne trouves pas ?

L'inconnu fronce une dernière fois les sourcils, puis son visage se détend.

– Si, tu es très belle, dit-il en s'adressant enfin à moi.

– Euh, merci, je crois. Alors... qui es-tu ?

– Je suis Hector Chavez. Le partenaire d'Anthony.

– Enfin, ce mois-ci, tu n'es pas censé l'être, non, ricane Anthony.

– Je ne trouve pas ça drôle, rétorque Hector d'un air triste. C'est une épreuve à passer et moi, je n'ai pas hâte d'y être, dit-il avant de tourner les talons et de disparaître par une autre porte.

Le dressing, peut-être ?

– Alors, vous êtes en couple ? je demande en désignant la porte par laquelle Hector est parti.

Anthony sourit et hoche la tête. Mon cœur bat de nouveau la chamade. Zut, je sais que ce n'est pas vrai, que tous les beaux gosses ne sont pas gays, mais est-ce qu'il fallait vraiment que le beau gosse des beaux gosses le soit ?

– Et si on s'habillait avant de parler de tout ça ?

– Ah oui, bien sûr, je dis en me tournant et en attrapant mon sac.

– Deuxième porte à gauche. Ce sera ta chambre pour le mois. Tu devrais y trouver ce dont tu auras besoin pour les prochains jours. Demain, Hector t'emmènera faire les magasins.

Je grimace et Anthony penche la tête sur le côté, rivant ses yeux d'un bleu glacial sur moi.

– Cette idée ne semble pas t'emballer. La plupart des filles seraient ravies de pouvoir dépenser d'immenses sommes d'argent pour des fringues de luxe.

– Eh bien, tu apprendras vite que je ne suis pas la plupart des filles. Sans parler du fait que je suis une femme, pas une fille, j'ajoute en lui lançant un clin d'œil et en baissant la tête. Tu devrais resserrer ta serviette, je vois ta bite.

Il ne bouge pas d'un iota, se contentant de se lécher les lèvres en m'étudiant avec un air curieux.

– Je sens qu'on va s'amuser, ce mois-ci.

Je tourne les talons et j'ouvre la porte.

– À quoi bon vivre si tout est prévisible ! je dis par-dessus mon épaule.

Il ricane et secoue la tête en refermant la porte.

* * * *

Je suis assise au bar, occupée à dévorer un sandwich poulet-crudités, quand Hector et Anthony émergent de leur chambre, une demi-heure plus tard.

– C'est de loin le meilleur sandwich au poulet de toute ma vie, je dis à Renaldo en me tournant pour saluer mes deux nouveaux amis.

Pendant qu'il me faisait à manger, Renaldo m'a expliqué qu'il n'était pas seulement le valet mais aussi l'homme de ménage, le chef et l'assistant personnel d'Hector et Anthony. Il semble également avoir un goût prononcé pour les potins. Apparemment, mon statut d'employée me donne le droit d'être tenue au courant des dernières aventures de nos beaux patrons.

Renaldo pose deux assiettes de chaque côté de la mienne et continue de fredonner doucement. Je l'aime bien, ce mec. Je suis sûre qu'il est italien ou hispanique, lui aussi. Il mesure environ un mètre soixante-cinq, il est rondouillet, il doit avoir la cinquantaine et, après l'avoir entendu vanter la beauté de ses patrons, je peux dire avec certitude qu'il est gay lui aussi.

– Mia Saunders, dit Hector en venant vers moi, bras ouverts, pour me faire un câlin. Merci d'être venue.

– Inutile de me remercier, vous avez payé pour me faire venir, non ?

Il recule et dégage une mèche de cheveux de mon visage.

– Oui, mais tu aurais pu refuser. On est contents que tu sois là.

– Cool. Je suis ravie de vous rencontrer, je dis en tendant la main au géant. Anthony Fasano, mon nouveau fiancé, je présume ?

Anthony éclate de rire avant de serrer fermement ma main.

– Le seul et l'unique. Je suis ravi de rencontrer ma future épouse.

Hector tourne la tête si vite que je me demande s'il s'est froissé un muscle.

– Pardon, mais tu veux dire ta fausse future mariée, non ? Si quelqu'un doit te dire oui à l'autel, mon grand, c'est moi ! s'exclame-t-il en s'asseyant à côté de moi.

– Papi, ne sois pas comme ça. Tu sais très bien que je plaisante, arrête de tout prendre au pied de la lettre, répond Anthony en secouant la tête. Et tu peux m'appeler Tony, me dit-il. Si tu dois faire semblant d'être ma fiancée, autant régler ça tout de suite.

Il s'assied sur le tabouret – trop petit pour accueillir un corps comme le sien – et je regarde les pieds en me demandant dans combien de temps ils vont céder.

Hector me met un léger coup d'épaule et me sort de ma rêverie.

– Eh, garde tes yeux sur ton sandwich, ma belle. Toute cette splendeur masculine est à moi et à moi seul. Si tu piges ça, tout ira bien.

J'ouvre la bouche pour répondre, mais je me contente finalement de hocher la tête.

– Alors, quelle est ma première mission ? je demande en les regardant tour à tour tout en mordant dans mon sandwich.

En trois bouchées, Tony a avalé la moitié du sien. Il s'essuie la bouche avec une serviette avant de répondre.

– Ce soir, nous allons apprendre à nous connaître, et demain soir, tu rencontreras Mamma.

– Demain ? Après une seule soirée, tu t'attends à ce que je me comporte comme si j'étais amoureuse de toi devant ta mère ? La femme qui t'a donné la vie ?

Hector et Tony hochent la tête en même temps.

– Dans ta description, il était précisé que tu es actrice. On s'est dit que c'était un bonus. Et puis, on dîne toujours avec Mamma et la famille le vendredi soir.

– La famille ?

Tony sourit avant de reprendre une bouchée digne d'un alligator. Renaldo pose un autre sandwich dans son assiette, accompagné d'un grand verre de lait dont Tony boit la moitié en une gorgée.

– Impressionnant, je remarque.

– Je sais, dit Hector en me remettant un petit coup d'épaule et en jouant des sourcils.

Je secoue la tête en m'efforçant de me concentrer sur ce dont nous parlions.

– Donc, tu me demandes de faire semblant d'être sa fiancée, je dis à Hector, et de convaincre sa mère et le reste de sa famille qu'il est l'amour de ma vie ? En une soirée ?

– *Si.* Je savais que tu étais maligne, dit-il d'un air enjoué.

– C'est impossible.

– Mais non, dit Tony en me frappant l'épaule comme si je faisais partie de sa bande de mecs. Tu vas gérer, je le sais. Tu es magnifique, tu as les pieds sur terre et tu es un peu rentre-dedans. Les Italiens aiment ça. Tu sais cuisiner ?

– Je me débrouille.

Tony se lèche les lèvres avant d'appuyer son avant-bras sur le bar, envahissant mon espace.

– Tu aimes la cuisine italienne ?

– Tu connais des gens qui n'aiment pas ?

Il regarde Hector du coin de l'œil avant de revenir à moi.

– Est-ce que tu te laisses facilement intimider...

Je m'avance vers lui et je le défie du regard.

– J'ai l'air du genre à me laisser intimider ?

– Je n'ai pas fini, dit Tony en approchant encore son visage du mien.

Je fais de mon mieux pour ne pas reculer, mais j'échoue et je finis par m'appuyer contre Hector qui me retient.

– Es-tu intimidée par les femmes fortes ?

– Écoute, je peux tenir tête à une bande d'Italiennes.

Tony et Hector sourient tous les deux jusqu'aux oreilles.

– Ok, dit Tony. Alors passons aux choses sérieuses.

– Ok, mais d'abord, il va nous falloir du vin, dit Hector en se levant et en sortant de la cuisine.

* * * *

– Nooon, vous n'avez pas fait ça ! je m'écrie en éclaboussant du vin sur la table basse.

Hector, mort de rire, laisse tomber son visage sur mes cuisses tandis que Tony essuie la table avant de remplir de nouveau mon verre.

– Si, je te promets ! Nus comme des vers. On a traversé tout le terrain de football, vêtus d'un casque et rien d'autre. On avait chacun peint une lettre différente sur notre torse et après le dernier but, on a couru sur le terrain, on s'est plantés face aux gradins des visiteurs assez longtemps pour que tout le monde le lise, puis on a couru aussi vite que possible vers la sortie. On avait écrit « L-E-S... L-O-S-E-R-S[2]... S-O-N-T... P-D ».

– Toi aussi ? je demande à Hector.

Il hoche la tête avant de se relever.

– Peu de temps après, Anthony et moi nous sommes mis en couple. En privé, en tout cas.

– Alors, qui sait que vous êtes ensemble ? je demande, posant enfin la question que je retiens depuis le début de la soirée.

– Pas grand monde, répond Hector d'un ton amer.

– Papi, ne commence pas.

Hector soupire et me tire contre lui. Nous reculons dans le canapé, épaule contre épaule, collés l'un à l'autre. Cette proximité platonique avec un homme est nouvelle pour moi – j'ai un peu l'impression d'avoir un frère, et ça me plaît.

– Tu comprends, mon Anthony n'a pas envie d'avoir à gérer la presse, sa famille et les ragots dans le monde des affaires s'il décidait d'admettre son homosexualité.

– C'est débile, je dis sur un ton plus sec que je ne le voulais.

– À qui le dis-tu ! s'exclame Hector en trinquant avec moi.

Tony pose son verre sur la table basse.

– Il faut que tu comprennes que c'est déjà dur d'être un jeune boxeur qui est devenu homme

---

2. PERDANTS.

d'affaires. Ajoute à ça le fait d'être gay et c'est un désastre assuré. Je ne pourrais plus jamais monter sur un ring.

– Ils n'ont pas le droit de t'en empêcher, si ? je m'écrie, indignée. C'est de la diffamation ou quelque chose comme ça, non ?

Mon cerveau, imbibé d'alcool, ne parvient pas tout à fait à expliquer pourquoi c'est horrible, mais dès que j'aurai récupéré ma capacité à réfléchir, je dégainerai une réponse parfaite.

– Non, mais ils trouveraient d'autres raisons, même si la véritable est que je suis gay. Ensuite, il y a l'entreprise. Je suis un homme italien à la tête d'une chaîne de restaurants familiaux. L'image de marque a toujours été mon père, ma mère, mes quatre sœurs et moi.

– Tu as quatre sœurs ? je m'exclame. Wouah. Elles ne vont jamais croire qu'on est en couple, je dis en secouant la tête alors qu'Hector hoche la sienne. Les femmes savent quand il se trame quelque chose. Tu es sûr qu'elles ne savent pas déjà que tu es gay ?

Tony se lève et se met à faire les cent pas.

– Bien sûr que non. Je ne leur ai jamais donné aucune raison de le penser. Ce que tu ne sais pas, Mia, et c'est d'ailleurs la raison principale pour laquelle tu es là, c'est le nom de notre famille.

– Fasano ! je m'écrie en me sentant comme ces gamins à l'école qui connaissaient toutes les réponses et qui les disaient sans y être invités.

– Oui, dit-il en s'asseyant sur l'accoudoir à côté de moi. Mes quatre sœurs ont bien sûr chacune leur rôle à jouer, mais je suis l'unique héritier de l'entreprise de mon père. Et c'est plus que ça. Tu vois, étant le seul mâle Fasano... si je n'ai pas d'enfant, notre nom meurt avec moi. Et comme je suis gay...

Il ne finit pas sa phrase et regarde dans le vide, comme s'il portait le poids du monde entier sur ses épaules.

– Est-ce que tu veux des enfants ? je demande abruptement, comme toujours quand j'ai bu trop d'alcool.

Tony se passe la main dans les cheveux et regarde Hector.

– Eh bien, euh, on n'en a jamais vraiment parlé.

Hector se redresse, puis il se lève, marche jusqu'à Tony et prend son visage dans ses mains.

– Chéri, tu veux des enfants ?

Je devrais partir, filer sans qu'ils me voient. Cependant, ce n'est pas dans ma nature. Ma nature est plutôt de me faire toute petite et de me mêler de leurs affaires sans me faire remarquer.

– Oui, j'en ai toujours voulu, dit Tony en portant sur Hector un regard plein d'amour et de tristesse.

– Alors, on trouvera un moyen. On peut adopter ou trouver une mère porteuse.

Je souris jusqu'aux oreilles avant de finir mon verre de vin qui me réchauffe tout le corps. Je me lève et, sentant que mes jambes ne coopèrent pas tout à fait comme d'habitude, je tends le bras pour retrouver mon équilibre.

– Ok, mon travail ici est fait, je dis en faisant une révérence.

Cependant, les deux hommes m'ignorent parfaitement, perdus dans les yeux l'un de l'autre, face à face, front contre front, chuchotant des mots qu'eux seuls peuvent entendre. C'est magnifique, et je suis contente d'en avoir été témoin. Sans regarder en arrière, je file dans ma chambre où je me laisse tomber sur le lit, tout habillée, avant de sombrer dans un sommeil profond.

CHAPITRE 4

Tony nous tient ouverte la grande porte en bois du restaurant. Il est dix-huit heures vendredi soir, et *Chez Fasano's* est plein à craquer. Les serveurs courent partout, vêtus de leur chemise blanche, de leur pantalon noir et de leur cravate assortie, servant les tables dont se dégagent de divins parfums de cuisine italienne – j'en ai déjà l'eau à la bouche. Un des serveurs se retourne et je dois me retenir de rire en voyant de plus près sa cravate. Des pâtes, leurs cravates sont imprimées de plats de pâtes.

– J'ai raté une blague ? demande Hector alors que Tony nous mène vers le fond du restaurant.

– Tu as vu leurs cravates ?

– Oui, c'est mon idée, répond-il en souriant.

– Ah bon ?

Il hoche la tête en me faisant un clin d'œil. Tony m'entoure de son bras et pose sa main sur ma hanche.

– Bon, tout le monde est déjà arrivé, chuchote-t-il à mon oreille. Suis mes indications et ne sois pas surprise si je te touche... beaucoup.

Des frissons parcourent mon dos depuis ma nuque jusqu'au creux de mes reins, et je me réprimande intérieurement. Tony est incroyablement beau... et dans une relation sérieuse avec Hector. Que j'apprécie énormément. Je calme ma respiration tandis que nous arrivons devant un épais rideau rouge.

– Il n'y a que ma famille qui mange ici, c'est notre salle privée. Elle remplace la salle à manger de Mamma, parce qu'on est si nombreux maintenant qu'on doit faire nos dîners de famille ici. J'ai fait construire cette pièce exclusivement pour les Fasano.

– Waouh.

Il tire le rideau, révélant une immense pièce, pleine de gens qui rient aux éclats, boivent et mangent en criant les uns par-dessus les autres et en gesticulant de manière théâtrale. C'est le chaos. De la folie pure, je ne saurais le décrire autrement.

Lorsque nous entrons, une personne nous remarque, puis une autre, et ainsi de suite. Un silence de plomb s'abat bientôt sur la pièce tandis qu'une petite femme à la peau mate se lève. Ses cheveux sont gris et elle a les mêmes yeux bleus que mon prétendu fiancé. Elle se tient avec assurance, le dos droit, la poitrine en avant, le regard rivé sur moi.

Arrivée à nous, elle tend d'abord le bras vers son fils, qui l'embrasse sur la bouche. Ce n'est rien de plus qu'un baiser affectueux, mais c'est la première fois que je vois un homme embrasser sa mère sur la bouche. En tout cas, moi je n'embrasse pas mon père ainsi – d'ailleurs, je ne l'embrasse pas du tout – c'est à peine si nous nous faisons un câlin.

– Mamma, dit Tony en se redressant et en me désignant, voici Mia, ma fiancée. Mia, voici ma mère, Mona Fasano.

– C'est un honneur de vous rencontrer, Madame Fasano, je dis en souriant.

Ses lèvres tressaillent, mais elle ne me retourne pas mon sourire, préférant m'inspecter des pieds à la tête sans chercher à être discrète.

– Vous êtes très belle, dit-elle enfin.

– Merci, je réponds en dégainant un immense sourire tout en me rapprochant de son fils.

Cependant, elle ne s'arrête pas là.

– Et vous avez des formes. Les hommes de la famille aiment les formes, dit-elle en posant ses mains sur ses larges hanches.

Si elle avait été plus fine, j'aurais été vexée.

– J'aime bien manger, surtout la nourriture italienne, je mens.

Autant marquer quelques points d'entrée avec la belle-mère.

– Votre bassin est bien large – c'est bien pour les enfants, ça.

– Euh, oui...

Je ne m'y attendais pas, à ça.

– Mamma, dit Tony, essayant de l'arrêter.

Cependant, à l'évidence, lorsque cette femme a quelque chose à dire, elle ne s'en prive pas et elle a l'habitude qu'on l'écoute.

– Oui, vous me donnerez de très beaux garçons. Il ne faut pas que notre nom de famille s'éteigne, vous comprenez ? dit-elle en me transperçant du regard. Vous voulez des enfants, n'est-ce pas ?

– Mamma, ça suffit, je suis mort de faim et je veux présenter Mia au reste de la famille, dit Tony, venant à ma rescousse.

– D'accord, d'accord, concède-t-elle.

Elle frappe dans ses mains, puis elle empoigne mes bras et m'attire dans les siens, me serrant fort contre elle.

– J'ai prié nuit et jour pour que mon Anthony trouve son âme sœur. Je suis tellement contente que vous soyez là... chuchote-t-elle dans mon oreille.

Elle recule, prend mon visage dans ses mains et m'embrasse sur la bouche.

D'habitude, embrasser une fille ne me dérange pas. Parfois, Gin ou Maddy me font un smack.

Cependant, je viens de rencontrer cette femme et je sais déjà que je vais lui briser le cœur dans un mois – ça ne me plaît pas du tout.

Hector nous contourne, salue plusieurs personnes en les prenant dans ses bras, puis il s'assied sur une des trois chaises vides au milieu de la pièce.

– Viens ma chérie, dit Tony.

Ma chérie. C'est comme ça que m'appelait Wes. Bon sang, il trouverait ce scénario hilarant. Peut-être qu'il pourrait s'en servir dans un de ses films, un jour, s'il décidait décrire une comédie romantique. Un homme d'affaires canon, boxeur, embauche une escort parce qu'il est gay et qu'il n'est pas prêt à l'avouer à sa famille.

Tony me propose la chaise à côté d'Hector – un choix stratégique, à mon avis – qui a l'air déçu que l'homme de sa vie ne s'asseye pas à ses côtés. Je trouve toute l'histoire parfaitement déprimante : deux hommes, clairement fous l'un de l'autre, ont l'impression d'être séparés parce que la société, leur famille et leur milieu professionnel n'approuveraient pas leur relation. Je prends la main d'Hector sous la table pour la serrer et je le vois sourire du coin de l'œil.

– Ne t'en fais pas, ma belle, j'y suis habitué, depuis le temps.

Durant l'heure qui suit, Tony me présente chacune de ses sœurs. Il y a Giavanna, la plus âgée, qui a trente-neuf ans. Elle doit avoir les gènes de sa mère, car elle est petite – environ un mètre cinquante-sept – avec des cheveux bruns et épais. Cependant, ses yeux sont marron comme des grains de café, si noirs qu'on ne voit presque pas sa pupille. Cependant, elle n'est pas moche pour autant, bien au contraire. Elle a quelques ridules au coin des yeux, mais elle est magnifique, comme toutes les femmes de la famille. Quant à ses enfants, je n'ai capté que des prénoms italiens dont je ne me souviendrai pas, et le fait qu'il y a deux filles et deux garçons.

Ensuite, il y a Isabelle, qui est un peu plus grande que sa sœur. Elle a trente-sept ans, et elle a les mêmes cheveux bruns et les mêmes yeux noirs. Toutefois, elle a la bouche parfaite de Tony. Elle me présente ses deux fils, qui doivent avoir environ sept ans – même si je n'ai pas fréquenté suffisamment d'enfants pour en être sûre.

Sophia est la troisième. À trente-cinq ans, elle est encore un peu plus grande que la précédente. Apparemment, plus les enfants Fasano sont jeunes, plus ils sont grands – ce que je ne manque pas de faire remarquer à Hector plus tard. Celle-ci est super-classe. Elle est vêtue d'une jupe crayon noire, d'une chemise en soie blanche, et ses cheveux noirs sont relevés dans un chignon serré. Elle porte des lunettes à écailles de tortue et, si elle a les mêmes yeux que ses deux sœurs, sa peau est beaucoup plus pâle que le reste de la famille. Je me demande si monsieur Fasano senior était aussi pâle qu'elle.

– Tu sors tout juste du travail ? je demande.

– Oui, répond-elle en buvant une gorgée de vin. La journée a été longue. Je suis la DAF[3] de *Fasano's*.

– Ah, alors c'est toi qui gères l'argent ? je dis pendant que nous trinquons.

– C'est ça ! Il faut bien que quelqu'un surveille ce que font les autres. Sans moi et mon équipe, ils dépenseraient tout l'argent à droite et à gauche pour des tas de choses inutiles. Tony et moi nous assurons que la famille garde les pieds sur terre et qu'elle n'entache pas notre réputation. *Fasano's* est synonyme de bonne cuisine italienne authentique, à la portée de tous les budgets.

Je hoche la tête en balayant la pièce des yeux. Tout le monde semble heureux et souriant. Les membres de la famille ont l'air agréables et à l'aise les uns avec les autres. Je n'ai jamais connu ça chez moi puisque ma mère nous a abandonnés et que mon père n'a pas pu combler son absence.

– Alors, vous travaillez tous ensemble dans l'entreprise familiale ?

– Oui, mais à différents niveaux. Par exemple, les enfants s'occupent d'envoyer les bons et les cartes de vœux ou d'anniversaire à nos clients. Quant à mes sœurs, elles ont toutes un rôle. Giavanna gère la crèche et la garderie d'entreprise. Moi, je m'occupe des finances, Isabella est aux RH[4]

3. Directrice administrative et financière.

4. Ressources humaines.

et Angelina au marketing. Même Mamma a un bureau, bien qu'elle passe la plupart de son temps dans sa cuisine, à trouver de nouvelles recettes et à mettre sur pied le menu. Comme tu le sais, Tony est le directeur. Même Hector travaille avec nous, c'est notre avocat. On le connaît depuis si longtemps, il est un peu comme un frère pour nous.

– Je n'en doute pas. C'est un mec super.

Je suis sur le point de l'interroger discrètement sur les deux hommes en question lorsque je sens une main sur mon épaule. Je me retourne et je découvre la plus belle femme que j'aie vue de toute ma vie. Ses cheveux ébène tombent en boucles épaisses jusqu'à ses fesses. Ses yeux sont aussi bleus que ceux d'Anthony et sa bouche est d'un superbe rose délicat. Elle porte une longue robe fluide dans des tons orange, rouge et jaune.

– Je mourais d'envie de te rencontrer, Mia ! dit-elle en se baissant pour me prendre dans ses bras. Je suis Angelina, ou « Angie ». Le beau gosse derrière moi, c'est mon mari, Rocko.

S'il y a bien un homme typiquement italien sur cette planète, c'est Rocko. C'est le portrait craché de Sylvester Stallone, sans rire. Quant à son prénom, autant s'appeler Rocky, non ? C'est dingue ! Je ferme les yeux et les rouvre pour être sûre que je ne rêve pas, puis je secoue la tête en lui tendant la main.

– Tu es le portrait craché de...

– Sylvester Stallone ? dit-il en jouant des sourcils.

Il prend ma main, puis il m'attire dans ses bras et me serre si fort que j'en ai le souffle coupé. Heureusement, deux paires de mains empoignent mes épaules et me sauvent des bras de Rocko.

– Doucement avec ma femme, frérot, dit Tony d'un ton protecteur.

La tension émanant d'Hector, témoin de toute la scène, est palpable.

– Je n'en reviens pas, tu lui ressembles tellement ! je m'exclame.

Rocko éclate de rire en penchant la tête en arrière.

– On me le dit tout le temps. En plus, je fais de la boxe avec ton mec – c'est comme ça que j'ai rencontré Angie. C'est moi qui l'entraînais à l'époque. Maintenant, on passe plus de temps à entraîner la nouvelle génération qu'à boxer. Enfin, c'est surtout moi qui entraîne les enfants, dit-il en frappant le bras de Tony, puisque celui-ci a une affaire à gérer. Mais je ne me plains pas, c'est lui qui s'assure qu'on ait de quoi manger.

– Ouais, ouais, si tu le dis, Rocky Balboa. Retourne t'asseoir, tu veux ? dit Tony avec un mélange d'accent italien et de Chicago, qui doit ressortir quand il plaisante.

– On devrait faire quelque chose ensemble cette semaine ! s'exclame Angie en prenant ma main. On pourrait faire du shopping demain, tu en penses quoi ? Il faut qu'on se trouve une robe pour la soirée de lancement des surgelés Fasano. On organise une grosse soirée avec tous les caïds de l'industrie. C'est notre plus grosse réussite ! s'écrie-t-elle.

– Tony va travailler, et j'avais prévu d'emmener Mia faire les boutiques. Tu n'as qu'à venir avec nous, il lui faut une nouvelle garde-robe pour son séjour ici. Ce serait super d'avoir un deuxième avis, propose Hector.

– J'adore faire les boutiques avec Hector ! me dit-elle d'une voix tout excitée.

Angie doit avoir à peine deux ans de plus que Tony, et c'est la plus grande des quatre sœurs. Nous faisons à peu près la même taille, et je n'ai pas remarqué d'autres enfants qui pourraient lui appartenir. Apparemment, le boxeur et le mannequin n'ont pas encore procréé. Bon sang, le jour où ils se lanceront, leurs enfants seront superbes.

Ce n'est qu'alors que je réalise ce dont ils parlent. De shopping. Beurk. Je grimace, rien qu'à l'idée d'avoir à racheter une garde-robe.

– Euh, ouais, ce serait cool, je suppose... Merci.

Angelina s'assied sur la chaise que Tony vient de libérer pour aller parler à un autre membre de la famille.

– Tu supposes ? Mia ma belle, tu ne comprends pas : Hector est gay. Il connaît les meilleures boutiques de la ville, et il saura immédiatement quelles fringues t'iront à merveille...

– C'est vrai, interrompt Hector. Écoute-la. C'est moi qui habille Angie depuis qu'elle a vingt ans.

– Et Hector a un goût incroyable en matière de mode, ajoute-t-elle. Tu n'as pas à t'inquiéter. Il saura quoi acheter. Et avec un corps comme le tien, tu seras magnifique, quoi qu'il arrive.

– Ha ! Tu parles, tu es la plus belle fille que j'aie jamais vue, à côté de toi, j'aurai l'air d'un sac, je dis avant de me réprimander intérieurement en m'obligeant à remettre mon filtre.

– Tu penses que je suis la plus belle fille que tu as rencontrée ? demande-t-elle en souriant jusqu'aux oreilles.

Je hausse les épaules tout en sirotant mon verre de vin.

– C'est adorable. On va devenir meilleures amies, tu vas voir, dit-elle en me prenant dans ses bras.

Bon sang, ces gens sont vraiment tactiles. Ils n'ont absolument aucune notion d'espace personnel. Je crois qu'il n'y en a pas un qui ne m'ait pas embrassée, touchée ou prise dans ses bras. À l'évidence, je vais devoir m'y faire.

Le repas – des plats délicieux servis dans de grands saladiers, comme à la maison – est tout simplement exquis. Le vin coule à flots et les membres de la famille Fasano parlent si fort que j'ai bientôt des bourdonnements dans les oreilles. Ça me rappelle les soirs où j'allais voir un concert de rock et que mes oreilles résonnaient encore quand j'étais au lit dans ma chambre. Ces gens aiment vraiment parler – tout le temps – à des décibels auxquels les humains normaux ne sont pas habitués.

Toutefois, je dois avouer que, de manière générale, la famille Fasano me plaît. Ils sont tous pleins d'entrain, amicaux, joviaux et beaux. J'ai l'impression d'être dans une pièce remplie d'acteurs italiens qui attendent pour auditionner pour un film. Quand j'étais à Los Angeles, mon agent m'envoyait souvent à des castings qui ciblaient les Italiens à cause de mes cheveux noirs et de mes courbes.

Le repas se termine avec d'immenses plats de tiramisu, faits maison par Mona, bien évidemment, et par des tasses du café le plus noir que j'aie goûté, les deux allant divinement bien ensemble.

Plus tard, Tony, Hector et moi sortons du restaurant lorsque, soudain, Tony regarde par-dessus son épaule en paniquant avant de plaquer ses lèvres sur les miennes. Elles sont douces, chaudes et humides. Il enfouit ses mains dans mes cheveux, penche ma tête en arrière et plonge sa langue dans ma bouche. Bon sang, je ne m'attendais pas à ce que Tony – un homme gay qui est en couple – m'embrasse comme ça. Cependant, je ne peux pas m'empêcher de répondre à son baiser irrésistible. Sa langue titille la mienne avant de la caresser lentement, et nous trouvons peu à peu notre rythme. Je lève les bras, je m'accroche à son cou et je plaque mon corps contre le sien. Puis il saisit mes hanches et me tire à lui – et c'est là que je le sens. Ou plutôt, que je ne le sens pas. Tony ne bande pas.

Je recule la tête et je plonge mon regard dans le sien – mais c'est derrière moi qu'il regarde. Je me tourne pour découvrir Mona, les mains jointes, souriant jusqu'aux oreilles, si heureuse qu'elle semble avoir rajeuni de dix ans. Je suis soudain accablée de culpabilité en voyant la joie et l'espoir de cette femme pour son fils. Son fils unique. Son fils unique homosexuel.

J'entends alors quelqu'un se racler la gorge et je regarde de l'autre côté, où se tient Hector, les traits tirés, pleins de tristesse, voire de colère. Mamma Mona tourne les talons et retourne dans le restaurant.

– Hector... je chuchote.

Il secoue la tête et ouvre la portière de la voiture.

– Monte, Mia. Il faut que je parle à Tony.

– Papi, tu sais que ce n'était que du faux... ça ne voulait rien dire, dit-il avant de pousser un juron et de serrer les poings.

Je ne devrais pas être vexée. Cependant, mes parties intimes n'ont pas été insensibles à ce baiser, contrairement à celles de Tony. Je pensais qu'un homme n'embrassait une femme ainsi que lorsqu'il cherchait à la séduire, or à l'évidence, Tony n'était pas excité. Il va falloir que je mette de côté tout sentiment de désir pendant un mois.

Cet homme est peut-être le plus beau sur terre, mais c'est Hector qu'il veut séduire, et personne d'autre.

Je marche jusqu'à la voiture, et Hector ne me regarde même pas. Avant d'y monter, je pose ma main sur son épaule et le regarde dans les yeux.

– Ça ne voulait rien dire. Mona nous regardait. Il n'était même pas excité, Hector. Il n'y a que toi qui peux l'exciter. Crois-moi, je sais quand un homme me désire, et celui-là ne veut qu'une seule personne, toi.

C'est le mieux que je puisse faire.

Je m'assieds sur le siège passager et Hector penche la tête dans la voiture.

– Merci de me l'avoir dit.

– Y a pas de quoi. Et si vous rentriez en taxi ? Allez boire un verre pour discuter de votre plan d'attaque pour le mois à venir. Je ne sais pas comment vous envisagiez votre relation pendant mon séjour, mais à l'évidence, il vous faut un peu d'intimité.

Il hoche la tête et regarde ses pieds.

– J'ai ma clé. Je vous vois demain, ok ?

– Mia, merci, dit Tony en hélant un taxi qui s'arrête devant lui. Hector, viens avec moi, s'il te plaît, dit-il d'une voix aussi douce que ferme.

Je les regarde monter dans le taxi et disparaître dans le trafic. La limousine me ramène au penthouse et j'arrive tout juste dans ma chambre lorsque je reçois un message.

De : Wes Channing
À : Mia Saunders
Tu es libre pour parler ?

CHAPITRE 5

Je relis le message une bonne dizaine de fois, hésitant entre les deux possibilités qui s'offrent à moi. Je peux l'ignorer et attendre d'être moins fatiguée sur un plan émotionnel ou alors je peux l'appeler et laisser la voix de Wes ôter toute la culpabilité que je ressens après la scène entre Hector et Tony. J'espère sincèrement qu'ils vont réussir à régler leur problème. La dernière chose que je souhaite, c'est m'immiscer entre deux personnes qui s'aiment. C'est triste qu'ils ne puissent être ensemble, du moins aux yeux de Tony. Peut-être que je peux le convaincre que le seul moyen d'être heureux est de sortir du placard. À la longue, ce secret fera trop de mal à Hector et sans doute finira-t-il par partir. En tout cas, c'est ce que je ferais.

Ma décision est prise. Je tapote deux fois sur mon téléphone, et Wes décroche après la première sonnerie.

– Coucou ma chérie, ce n'est pas trop tard ? Enfin, là où tu es ? demande-t-il.

Sa voix rauque me rappelle toutes nos promesses chuchotées dans le noir, tous ses gémissements et ses murmures passionnés. Mon temps avec Alec était super, mais Wes avait déjà placé la barre trop haut. Le sexe avec lui était tout simplement fabuleux, et après la soirée que je viens de passer, je rêverais de m'oublier dans ses bras.

– Ce n'est pas trop tard, non. Je suis à Chicago.

– Ah, la ville des vents. Que fait le mec ?

Je ne suis pas certaine qu'à ce stade notre amitié soit assez forte pour supporter que nous parlions de nos autres conquêtes. Cependant, comme je n'ai pas l'intention de coucher avec Tony, je suppose qu'il ne compte pas.

– Il dirige une chaîne de restaurants.

– Ah, je sais combien tu aimes manger un bon plat fait maison.

Instantanément, je revois Wes préparer mon petit déjeuner, torse nu, si bronzé et musclé, si délicieux que je préférais le manger lui plutôt que ses pancakes.

Je réalise soudain que ça fait un moment que je n'ai rien dit.

– Euh, ouais, tu me connais.

– Oui, je sais. Il te cuisine de bons plats ?

– Non, pas encore. J'espère qu'il s'y mettra bientôt.

J'entends un long soupir à l'autre bout du fil, et un silence s'installe entre nous.

– Est-ce que tu es avec lui... comme tu étais avec moi ? demande Wes.

J'ai beau être vexée qu'il me pose la question, je ne lui dois pas d'explication. Nous ne sommes pas en couple.

– C'est important ? je chuchote en m'allongeant sur le lit.

– Pour moi, oui.

– Alors non, et je ne le serai jamais.

– Pourquoi ? Je crois savoir que tu as une libido très saine, dit-il d'une voix amusée.

Wes a eu un mois pour apprendre à me connaître, et sans doute en a-t-il trop appris. Il s'est frayé un passage derrière les barrières que j'avais érigées autour de mon cœur et il s'y est creusé une jolie niche douillette. C'est un morceau de moi qu'il possédera à jamais, même si je ne vais pas le lui dire.

– Parce que je ne pense pas que son partenaire, Hector, serait ravi que je séduise son mec.

Un rire tonitruant remplit mon oreille. Bon sang, qu'est-ce que son rire me manque ! C'est le genre de rire qui pourrait mettre fin à des guerres décennales.

– Alors, pourquoi un mec gay a-t-il embauché la plus belle escort de la planète ?

– Espèce de lèche-cul, je rétorque.

Il rit de nouveau, et l'écho résonne jusque dans mon cœur, atténuant la culpabilité causée par les événements de la soirée.

– C'est un peu tordu. Il est en couple avec ce mec, qui est génial, depuis super-longtemps, mais il se sent obligé, vis-à-vis de sa famille et de son entreprise, de jouer le rôle du macho italien chef d'entreprise et champion de boxe.

– Merde. Ça ne doit pas être facile. D'un point de vue professionnel, je comprends qu'il veuille que sa vie sentimentale reste privée. S'il peut se permettre de t'embaucher pendant un mois, c'est qu'il est plein aux as et que la presse lui colle aux fesses. Sans rire, Mia, l'argent c'est cool, mais aucune somme ne remplace une vie paisible et privée une fois que celle-ci est étalée sur la place publique.

Je repense au quartier où habite Wes, avec ses hautes haies, ses énormes portails et les agents de sécurité qui se relaient nuit et jour, puis je pense aux tapis rouges sur lesquels il déteste aller et au fait qu'il a dû embaucher une escort juste pour pouvoir travailler en paix, le temps d'un cocktail dînatoire. Je suppose que Wes comprend ce que traverse Tony, en effet.

– Il y a aussi des histoires de famille. C'est le seul héritier masculin de la fortune familiale, et s'il n'a pas un fils, le nom de la famille mourra avec lui.

– Bon sang, tu parles d'une pression.

– Ouais. Bref, assez parlé de mon client. Et toi ? Comment avance ton film ?

– Très bien. Gina est l'actrice idéale pour le rôle, dit-il d'une voix pensive qui ravive ma jalousie. Elle comprend parfaitement ce que j'attends d'elle, poursuit-il. Je suis content d'avoir modifié le personnage, finalement.

Je me mords la lèvre pour me retenir de lui faire remarquer que c'est moi qu'il a remplacée par elle, car je sais que ce serait injuste. Le fait qu'il donne mon nom à un personnage est un véritable honneur. C'est mignon, même. C'est un cadeau qu'il me fait, et je ne dois pas l'oublier – et surtout je ne dois pas le gâcher avec ma jalousie. De toute façon, je n'ai aucun droit sur lui, en dehors du fait que nous sommes amis... qui se veulent du bien.

– Alors, toi et Gina vous entendez bien, hein ? je dis en levant les yeux au ciel et en essayant de garder un ton plaisant.

– Ouais, elle est cool. Mais elle n'est pas aussi belle que celle qu'elle est censée incarner, dit-il d'un ton lourd de sous-entendus.

– Ah ouais ?

– Ouais.

– Mais tu aimes jouer avec elle et... enfin, la diriger.

– Pas autant que j'aimerais te diriger.

– Ah oui ? Qu'est-ce que tu me demanderais de faire ?

Soudain, la conversation vire dans une direction totalement différente et inattendue.

Je l'entends inspirer par le nez et lorsqu'il parle de nouveau, c'est d'une voix rauque et pleine de désir.

– Eh bien, d'abord, je mettrais mes mains sur tes genoux et je te dirais de les écarter. Tu te souviens d'avoir fait ça, Mia ? Je sens encore combien tu étais mouillée sous mes doigts.

De ma main libre, je dessine des cercles autour de mon genou, du bout du doigt.

– Je me souviens, oui. Et ensuite ?

Il grogne dans le téléphone et je pose le mien une seconde, attrapant le bas de ma robe pour l'enlever et la jeter de l'autre côté de la pièce.

– Mes mains glisseraient jusqu'à tes pieds, gardant tes jambes ouvertes, juste pour pouvoir te regarder mouiller davantage. Ensuite, du bout du doigt, je toucherais ton clitoris. Ça te plairait, ma chérie ?

Je me mords la lèvre en gémissant doucement.

– Bon sang, oui.

– Tu es habillée comment, là ? demande Wes.

– J'ai enlevé ma robe quand tu as commencé à me dire... euh... des cochonneries. Maintenant, je suis allongée sur le lit, seule dans la maison, en sous-vêtements. Et toi, tu es habillé comment ?

Je ferme les yeux, me sentant toute légère et étourdie. Je n'arrive pas à croire que je suis en train de faire ça... mais c'est super-excitant.

– J'ai juste un pantalon de pyjama, le rouge, celui que tu aimes bien.

Oh que oui. Ses pantalons de pyjama sont tissés dans le coton le plus doux au monde. J'adorais les mettre le matin, après qu'on avait couché ensemble. Je lui en ai même volé un, mais je ne le lui dirai pas.

– Est-ce que tu es dur, Bébé ?

C'est la première fois que je l'appelle comme ça, et ça me plaît.

– Putain, tu n'as pas idée, Mia. Je mouille, même.

– Utilise ton pouce, frotte-le sur ton gland. Tu te souviens de la sensation de ma main sur ta queue ?

– Putain, oui.

– Fais-le. Ferme les yeux et branle-toi, lentement, au début. Imagine que c'est ma main. Utilise ton pouce pour étaler ton liquide, partout où je promènerais ma langue. Si j'étais là, je mouillerais toute ta queue puis je la lécherais sur toute sa longueur, et je titillerais surtout le dessous de ton gland.

Wes gémit et j'entends son souffle accélérer.

– Et moi, qu'est-ce que tu me dirais de faire ?

– Enlève ta culotte, ordonne-t-il.

Je lui obéis et la jette au pied du lit.

– Tu es nue, maintenant, ma chérie ?

– Oui.

Je soulève mon bassin, comme si Wes était sur moi et que j'essayais de coller mon corps au sien.

– Pose ta main sur ta chatte comme je le ferais si j'étais là. Prends-la bien, tu sais comment j'aimais faire.

– Comme si elle t'appartenait, je rétorque en faisant comme il me dit.

Le plaisir est déjà intense, il parcourt mon corps en l'électrifiant.

– C'est ça. Ta chatte serait mienne. Et dès que tu commencerais à dessiner des cercles avec ton bassin, pour te soulager, j'enfoncerais deux doigts dans ton sexe. Écoute-moi, Mia.

Je lui obéis, plongeant deux doigts entre mes lèvres. Des vagues de plaisir éclatent dans mon bas-ventre et remontent dans mes seins tendus. Mes tétons pointent et luttent contre la barrière de dentelle qui les enferme. C'est tellement bon.

– Maintenant, tu te souviens comment j'ai pris le contrôle de ta chatte quand on était sur ta moto ?

Je réponds par un grognement en me rappelant comment ses doigts me fouillaient et s'accrochaient à moi.

– Fais des crochets avec tes doigts, ma chérie, comme je l'aurais fait.

J'essaie, mais je n'y arrive pas.

– Je ne peux pas, j'ai besoin de toi, je dis d'une voix pleine de frustration tout en continuant de me doigter.

Je me revois sur ma moto, dans le garage de Wes, sa main dans mon pantalon, me baisant avec sa passion habituelle.

– Tu approches de l'orgasme, ma chérie ?

– Oh, oui... Je te veux... en moi, Wes...

Une série de jurons parvient dans mon oreille et son souffle accélère encore. Le mien l'imite bientôt et nous continuons de nous masturber ensemble, perdus dans la passion et dans nos souvenirs.

– Si j'étais là, mes doigts appuieraient sur ce point au fond de ta chatte et je le chatouillerais. Je rajouterais ma langue, aussi, pour titiller ton clito. Il serait enflé et dur et je le sucerais jusqu'à ce que ton sexe se contracte sur mes doigts.

– Oui, Wes, je vais jouir, Bébé. Je vais jouir tellement fort. Je te veux avec moi... je gémis en penchant la tête en arrière.

– Je suis là, ma chérie. Ce sont mes doigts qui sont en toi. Maintenant, frotte ton clito avec ton pouce. Putain, Mia, je vais jouir aussi, là, avec toi. C'est tellement bon avec toi, Mia. Je n'ai jamais connu mieux. Putain ! hurle-t-il dans le téléphone.

Je fais ce qu'il me dit, étalant ma mouille sur mon clitoris.

C'est ce qui me manquait car, soudain, une vague d'énergie et de lumière déferle dans mes veines et je jouis. Tout mon corps se contracte et un cri m'échappe tandis qu'à l'autre bout du fil, j'entends Wes grogner de plaisir aussi.

Nous revenons sur terre lentement. Seuls nos souffles saccadés rompent le silence.

– Mia, murmure Wes sur un ton plein d'admiration.

Dans sa bouche, mon prénom est comme une bénédiction. Si seulement je pouvais l'entendre tous les jours.

– Bon sang, Wes, on vient de baiser au téléphone, je dis en riant. Tu sais, je n'avais jamais fait ça, avant.

– Ah bon ? s'exclame-t-il, surpris.

Je soupire et repousse la couette pour me glisser sous les draps. La journée a été longue, et après un orgasme comme ça, je ne rêve que d'une chose : me blottir contre l'homme qui m'a fait jouir et m'endormir en entendant battre son cœur.

– Oui, vraiment, je dis avant de bâiller et de fermer les yeux.

– J'ai hâte qu'on remette ça, dit-il.

– Moi aussi, je réponds en bâillant de nouveau.

– Tu me manques, Mia.

Je souris et je colle le téléphone à mon oreille pour entendre toutes les nuances de sa respiration. Je me sens en sécurité en l'entendant, comme s'il était là avec moi.

– Tu me manques tout le temps, Wes, je dis d'une voix endormie, imaginant déjà nos retrouvailles.

– Fais de beaux rêves...

C'est la dernière chose que j'entends avant de sombrer dans un profond sommeil.

* * * *

Lorsque je me réveille le lendemain matin, je tiens encore dans ma main mon téléphone, qui n'a plus de batterie. Je roule sur le dos et fixe le plafond en repensant à hier – à la soirée mais aussi à toute la journée, sans oublier le repas et le coup de fil inattendu de Wes. Au moins, la fin de journée aura été satisfaisante. Je me demande ce que Tony et Hector ont fait et s'ils ont réussi à régler leur problème. Ces deux-là sont faits pour être ensemble, et pour toujours. Pas comme moi et l'artiste français que je me suis tapé pendant un mois et que je ne reverrai sans doute jamais. Cela dit, il me manque, mon Frenchie. Je lui suis éternellement reconnaissante pour ce qu'il m'a appris durant le temps que nous avons passé ensemble. Non seulement nous avons créé des œuvres d'art magnifiques mais il m'a appris un tas de choses sur moi-même, sur l'amour, sur la vie. Peut-être que je peux utiliser ses enseignements pour aider Tony et Hector – en fin de compte, l'amour c'est l'amour, et on ne choisit pas de qui on tombe amoureux et combien de temps l'amour durera. Je suis persuadée que le leur est fait pour durer toujours, mais pour cela, il va falloir que quelque chose change.

Je réfléchis à cela pendant que je me douche et que je m'habille, et j'y pense encore quand je sors pour aller dans la cuisine. J'ouvre la porte de ma chambre et je suis accueillie par une délicieuse odeur d'œufs et de bacon, mon estomac gargouille lorsque je m'assieds sur le tabouret de bar.

– J'ai l'impression que votre ventre est heureux de me voir, *si* ?

– *Si !* Comment allez-vous ce matin, Renaldo ?

– Très bien, Miss Mia. Et vous ? Vous avez l'air très reposée, dit-il en souriant et en me lançant un clin d'œil.

– Oui, j'ai très bien dormi, je réponds en souriant à mon tour et en repensant à mon appel avec Wes.

Bon sang, ce mec sait parler sexe. En quelques minutes, il m'a fait passer de zéro à un million sur l'échelle de l'excitation. J'étais tellement comblée que je me suis endormie sans avoir raccroché. Dès que mon téléphone sera rechargé, je lui enverrai un message pour le remercier et lui dire combien j'ai aimé notre discussion – et je ne parle pas seulement du sexe. J'aime parler à Wes, c'est toujours très naturel, comme si nous avions toujours été amis. Avec lui, les choses sont simples, et j'espère que ça restera ainsi pour le reste de l'année. Seul le temps nous le dira.

Renaldo pose devant moi une assiette fumante d'œufs brouillés, de bacon et de fruits. Lorsque Tony et Hector entrent, main dans la main avec un sourire satisfait, j'ai la bouche pleine.

– J'ai comme l'impression que je ne suis pas la seule à avoir passé une bonne nuit, je dis en souriant.

Je ne sais pas pourquoi j'ai dit ça. Apparemment, il y a quelque chose chez ces mecs qui me donne envie de tout leur dire, or ça ne me ressemble vraiment pas.

Tony hausse les sourcils tandis qu'Hector s'assied à côté de moi, pose ses deux coudes sur le bar et appuie sa joue sur une main.

– Ah ouais ? Je veux bien te raconter ma soirée, mais d'abord, il faut que tu m'expliques pourquoi ta soirée a été géniale alors que tu es rentrée ici toute seule.

J'y réfléchis une seconde en mâchant une bouchée d'œufs que je fais passer avec une gorgée de café.

– Ça marche.

C'est ainsi qu'Hector et Tony apprennent l'existence de Wes.

CHAPITRE 6

– Et tu es partie ? Tu es dure, meuf, rétorque Hector d'une voix indignée.

Je n'ai même pas expliqué la situation de mon père ni pourquoi je suis escort qu'il est déjà du côté de Wes. Je vous jure, les hommes… ils n'entendent que ce qu'ils veulent. Peu importe qu'ils soient gays ou non, il leur manque tout de même ce gène qui leur permettrait de comprendre les femmes et les raisons de leurs actes.

– Hector, tu ne comprends pas, je réponds en secouant la tête. J'étais obligée de partir, je n'ai pas eu le choix.

– Eh bien explique-moi pourquoi, et vite, ma belle. Si Tony me laissait comme ça, je serais anéanti.

– Non, ce n'est pas comme ça entre Wes et moi.

– Ah ouais ? C'est comment ?

– On est amis.

– Des amis qui baisent au téléphone ? Des amis qui passent un mois à coucher ensemble...

J'essaie de l'interrompre, mais il lève la main pour me faire taire.

–... dont l'un supplie l'autre de rester avec lui... pour toujours !

– Il n'a pas dit ça ! Oui, il m'a demandé de rester et oui, j'ai refusé, même si ça m'a déchirée... mais c'était impossible !

– Alors, pourquoi tu as dit non ? demande-t-il.

Je n'ai pas le temps de répondre, car un bruit de talons frappant le carrelage retentit dans le couloir. Je retiens ma respiration, essayant de me rappeler ma mission, histoire que la sœur de Tony ne m'entende pas parler de Wes. C'est quand même une des nombreuses personnes que je suis censée convaincre.

– Salut ! J'ai tellement hâte d'aller faire du shopping, aujourd'hui ! s'exclame Angelina en entrant dans la pièce.

Elle prend d'abord Hector dans ses bras, puis moi.

– Mon frère est déjà au travail ?

– Oui, il est parti il y a environ une heure. Tu veux manger ou boire quelque chose ? propose Hector.

– Non merci, je suis prête à faire les boutiques ! Et toi Mia ?

Je grogne en tendant le bras pour prendre mon sac à main.

– Ouais, si on veut.

– Tu n'as pas l'air emballée, marmonne Angelina.

Hector ricane et prend Angelina par le bras.

– Elle n'aime pas le shopping, lui confie-t-il.

Angelina me regarde bouche bée, les yeux écarquillés.

Tu es sûre que tu es une fille ?

– Bien sûr, mais je ne suis pas le genre qui aime faire les magasins. Je le vis très bien, tu sais.

– Ouais, sauf que ta garde-robe est constituée de jeans, de débardeurs unis et de t-shirts de concerts. C'est pitoyable. Son pyjama est plus stylé que toute sa valise, rétorque Hector.

Il n'a pas tort.

– C'est parce que c'est la styliste de Wes qui l'a acheté.

Je regrette immédiatement ce que j'ai dit et je me mords la lèvre.

– Wes ? C'est qui, Wes ? demande Angelina en me scrutant du regard.

– Oh, c'est juste un ami. Mon meilleur ami homo.

Je me sens immédiatement coupable de mentir à propos d'un homme aussi génial que Wes.

– Hmm, d'accord, dit-elle en rejetant ses magnifiques cheveux par-dessus son épaule. Bref, allons-y !

Nous la suivons à l'ascenseur et, dans son dos, Hector me lance un regard désapprobateur. Je grimace et le regarde d'un air coupable en articulant « désolée ».

****

Hector et Angelina m'ont enfermée dans une cabine d'essayage chez Gucci. Ils m'ont obligée à essayer toute la collection, des robes aux jeans en passant par les jupes – des vêtements magnifiques et branchés que je n'aurais jamais envisagé d'acheter moi-même. Chaque fois que j'essaie une tenue, je dois sortir de la cabine et faire un petit défilé pour la leur montrer. Je monte même sur une petite estrade devant un mur de miroirs, mon pire cauchemar, pour leur permettre de commenter la tenue dans les moindres détails et me tripoter comme un animal en cage. Certes, les vêtements qu'ils décrètent comme « essentiels » me vont bien, mais je trouve tout le processus très dégradant.

Durant tout ce temps, Angelina ne cesse de parler de son frère et de notre relation, et je commence à fatiguer.

– Alors, est-ce que Tony et toi avez fixé une date pour le mariage ? demande-t-elle.

– Pas encore, non, je réponds en secouant la tête.

Elle tire le débardeur que j'ai essayé pour l'aplatir sur ma taille.

– Ah bon ? Mais vous vous connaissez depuis super-longtemps, non ? Tony a dit que vous vous êtes séparés et remis ensemble plusieurs fois.

– Oui, on peut dire ça comme ça.

– Je ne comprends pas pourquoi vous attendez. Maman a dit qu'elle allait vous en parler, à tous les deux, pour vous convaincre de vous marier ce mois-ci, tant que tu es là, histoire que ce soit officiel.

Hector et moi nous figeons et dévisageons Angelina.

– Quoi ? je demande.

Hector retrouve sa voix avant moi.

– Tu n'es pas sérieuse ? demande-t-il, horrifié.

Il ne semble pas gérer très bien la situation.

– Hector... je préviens.

Angelina hausse les épaules.

– Ce n'est pas la fin du monde, si ? Vous vous aimez, vous ne rajeunissez pas et Maman veut un héritier masculin. Elle déjeune avec Tony aujourd'hui pour lui en parler, d'ailleurs.

Je suis bouche bée. Soudain, il fait beaucoup trop chaud dans la cabine d'essayage.

– Euh, Tony et moi n'avons pas vraiment pensé aux détails.

– Pas grave. Maman obtient toujours ce qu'elle veut, de toute façon. N'est-ce pas, Hector ?

Elle se tourne pour regarder Hector, qui recule lentement jusqu'à rencontrer une chaise sur laquelle il se laisse tomber.

– N'est-ce pas ? répète Angelina.

Il hoche la tête, pose ses coudes sur ses genoux et baisse la tête pour passer ses mains dans ses cheveux. La dernière fois que j'ai vu un homme dans cet état, c'était Wes quand je lui ai dit que je ne pouvais pas rester avec lui. Je descends de l'estrade et vais vers lui, m'agenouillant à ses pieds. Lorsqu'il lève la tête, je vois des larmes dans ses yeux. Je pose mes mains sur ses joues et secoue la tête pour lui montrer que ça n'arrivera pas. C'est hors de question, c'est impossible. Tony l'aime ! Il ferme les yeux et respire par le nez tandis qu'une larme solitaire coule sur sa joue.

– Ce ne sera jamais moi, chuchote-t-il.

– Mais c'est toi, je lui promets fermement. C'est toi qu'il aime.

Hélas, nous avons tous les deux oublié que nous ne sommes pas seuls.

– Je le savais ! s'exclame Angelina en s'asseyant sur la chaise à côté d'Hector.

Tout à coup, il se transforme. Il se tient plus droit et ses mains se referment sur ses genoux. Comme s'il redevenait le Hector cool, calme et mesuré que tout le monde connaît et adore, pas cet homme au cœur brisé qui affronte de sérieux problèmes avec son partenaire.

– Euh, Hector traverse juste une passe difficile, et je l'aide à...

– Tu aides Tony et lui à berner toute la famille à propos du fait qu'ils sont ensemble.

Alors là ! Je ne m'attendais pas à ça.

– Je ne vois pas de quoi tu parles... essaie-t-il de manière peu convaincante.

– Ne te fatigue pas. Tu crois que je ne sais pas que mon frère et toi êtes ensemble depuis la fac ? Tu me prends pour une idiote ? Je suis la meilleure amie de Tony. Enfin, après toi, bien sûr.

– Il te l'a dit ?

Elle secoue la tête.

– Non, mais je connais mon frère. Et je te connais. Aucun de vous deux n'a jamais été en couple. De temps en temps, Tony ramène un rencard au dîner de famille, mais j'ai toujours vu que ces filles ne lui plaisaient pas. Cela dit, je dois avouer que lorsque tu es arrivée, Mia, je me suis un peu inquiétée, dit-elle. S'il y a une femme qui peut rendre un gay hétéro, c'est bien toi.

– C'est un compliment vraiment étrange, mais... merci, je crois. Alors, qu'est-ce qu'on fait maintenant ? je demande en m'asseyant par terre.

Angelina hausse les épaules.

– Tony doit le dire à maman.

Hector secoue la tête.

– C'est impossible. Il ne veut pas décevoir Mona et la famille. En plus, il y a la boîte à gérer et le club de boxe qu'il ne veut pas laisser tomber.

– On s'en fout, de la boxe. Il n'en fait presque plus, de toute façon, depuis que papa est mort. Et puis, Rocko gère le club, Tony peut participer autant qu'il veut, mais il n'a aucune d'obligation. C'est une excuse bidon, ça.

– Et la boîte ? insiste Hector. Tu crois qu'une entreprise comme *Fasano's* peut supporter que son PDG annonce qu'il est gay ?

Angelina hausse les épaules.

– Le travail, c'est le travail. Je me fiche de ce que pense la boîte.

– Mais pas Tony. L'entreprise de son père est tout pour lui, soupire Hector.

– Non, tu te trompes, je dis en posant ma main sur son genou. C'est toi qui es tout pour lui.

Hector se lève brusquement.

– Sans vouloir te vexer, Mia, si c'était vrai, tu ne serais pas là, dit-il en tournant les talons et en quittant la pièce.

Je me lève pour m'asseoir à sa place, à côté d'Angelina.

– Quel bazar !

– C'est clair. Ça fait longtemps que je me doute qu'ils sont ensemble, mais c'est la première fois que je décide de m'en mêler. Mia... dit-elle en me regardant, ses yeux bleus remplis de larmes. Mamma pense vraiment que tu es la bonne, tu sais. Elle est convaincue qu'elle doit vous marier pour que vous lui donniez vite un héritier.

– Eh, ne t'inquiète pas. Je vais parler à Tony et Hector. On va trouver une solution. Ça va bien se passer. Je ferai mine de le plaquer devant tout le monde, ou quelque chose comme ça. Ce n'est pas la peine de te mettre dans tous tes états.

– Ce n'est pas ça, c'est juste que... Rocko et moi essayons d'avoir un bébé depuis un certain temps, maintenant. Maman ne m'en parle jamais, mais elle n'a qu'une idée en tête, c'est que Tony ait un fils pour perpétuer le nom de famille.

– Ça ne doit pas être facile, je dis en lui caressant le dos. C'est dur de toujours passer en second.

– Ouais. En même temps, on est cinq, Mia, dit-elle d'une voix épuisée. Il y en a toujours une qui est deuxième, troisième, quatrième et cinquième. C'est juste que Tony est toujours le premier.

Je comprends ce qu'elle dit. Après ce premier dîner de famille, j'ai vu que Mona regardait son fils comme le Messie, j'ai vu son amour pour ses petits-enfants... Si Tony a été jusqu'à embaucher une escort pour faire semblant d'être sa fiancée, c'est que sa mère a une sacrée emprise sur toute la famille.

– Que doit-on faire, à ton avis ?

Angelina se lève et ramasse les vêtements qu'on a choisis tandis que je retourne dans la cabine pour me rhabiller.

– Pour maman, je ne sais pas encore. Ce qui est certain, c'est que le club de boxe s'en sortira très bien sans Tony. Quant à la boîte, eh bien... je pense qu'il faudrait qu'on embauche une chargée des relations presse. Quelqu'un qui fera du coming out de Tony une histoire banale afin que les médias ne s'y intéressent pas. Je peux consulter mon équipe et trouver des idées. Quoi qu'il en soit, c'est notre entreprise, dit-elle d'une voix pleine d'assurance. L'homosexualité du PDG va sans doute susciter des rumeurs pendant un certain temps, mais on a un bon produit. On ne va ni faire faillite ni perdre nos distributeurs. Les gens adorent les recettes de Mamma, et les prix sont idéaux pour les familles aux revenus modestes.

– C'est vrai que la nourriture est délicieuse. C'est le meilleur restaurant italien que je connaisse.

– Exactement ! Il faut simplement que Tony arrête d'essayer de faire plaisir à tout le monde, tu comprends ?

Je hoche la tête, car je vois exactement ce qu'elle veut dire, même si je ne vais pas l'admettre devant une étrangère. Depuis que ma mère est partie, j'ai tout fait pour garder la famille soudée : m'occuper de papa quand il était ivre mort, aider Maddy à finir le lycée... Aucun souci, j'ai couché mon père et j'ai aidé Maddy tous les soirs avec ses devoirs, veillant toute la nuit pour finir les miens.

Par ailleurs, je me suis toujours assurée que nous avions de quoi manger et un toit au-dessus de nos têtes. À seize ans, j'étais serveuse dans les casinos pour me faire du fric. Certains soirs, je rapportais les restes du buffet et, pour une fois, nous mangions bien. Même papa me félicitait d'avoir fait du « bon boulot ».

J'ai tellement travaillé avant l'âge de dix-huit ans que le jour où je suis devenue majeure, j'avais déjà assez d'heures pour bénéficier de la Sécurité sociale. Aujourd'hui, encore une fois, je ne suis escort que pour rembourser la dette de mon père. Ce serait donc parfaitement hypocrite de ma part de dire à quelqu'un comment vivre sa vie alors que j'ai aussi mal géré la mienne. Cependant, les choses changent et la situation s'améliore peu à peu. J'ai des ressources, à présent. Des gens qui se soucient de mon bien-être et qui m'aideraient en cas de besoin, Maddy, Ginelle, Millie, Wes et même Alec.

– J'aimerais aider Tony et Hector, de quelque manière que ce soit.

– Au fait, comment ils t'ont rencontrée ?

Je ne suis pas certaine de pouvoir le lui dire. Si je lui dis que je suis escort, est-ce qu'elle va me voir différemment ? D'habitude, lorsqu'on entend ce terme, on pense immédiatement à une prostituée. Or, dans mon cas, ce n'est pas vrai. Enfin... techniquement, j'ai couché avec Wes et Alec et... quand je l'ai rencontré, je dois admettre que j'ai un peu fantasmé sur Tony, mais ce n'est plus le cas à présent.

Angelina attend patiemment que je décide de ma réponse, ce que j'apprécie. Il se dégage de cette femme une tranquillité et un calme qui sont admirables. J'étudie son beau visage un instant, ses yeux sont tendres, généreux et si bleus qu'on a envie de se noyer dedans.

– Je suis escort.

Elle hausse les sourcils et retient son souffle. Puis, plutôt que de m'insulter, elle laisse tomber sa tête en arrière et éclate de rire, si fort qu'elle en pleure. Son rire est contagieux et je ne peux me retenir de me joindre à elle.

Lorsque nous retrouvons Hector à la caisse, nous pleurons à chaudes larmes.

– Qu'est-ce qui vous est arrivé, bon sang ? demande-t-il en nous regardant tour à tour.

Nous essayons toutes deux d'arrêter de rire pour lui répondre, mais ce n'est qu'au bout de trente bonnes secondes que j'y parviens.

– Elle a appris comment je gagnais ma vie, je glousse.

Il écarquille les yeux et saisit Angelina par le coude pour la tirer contre lui.

– Ce n'est pas ce que tu crois, marmonne-t-il.

– Quoi ? Que vous payez Mia pour que Mamma vous fiche la paix et que Tony puisse continuer à vivre sa vie ?

– Ok, eh bien, si c'est précisément ce que tu crois, alors.

Nous nous remettons toutes les deux à rire pendant qu'Hector paie la vendeuse et nous entraîne dehors. Une fois dans la limousine, nous retrouvons enfin notre calme.

– Tu ne dois rien dire à Mona, dit Hector à Angelina. Elle serait anéantie. J'ai promis à Tony qu'on tiendrait le mois et je soutiens sa décision. Il pense que Mona est incapable de comprendre ce que nous représentons l'un pour l'autre. Il sait que, pour elle, le véritable amour n'est possible qu'entre un homme et une femme.

– Même si ça vous oblige à cacher votre amour toute votre vie ?

Hector s'affaisse dans le siège et fronce les sourcils. Il ferme les yeux et semble réfléchir. Angelina et moi attendons patiemment.

– Si c'est le prix à payer pour avoir l'amour de ton frère, alors ça me suffit. Je l'aime, je ferais n'importe quoi pour lui.

* * * *

Il s'avère qu'Hector n'a pas menti. Il joue le jeu à merveille. Durant la semaine qui suit, nous nous rendons à divers événements professionnels et familiaux. Je passe la plupart de mon temps avec Hector, ne servant que de figurante auprès de Tony lorsqu'il lui faut quelqu'un avec qui poser pour les photos. Ça m'énerve terriblement, et pas parce qu'on m'utilise pour mon physique. Je suis dégoûtée, car chaque fois que Tony me présente comme sa fiancée et que les gens s'émerveillent, le cœur d'Hector se brise un peu plus.

Je ne sais pas encore quoi, mais il faut faire quelque chose.

CHAPITRE 7

Hector arrive dans la cuisine en glissant, en chaussettes, sur le carrelage.

– Elle sera là dans une minute ! annonce-t-il. Où sont mes chaussures, bon sang ?

– Papi, pourquoi tu as besoin de mettre des chaussures, de toute façon ? dit Tony en riant.

– Il ne comprend vraiment rien, me dit-il avant de s'arrêter net devant moi. C'est ça que tu mets ? s'exclame-t-il en reluquant d'un air dédaigneux mon jean et mon débardeur noir.

Apparemment, je ne devrais pas être habillée comme ça.

– Ta mère vient faire à manger, ce n'est pas une grande occasion, si ? je demande en tirant sur mon débardeur pour m'assurer qu'il couvre bien mon ventre.

J'ai décidé de laisser mes cheveux lâches, parce que c'est un de mes plus beaux atouts, en dehors de mes seins, qui sont plutôt canon.

Tony me regarde du coin de l'œil avant de hausser les épaules.

– La police du style, c'est Hector. Pour moi, ta tenue est parfaite.

– Tu vois, pour lui je suis parfaite, je dis en tirant la langue à Hector. C'est toi qui te comportes comme un taré, pourquoi tu en fais tout un plat ?

Hector m'ignore et s'en va en marchant d'un pas lourd et agacé.

– Sans rire, qu'est-ce qui lui prend ?

– T'inquiète, il est juste obsédé par l'idée de convaincre Mamma qu'il est l'homme parfait.

– Et c'est le cas, tu n'es pas du même avis ?

– Bien sûr que si, dit-il en fronçant les sourcils. Je ne serais pas avec lui depuis toutes ces années si je ne le pensais pas.

C'est le moment de vérité. Cela va faire deux semaines que je vis avec Tony et Hector, et je crois avoir compris la dynamique de leur couple. Hector est le plus passif et le moins dominant des deux, tandis que Tony est le mâle alpha. Peut-être que je peux lui faire comprendre que s'il ne dit pas la vérité à sa mère et à sa famille dès que je serai partie, il risque de perdre une chose qu'il a toujours considérée comme acquise, la confiance d'Hector.

– Écoute, Tony, je trouve ça chouette d'être ici et j'adore passer du temps avec Hector et toi.

– Nous aussi, on aime t'avoir avec nous, Mia. Vraiment. Tu es la bienvenue quand tu veux. On est touchés que tu nous aides à gérer ce problème.

– Tu sais que tu me paies pour le faire ? je réponds en souriant. C'est juste que... je me demandais si... tu n'as jamais envisagé de faire ton coming out ?

Le sourire de Tony se transforme en grimace.

– Écoute-moi une seconde.

Il s'adosse au plan de travail et croise les bras. Bon sang, quels bras ! J'ai beau savoir qu'il est homo, je ne peux m'empêcher de baver devant son corps de rêve.

– Angelina est au courant.

Tony écarquille les yeux et je m'empresse de me justifier.

– Je ne lui ai rien dit, promis ! Elle l'a compris la semaine dernière quand on faisait les magasins. Elle a dit qu'elle le savait depuis que vous avez fini la fac.

Tony retient son souffle et se gratte la barbe.

– Bon sang, qu'est-ce que tu as dit ? Est-ce qu'Hector est au courant ?

– Oui, il était là, je dis en regardant mes doigts de pieds vernis par Hector. Ta sœur se demande surtout pourquoi tu ne leur as pas dit.

– Et qu'est-ce que tu as répondu ?

– Moi ? je m'exclame en secouant la tête. Je n'ai rien dit du tout !

Je ne devrais pas m'énerver, mais je ne peux m'en empêcher. C'est comme si toute ma frustration avait soudain décidé de jaillir.

– En gros, Hector lui a dit que tu ne voulais pas décevoir ta famille et qu'il pourrait y avoir des soucis avec le club de boxe et la boîte. Mais surtout, que tu t'inquiétais pour ta mère.

Les épaules de Tony s'affaissent et il se tourne face au plan de travail, s'appuyant dessus, comme si le poids de toute la famille Fasano pesait sur ses épaules.

– Tu sais, Mia, c'est épuisant de toujours se cacher, de s'inquiéter de qui pourrait le découvrir, de la réaction de Mamma et de la famille. De la réaction du public. Je ne supporte pas l'idée de faire du mal à ceux que j'aime et à Hector juste pour soulager un désir égoïste.

Je contourne le bar pour aller jusqu'à lui et je pose mes mains dans son dos.

– Ce n'est pas égoïste de vouloir être avec la personne que tu aimes, Tony.

– Ah non ?

– Non. C'est ton droit, en tant qu'être humain. Et Hector t'aime. Plus que tout, il aimerait que tu cries ton amour pour lui au monde entier ! Ou du moins, que tu lui donnes la permission de le faire à ta place, j'ajoute en riant.

Tony se tourne et me prend dans ses bras, ses bras magiques, chauds, forts et protecteurs. Ils sont comme je les avais imaginés. Les câlins de Tony sont probablement les meilleurs au monde.

– Je ne sais pas quoi faire, chuchote Tony dans mes cheveux.

– Bien sûr que si. Tu l'as toujours su, il ne te reste plus qu'à le faire.

– Le bon moment ne se présente jamais, répond-il en secouant la tête.

Je recule pour le regarder dans les yeux.

– Ce ne sera jamais le bon moment pour faire du mal à quelqu'un, je dis en posant ma main sur son cœur. Mais lorsque ce sera fait, tu n'auras plus jamais à le refaire. Tu n'auras plus à t'en soucier. Tu passeras à autre chose. Tout le monde passera à autre chose.

– Et le club de boxe ?

– Angelina dit que tu n'es plus très impliqué, de toute façon, et que ça ne regarde personne.

Il penche la tête sur le côté et me regarde droit dans les yeux. J'ajoute :

– Tu sais, étant donné que tu es un des plus gros sponsors, je ne pense pas qu'ils prendront le risque de te perdre. Et puis, tu t'es vu ? Tu es un géant et tu es canon. Tout le monde – et je dis bien tout le monde – veut continuer de voir ton corps en sueur sur le ring, que tu sois gay ou non, je conclus avec un clin d'œil.

Tony éclate de rire en passant sa main dans ses cheveux.

– Et la boîte ?

– Eh ben, Angelina dit qu'en tant que directrice marketing, elle peut embaucher une chargée de relations presse qui fera en sorte que ça ne reste pas longtemps dans les journaux, et qu'après ça les affaires reprendront leur cours normal. Elle pense que la nourriture est trop bonne et trop abordable pour que l'orientation sexuelle du PDG ait un impact sur les ventes.

Il soupire, puis ouvre le frigo et en sort une bière. Il la décapsule et, en deux énormes gorgées, il la vide. Regarder cet homme boire et manger est vraiment hors du commun.

– Et Mamma ? Et toute la famille ? Les choses ne sont pas si simples... dit-il sèchement.

Je hoche la tête.

– Ce sera dur, et elle va peut-être s'énerver, voire pleurer ou te jeter quelque chose à la figure. Ta mère est vraiment féroce !

Il retrouve son magnifique sourire étincelant.

– Hector et toi avez parlé d'avoir une famille ? je demande.

Je meurs d'envie de savoir ce dont ils ont parlé depuis que je suis arrivée, mais je n'ai pas encore osé poser la question.

Tony prend une autre bière et jette la capsule sur le plan de travail, à côté de la première.

– Ouais. Il dit qu'il veut des enfants et qu'il les veut bientôt, dit-il en souriant jusqu'aux oreilles.

Le truc, c'est qu'il veut être marié ou avoir une sorte de cérémonie officielle avant.

– Je le comprends. Si vous avez des enfants, c'est bien d'être marié avant, tu ne penses pas ?

– Peut-être, mais je ne nous ai jamais vus nous marier. C'est un peu vieux jeu et officiel, je trouve. Notre relation semble tellement évidente... je n'ai jamais ressenti le besoin d'en faire tout un plat, tu vois ce que je veux dire ?

– Est-ce qu'Hector voit les choses de la même manière ? Parce que j'ai beau le connaître depuis à peine deux semaines, il m'a donné l'impression qu'il adorait les grandes occasions. Je ne serais pas surprise qu'il veuille une grande démonstration d'amour en public.

– Tu passes beaucoup trop de temps avec Angie, Mia. Tu es passée dans leur camp.

– Absolument pas ! je réponds en secouant la tête. Si je me marie un jour, ce qui est peu probable, j'irai à Las Vegas.

Tony me pointe du doigt en souriant jusqu'aux oreilles.

– Tu vois ?! Ça, je comprends. Un mariage à Las Vegas, c'est parfait !

– Il faudra me passer sur le corps, dit la voix de Mona Fasano.

– Mamma ! On ne t'a pas entendue entrer, dit Tony en allant vers elle et en l'embrassant sur chaque joue avant de la prendre dans ses bras.

Hector se tient derrière elle, le regard meurtrier. Je secoue la tête en écarquillant les yeux pour lui faire comprendre que ce n'est vraiment pas ce qu'il pense. Mona vient vers moi, me fait la bise et me tient à bout de bras, le regard aussi foudroyant que celui d'Hector.

– Tu es parfaite pour faire des bébés, dit-elle en frappant dans ses mains. Hector, mon garçon, dit-elle par-dessus son épaule.

– Oui, Mona.

– Que cuisine-t-on ce soir ? demande-t-elle.

Elle pose une main sur sa joue et le regarde avec une tendresse évidente. Elle l'aime comme un fils, personne ne peut en douter. J'espère que ça l'aidera quand elle apprendra la vérité, si Tony se jette à l'eau un jour.

– Des enchiladas !

– On ne mange pas italien ? je demande, surprise que ce ne soit pas la mère italienne par excellence qui nous prépare à manger.

Mona secoue la tête.

– Non, lorsqu'Hector et moi cuisinons ensemble, nous puisons dans son héritage. Ça me permet d'élargir mes compétences, et un jour, j'inventerai une recette pour le restaurant qui mêlera les cultures mexicaine et italienne, déclare-t-elle en me poussant par les hanches pour me faire asseoir sur un tabouret. Toi, tu t'assieds là, et nous allons discuter pendant qu'Hector et moi faisons à manger. *Capisce*[5] ?

---

5. « Compris» en italien.

Ça me va. Tony me tend une bière et prend place à côté de moi.

– Alors, c'est quoi cette histoire de mariage à Las Vegas ?

Mamma Mona n'y va pas par quatre chemins.

– Mamma, on discutait, c'est tout. Ça ne veut rien dire, dit Tony en regardant Hector au moment où Mona nous tourne le dos. Je ne m'enfuirais jamais pour épouser Mia. Jamais, jure-t-il d'une voix rauque.

Hector ferme lentement les yeux, et lorsqu'il les ouvre, ils sont de nouveau pleins d'amour et d'espoir. C'est une chose si belle à voir, j'espère que la honte que ressent Tony ne va pas finir par leur coûter leur relation.

– Tant mieux, répond Mona. Parce que tu es un bon catholique. Tu te marieras à Saint Peter, dans notre église. Là où ton père et moi nous sommes mariés, dit-elle d'une voix pleine de fierté. J'ai longtemps eu peur que tu ne te maries jamais, mais maintenant que nous avons Mia...

Elle tourne la tête vers moi et me sourit généreusement, brisant mon cœur en mille morceaux.

– ... notre famille sera au complet et tu porteras notre nom.

Elle pose la cuillère en bois qu'elle tient à la main, se tourne et prend son fils dans les bras.

– Ton père et moi sommes tellement fiers de toi. S'il était là, aujourd'hui, il vous donnerait sa bénédiction.

Elle essuie ses larmes, se racle la gorge et se remet au travail. Je vois Hector déglutir, ravalant ses émotions.

– En parlant d'église, le père Donahue sera ravi de vous unir. Mais il faudra que vous suiviez une préparation au mariage, avant. Pourquoi ne pas commencer ce week-end ?

L'église ? Une préparation ? Je secoue la tête.

– Euh... je ne sais pas trop.

– Mamma, on n'a pas fixé de date. Et on n'a pas parlé de nos religions.

Mona lève brusquement la tête.

– Quoi ? Comment ça ? C'est une des premières choses dont il faut parler dans un couple. Mia, ma chère, tu es catholique ?

– Je ne suis rien du tout. Je, euh... Je n'ai pas eu d'éducation religieuse, je dis, et Mona me dévisage froidement.

– Tu es baptisée ?

– Non, je réponds sèchement, prise d'angoisse.

– As-tu déjà été mariée ? demande-t-elle en posant une main sur sa hanche tandis que l'autre tient la cuillère.

Je secoue la tête.

– Mon fils, il va tout de suite falloir qu'elle commence à venir à l'église avec nous. Pour se marier, il faut être bien vu à Saint Peter. Vous aurez sans doute besoin d'une préparation plus longue pour que le prêtre accepte de marier quelqu'un qui n'est pas catholique. Il faut qu'on s'y mette tout de suite.

Le poids de ses paroles m'écrase comme un rouleau compresseur.

– Mon Dieu, je dis en me levant, parfaitement paniquée.

Ma poitrine est oppressée, je n'arrive plus à respirer. Il me faut tout de suite de l'air. Je me précipite vers le balcon, j'ouvre la porte-fenêtre et je respire à pleins poumons l'air frais du mois de mars. Dieu merci. Enfin non, plus question de parler de Dieu, ce soir. Je vais m'en assurer.

Deux bras costauds m'enlacent. Cependant, même s'ils sont fabuleux, ce ne sont pas ceux que je veux. Je veux Wes. Si seulement il était là... il trouverait la situation hilarante.

– Mia, ne la laisse pas t'atteindre. On va gérer tout ça, dit Tony en me serrant contre lui.

Je m'oblige à respirer plus lentement et je suis bientôt assez calme pour le regarder en face.

– Il faut que tu dises la vérité à ta mère, je dis en le poussant légèrement. Ça va trop loin.

– Je sais, admet-il en laissant tomber sa tête en avant. C'est juste que... c'est tellement dur, tu sais ?

– Ouais, je sais.

Nous nous asseyons dans des transats, face à face.

– Je ne suis pas la seule à encaisser. Hector a de plus en plus de mal à supporter cette situation, lui aussi.

– Comment ça ? demande Tony en levant brusquement la tête.

Je prends ses mains dans les miennes.

– En n'acceptant pas qui tu es, tu ne l'acceptes pas, lui. Je déteste avoir à te le dire, Tony, mais il le faut. Essaie de voir les choses du point de vue d'Hector. En gros, c'est comme s'il n'était pas assez bien pour toi, que son amour ne valait pas la peine de prendre de risques.

Il retient son souffle et recule la tête comme si je venais de le gifler.

– Ce n'est pas vrai ! Je l'aime !

– Ah bon ? Alors, pourquoi tu le caches ?

– Tu sais pourquoi.

– Ça ne suffit pas ! Ce sont des excuses, Tony, et ça fait quinze ans que tu as les mêmes. Il est temps de te libérer de ce poids et de faire d'Hector ta priorité. Comme il fait de toi la sienne. Pendant toutes ces années, il aurait pu cracher le morceau à ta famille, à tes amis, à tes collègues, mais il ne l'a pas fait. Il a accepté de rester dans l'ombre du moment qu'il était avec toi. Ton bonheur est ce qui compte le plus à ses yeux, mais je te promets que cette mascarade est en train de le tuer à petit feu, Tony. Je le vois dans ses yeux, pourquoi toi, tu ne vois rien ?!

– Merde ! Pourquoi il faut que ce soit si compliqué ?

– C'est la vie, Tony. Grandis un peu. Choisis Hector, quelles qu'en soient les conséquences.

C'est ce qu'il a fait pour toi. Il a fait passer ton bonheur avant le sien parce qu'il a choisi d'être avec toi.

Sur ce, je me lève et je retourne dans le salon, où nous attendent Hector et Mona.

– Mia... dit Hector d'une voix tremblante.

Cependant, je continue sur ma lancée. Mais je réalise soudain que ma colère est impolie, pour mes clients, pour Mona. Je m'arrête et je me tourne vers eux.

– Je suis désolée, mais je ne me sens pas très bien, tout à coup. Je vais me coucher. Merci d'être venue, Mona, je suis sûre que le dîner sera délicieux.

Je tourne les talons pour regagner ma chambre, mais Hector m'arrête et me prend dans ses bras.

– Je suis désolé. On est désolés, tous les deux, chuchote Hector, assez bas pour que je sois seule à l'entendre.

– Je sais, je réponds, tandis que les larmes remplissent mes yeux. J'ai juste besoin d'un peu d'espace.

Il me lâche et je m'enferme dans ma chambre. Je m'allonge sur le lit, prends mon téléphone et j'appelle la seule personne que je ne devrais pas appeler. Ça sonne quatre fois avant que sa messagerie ne décroche.

« Vous êtes sur le répondeur de Wes. Laissez un message après le bip et je vous rappellerai dès que possible. »

** *Biiip* **

– Salut, c'est moi, euh, Mia. Je voulais juste...

J'inspire profondément en cherchant mes mots, quelque chose qui ne sonne pas désespéré.

– ... j'avais juste besoin d'entendre ta voix, je dis en fermant les yeux. On s'appelle bientôt. Ok ? Ciao.

CHAPITRE 8

La semaine qui suit, les relations sont tendues au sein de notre trio. Pour la première fois en trois semaines, j'ai conscience d'être une pièce rapportée. Tony est stressé et il grogne à peine un bonjour et un au revoir. Hector est plus aimable, plus doux, mais il est sur les nerfs et c'est sur moi qu'il se défoule. À l'évidence, les choses ne se passent pas bien entre eux, mais je comprends qu'il ne veuille pas m'en parler. Je ne suis pas fière du caprice que j'ai fait avec Mona, le week-end dernier, mais je ne regrette rien de ce que j'ai dit à Tony. À force de refuser de parler des sujets qui fâchent, leur relation va se détériorer peu à peu, et c'est sans compter le poids que représente le fait de mentir constamment aux autres Fasano.

Et puis il y a moi, la nana coincée au milieu.

Je suis en soutif-culotte, face à mon armoire ouverte, perdue dans mes pensées, alors que je suis censée m'habiller.

– Salut, enfile un jean sexy et un blouson, dit Hector depuis la porte ouverte.

Je ne l'ai même pas entendu entrer. J'attrape mon slim noir tandis qu'il choisit pour moi un pull vert et un blouson en cuir chocolat. Je m'habille sans dire un mot. Quand Hector veut parler, il le fait en privé, et en général, il le fait dans l'intimité de l'autre personne.

– Je sais qu'il m'aime, dit-il en sortant du placard une paire de bottes.

Elles sont à talons hauts et de la même couleur que mon blouson. Surtout, elles coûtent sans doute plus que la voiture que j'ai achetée à ma sœur. Au lieu de répondre, je m'assieds sur le lit en silence. Hector s'agenouille à mes pieds, soulève ma jambe et m'aide à enfiler la botte.

– C'est juste qu'il a peur de décevoir sa mère. Avant, c'était son père. Joseph Fasano était un vrai macho italien, en plus d'être très conservateur. Quand il est décédé, l'an dernier, j'ai pensé que peut-être... il leur dirait. Mona m'adore. Elle me traite comme son fils.

Il lève la tête et je vois les larmes dans ses yeux.

Je prends son visage dans mes mains.

– Oui, je sais.

– Alors j'ai pensé... commence-t-il en secouant la tête. J'ai vraiment espéré, mais maintenant, je ne sais plus. Depuis que tu es là, toutes ces conversations de mariage et de bébés... ça me fait espérer davantage. Tu vois ce que je veux dire ? Ça me fait voir tout ce qu'on devrait avoir depuis longtemps.

Une larme coule sur ma joue et il l'essuie avec son pouce.

– Oh, ma belle Mia, rien de tout ça n'est de ta faute, tu sais.

– Ah non ? Pourtant, c'est moi qui suis ici.

– Seulement parce qu'on t'a fait venir, répond-il en fronçant des sourcils.

– C'est vrai. Tu as raison. Ça n'a rien à voir avec moi, je ricane, lui arrachant un sourire.

– Allez, viens. Tony et moi voulons te montrer quelque chose.

Il se lève et sort une écharpe vert fluo du placard.

– C'est quoi, cette obsession pour le vert ?

Il écarquille les yeux et soupire.

– Mia, c'est la Saint Patrick. La ville entière fête ça, et nous aussi ! C'est notre fête préférée. Pas de tristesse, pas de soucis, il n'est question que de s'amuser avec ses amis et ceux qu'on aime. Tu es partante ?

Un soulagement énorme s'abat sur moi et je me sens infiniment plus légère.

– Et comment !

– Alors viens, *señorita,* on y va !

****

– Waouh, quel vent ! je m'exclame en sortant de la voiture.

Une bourrasque fait voler mes cheveux dans tous les sens tandis qu'Hector et Tony me prennent chacun par un bras.

– C'est pour ça qu'on appelle Chicago la ville des vents. Ne t'en fais pas, dans une demi-heure, le temps va changer.

Je regarde Tony d'un air dubitatif.

– Je ne plaisante pas, insiste-t-il. J'ai habité ici toute ma vie et je n'ai jamais connu une journée où la météo est restée la même du matin jusqu'au soir.

– Tu devrais venir en Californie. La météo est parfaite tous les jours, je réponds en souriant.

– Il y a de la place près de la rambarde, là-bas, dit Hector.

Des centaines de gens sont agglutinés à une rambarde en fer donnant sur l'eau.

– On est où ? je demande en regardant les vagues s'écraser sur les berges bétonnées.

– On est sur la rivière Chicago, dit Tony d'une voix pleine de fierté.

Je regarde Hector, qui lève les yeux au ciel.

– Ne me regarde pas comme ça, dit-il, c'est le truc de Tony, ça. Moi, je viens de San Diego.

– Je ne savais pas que tu venais de Californie ! je dis en lui donnant un petit coup d'épaule.

– Ouais, j'ai été à la fac à Columbia et c'est là que j'ai rencontré Tony. Et je suis venu vivre ici avec lui.

– Columbia ? Waouh.

Je savais que ces mecs étaient intelligents, mais pas qu'ils avaient été en Ivy League[6]. En même temps, moi je n'ai pas terminé la fac et je gagne cent mille dollars par mois. Pas trop mal pour une serveuse de casino, non ?

Tony lâche mon bras pour se mettre entre Hector et moi et il nous prend par les épaules.

– Ça va commencer. Mia, regarde le bateau ! s'exclame-t-il, tout excité.

C'est la première fois en une semaine que je vois Tony aussi enthousiaste. Son magnifique sourire m'a manqué. Il nous serre fort contre lui, puis il regarde par-dessus son épaule et balaie la foule des yeux.

– Allez, soyons fous !

Il se tourne vers moi et m'embrasse brièvement sur les lèvres, comme un frère embrasserait sa sœur. Puis il se tourne vers Hector et l'embrasse langoureusement, pendant un long moment – ça dure si longtemps que le temps qu'ils finissent, je suis toute rouge.

– Joyeuse Saint Patrick, Papi, dit Tony avant de lui faire un smack sur les lèvres.

---

6. Groupement des huit universités les plus anciennes et prestigieuses des États-Unis.

Hector sourit d'un air choqué, émerveillé et amoureux.

Un bateau passe devant nous à toute vitesse, déversant un liquide vert fluo dans l'eau.

– À quoi il joue, lui, à polluer l'eau comme ça ? je m'exclame, horrifiée.

Tony secoue la tête.

– Ils teignent l'eau en vert ! répond-il en sautillant sur place. C'est la tradition, ça fait cinquante ans qu'ils font ça. Tous les ans, ils teignent la rivière Chicago en vert pour la Saint Patrick, ça met des jours à partir. Ce n'est pas toxique, ne t'en fais pas. Ils utilisent une teinture végétale qui ne fait pas de mal aux poissons et qui ne pollue pas l'eau. C'est même sponsorisé par le syndicat des plombiers.

Je dois admettre que c'est sacrément cool. Je n'ai jamais vu une chose pareille, une ville qui teint sa rivière en vert pour une fête qui n'est même pas nationale ? Je secoue la tête, émerveillée.

– C'est quoi la Saint Patrick, en fait? je demande.

– Elle marque l'arrivée du christianisme en Irlande, explique Tony en nous serrant contre lui. Pour fêter ça, tous les dix-sept mars, l'Église catholique autorise la consommation d'alcool.

Je réfléchis un moment à ce qu'il dit.

– Tu es irlandais ? je demande à Hector, qui secoue la tête.

Je regarde ensuite Tony, qui sourit.

– Non plus, répond-il.

– Alors, pourquoi vous fêtez ça ?

Je ne comprends absolument pas l'importance de cette journée.

– Je suis catholique, Mia. Tout ce qui est lié à ma religion est important pour moi, dit-il.

Je l'observe un moment en silence. Ses lèvres tremblent et il serre mon biceps comme s'il se retenait de rire.

– Tu aimes juste faire la fête, avoue-le ! je m'exclame en enfonçant mon index dans ses côtes.

– Aïe ! crie-t-il en riant. Allez viens, Mia, notre pub nous attend.

J'écarquille les yeux tandis qu'une bourrasque projette mes cheveux dans le visage d'Hector.

– Désolée !

Il me lance un clin d'œil et nous poursuivons notre chemin.

– Comment ça, votre pub ? Vous êtes propriétaires d'un pub, aussi ?

– Mais non... Tu prends toujours les choses au premier degré ?

– Non, mais je n'ai pas l'habitude de traîner avec des gens riches. Je me dis que tout est possible avec votre fortune.

– Allez, il est temps de rencontrer un gentil Irlandais qui s'appelle Jamison.

– Tu sais, je le connais bien, ce Jamison. Je suis ravie de le revoir, je réponds en souriant.

– Ah, c'est de ça que je parle ! s'exclame Tony en nous ramenant à la voiture.

****

Les mecs m'emmènent au *Declan's Irish Pub*. La porte est en bois massif, peinte en rouge et noir, avec le nom du bar en doré. Il y fait sombre et nous nous frayons un chemin jusqu'au bar dans le brouhaha de la foule. Trois tabourets libres semblent nous attendre et, sur le bar, trois verres à shot sont retournés sur une serviette en papier marquée « réservé ». Tony recule un tabouret, et je m'assieds.

– Vous réservez vos tabourets dans un bar ? je m'exclame en secouant la tête.

– Tous les ans, *chica*, répond Hector.

– Je connais le patron, explique Tony.

– Tu penses le connaître, espèce de rital ! dit le barman en lui tendant la main.

Tony se penche par-dessus le bar pour prendre l'homme roux dans ses bras.

– Declan, comment tu vas ?

– Les affaires vont bien, dit-il en désignant le bar bondé.

– C'est la Saint Patrick, espèce d'abruti. Bien sûr qu'il y a du monde, ricane Tony.

– C'est qui, la jolie brune ? Elle n'est pas avec toi, ça c'est sûr, dit Declan en regardant Hector de ses beaux yeux verts.

Hector tend la main et serre celle du barman.

– Je te présente Mia. On lui fait visiter Chicago, explique Tony.

– Et, bien sûr, tu l'emmènes dans mon pub, parce qu'on y sert le meilleur whisky de la ville.

– Exactement, répond Tony.

– Mia, je suis enchanté de faire ta connaissance. Je m'appelle Dec, ou Declan.

Il me tend la main et je lui donne la mienne, mais au lieu de la serrer, il la porte à ses lèvres pour embrasser mes phalanges. Une petite vague d'excitation parcourt d'abord mon bras puis tout mon corps quand il plonge son regard dans le mien en jouant des sourcils.

Tony dégage ma main de celle de Declan.

– Arrête ça, abruti. Ils sont où nos verres, et nos menus ?

Dec éclate de rire, jette son torchon sur son épaule et nous tend trois menus. Il nous sert ensuite un shot de Jamison chacun, ainsi qu'un pour lui-même. Nous levons tous nos verres pour trinquer tandis que Declan s'exclame « Cul sec ! ».

Mon téléphone sonne dans ma poche au moment où je repose mon shot vide.

De : Wes Channing

À : Mia Saunders

Joyeuse Saint Patrick. Tu sais ce qu'on dit à propos des filles aux yeux verts ?

Hector hausse les sourcils en me voyant sourire jusqu'aux oreilles. Je rapproche le téléphone de ma poitrine et je relis le message, ce qui n'empêche pas Hector de lire par-dessus mon épaule. Je laisse tomber et je baisse mon téléphone pour qu'il puisse lire tandis que j'écris ma réponse.

De : Mia Saunders
À : Wes Channing
Non, qu'est-ce qu'on dit ?

Il répond immédiatement.

De : Wes Channing
À : Mia Saunders
Où es-tu ?

De : Mia Saunders
À : Wes Channing
Dans un pub irlandais en ville. Chez Declan's. Tu ne vas pas me dire ce qu'on dit à propos des filles aux yeux verts ?

De : Wes Channing
À : Mia Saunders
Elles manigancent toujours quelque chose. C'est ton cas ?

De : Mia Saunders

À : Wes Channing
Eh bien oui ! Je picole ! Joyeuse Saint Patrick !

J'attends quelques minutes, mais il ne répond pas. C'est bizarre, il a dû être interrompu. Hector et moi nous regardons, il hausse les épaules, puis il fait signe à Declan de remplir nos verres, et le barman s'exécute.

– Tu veux une bière aussi ? demande-t-il.

– Avec plaisir !

Je bois mon shot cul sec. J'ai la gorge en feu, ce qui ne m'aide pas à y voir plus clair quant au mystérieux message de Wes. Je pense beaucoup trop à lui, c'est idiot, et je ne suis pas une idiote.

– Et plus de shots ! je m'exclame.

Durant l'heure qui suit, Hector et Tony se mettent à me parler de leur jeunesse, ils m'expliquent qu'ils ont rencontré Declan à Columbia et qu'ils se sont tous retrouvés à Chicago. Depuis, ils ne sont plus jamais perdus de vue, ce qui explique pourquoi Declan ne cesse de faire des sous-entendus au sujet de leur relation. Il doit être un des seuls à en connaître la véritable nature. Je découvre également qu'il est un des mecs qui a traversé le terrain de foot à poil.

Je ris tellement en écoutant leurs histoires que je manque me faire pipi dessus, et je me lève promptement du tabouret.

– Où tu vas ? demande Tony en me prenant le bras.

– Aux toilettes, je dis en gigotant.

– Non, ne fais pas ça, répond-il en grimaçant. Si tu y vas maintenant, tu vas être obligée d'y aller toutes les vingt minutes.

– Je n'y peux rien ! Et puis, mêle-toi de tes affaires ! je dis en lui frappant le bras.

– Petite joueuse ! répond-il en souriant et en se frottant le biceps.

Je sais que je l'ai frappé un peu fort et j'espère qu'il aura un bleu demain, mais j'en doute. Il est tellement musclé qu'il n'a sans doute rien senti.

Je fais ce que j'ai à faire et je me lave les mains. Je penche la tête en avant, j'ébouriffe un peu mes cheveux pour leur donner du volume et je me redresse brusquement. Je suis obligée de m'accrocher au lavabo pour ne pas tomber, il est vraiment temps de manger quelque chose. Le whisky commence à faire son effet et si je ne me remplis pas le ventre avec quelque chose de solide, je vais bientôt finir par terre. Petite joueuse. Ce n'est pas de ma faute si je fais la moitié de la taille de ce géant et que je ne peux pas boire une bouteille de whisky sans rien sentir. Tony devrait être content, je ne vais pas lui coûter grand-chose.

J'ouvre la porte des toilettes et me faufile à travers la foule. Il y a beaucoup plus de monde que lorsque nous sommes arrivés. Je me déhanche discrètement en rythme avec la musique irlandaise lorsque je me cogne contre un torse dur.

– Aïe, je dis en me frottant le nez et en levant la tête.

Même avec les spots de toutes les couleurs, je ne peux pas manquer son regard vert. Je retiens mon souffle, estomaquée qu'il soit là, devant moi.

– Tu ne dis rien, ma chérie ? dit-il en enlevant ses cheveux blonds de son front.

– Je n'arrive pas à croire que tu sois là...

Ses yeux verts me balaient de la tête aux pieds.

– Bon sang, tu es spectaculairement belle. Viens ici, grogne-t-il.

Soudain, me voilà avec lui, dans les bras de mon Wes. Ses lèvres sont chaudes et sa bouche a un parfum de menthe et d'océan. Mon Dieu, l'océan me manque, la brise salée... lui. Il tient ma tête d'une main tandis que l'autre m'attire contre lui. Nos corps sont collés l'un à l'autre et il n'existe plus que nous, plus que notre attirance mutuelle. Ma langue effleure sa lèvre et il ouvre la bouche.

Je suis au paradis. Nous sommes bousculés par la foule qui essaie de nous contourner et j'entends plusieurs « excusez-moi », mais nous ne nous arrêtons pas. C'est impossible. Le lien qui nous unit nous empêche d'arrêter. Il m'embrasse comme dans les films, lorsqu'un homme revient de guerre et qu'il revoit enfin la femme qu'il aime, comme si j'étais tout pour lui. Ce qui est certain, c'est qu'en cet instant, Wes est tout pour moi.

– Bon sang mais lâche-la ! aboie la voix de Tony quelques secondes avant que je sois arrachée aux bras de Wes.

– Non, Tony, non ! dit Hector en s'interposant derrière moi, entre Wes et Tony.

– Tu te prends pour qui ? demande Wes en faisant un pas vers Tony, écrasant Hector et moi qui sommes au milieu.

– Non, Wes, non ! C'est Tony ! je m'exclame en me collant à Wes pour essayer de le retenir.

– Ouais, eh ben, il va falloir qu'il te lâche sinon il va avoir de sérieux ennuis, grogne Wes en fusillant Tony du regard.

– Ah ouais ? rétorque Tony en avançant, nous écrasant davantage.

– Les mecs, arrêtez ! Wes, Tony est mon client. Tony, c'est mon euh... Wes ! je m'écrie d'une voix désespérée pour être entendue par-dessus la musique.

Tony fronce les sourcils et Hector le pousse en arrière.

– Bébé, c'est son mec. Tu sais, celui dont je t'ai parlé, le surfeur qui fait des films.

Je ferme les yeux et je tends les bras pour empêcher Wes de se jeter sur lui.

– Ton mec ? Ton surfeur qui fait des films ? ricane Wes en me serrant contre lui. C'est comme ça que tu m'appelles ? chuchote-t-il dans mon oreille, me faisant frissonner de la tête aux pieds.

Je me sens désormais entièrement sous l'emprise du whisky, qui semble annihiler toutes mes barrières, ce qui explique ma réponse.

– Tu aurais préféré que je t'appelle mon dieu du sexe ?

Et je passe mon bras autour de son cou en me collant contre lui.

– Bien sûr, dit-il en frottant son front contre le mien. D'ailleurs, tu n'auras qu'à dire ça à tous tes clients et à tous tes rencards, dorénavant.

– Ha ! Ça te plairait, hein ? je ricane un peu bêtement.

– Énormément. Est-ce que tu peux me présenter à tes amis, maintenant, histoire que le grand ne me casse pas la gueule ?

– Mais oui !

Je me tourne et Wes pose ses mains sur mes hanches, sous les regards d'Hector et Tony.

Hector sourit, Tony fronce les sourcils.

– Les mecs, je vous présente mon ami Wes. Wes, voici Tony et son... euh, Hector.

– Hector est mon partenaire, admet Tony suffisamment fort pour que les gens autour de nous l'entendent.

Certes, personne ne fait attention, mais c'est néanmoins un pas énorme, et dans le bon sens, qui plus est. Entre ça et le baiser au bord de la rivière... Je regarde Hector, qui a l'air surpris, excité et amoureux. Cela dit, Hector a toujours l'air amoureux lorsqu'il regarde Tony. C'est une des raisons pour lesquelles je l'apprécie autant – il est facile à déchiffrer et il dit toujours ce qu'il pense ou ce qu'il ressent. Je ne suis pas habituée à ce genre de sincérité.

– Wes, je suis désolé, mec. Mais tu connais les hommes bourrés face à une belle femme. Ils ont parfois les mains baladeuses. Je voulais juste la protéger, dit Tony en frappant sur le dos de Wes tout en lui serrant la main.

– J'apprécie. Je suis content de savoir que quelqu'un s'occupe de ma nana, répond Wes.

Ma nana. Bon sang, je suis dans de beaux draps.

– Eh bien, maintenant que tu es là, viens boire un verre avec nous, dit Tony.

– Avec plaisir. Je vous suis, dit Wes en s'effaçant pour laisser passer Tony et Hector.

Nous nous asseyons tous au bar et Wes rapproche son tabouret du mien pour passer son bras autour de moi. Il marque clairement son territoire, ce qui pourrait me gêner, en temps normal. Cependant, le whisky qui coule dans mes veines le laisse faire sans que je dise quoi que ce soit.

– Tu restes combien de temps à Chicago ? lui demande Hector.

– Juste ce soir. J'ai un vol pour Los Angeles aux aurores, demain. J'ai profité d'être là pour retrouver Mia, j'espère que ça ne vous gêne pas ?

Je plonge mon regard dans le sien et je m'y noie. Ses lèvres brillent dans la lumière du bar et ses cheveux tombent sur son front. Quand je lève la main pour les dégager, il pose une main sur ma joue. Cela fera bientôt deux mois que je me passe de ce genre d'affection, et j'ai l'impression de revivre maintenant que Wes est là. Il m'en faut plus. Beaucoup plus.

– Bien sûr que non, au contraire.

CHAPITRE 9

Wes me plaque contre la porte qui claque derrière moi. Nous sommes tous les quatre rentrés au penthouse, ivres, et Hector m'a regardée en levant le pouce et en traînant Tony dans leur chambre. J'ai pris ça comme l'autorisation d'avoir un homme chez eux. En même temps, je crois que rien ne m'aurait arrêtée. Le whisky ainsi que mon manque de lui sont trop forts pour que je me sente le courage de les combattre.

– Bon sang, tu m'as manqué, grogne Wes en empoignant mes seins. Ton corps m'a manqué. Déshabille-toi, tout de suite.

Sans hésiter, je soulève mon pull et le jette par terre tandis qu'il s'attaque à ma braguette. Je n'ai même pas le temps d'enlever mon jean que sa main est là, entre mes jambes, où je mouille déjà.

La langue de Wes titille mes seins avant de remonter sur ma gorge puis sur mon oreille pour la mordiller.

– J'adore les réactions de ton corps, chuchote-t-il. Elles me prouvent que, quoi que tu puisses me dire, tu me veux.

Il plonge un doigt entre mes lèvres, puis un deuxième. C'est tellement bon. Je penche la tête en arrière contre le mur.

– Je n'ai jamais dit le contraire, je murmure d'une voix haletante.

– Mais tu essaies de t'en persuader, répond-il.

Il enfonce ses doigts et forme un crochet, touchant mon point le plus sensible, tandis que son pouce dessine des cercles sur mon clitoris. Il a raison. J'essaie toujours de nier l'effet qu'il a sur moi, mais j'y suis obligée si je veux garder une distance entre nous. Or maintenant, en cet instant, je suis toute à lui.

– J'ai besoin de te sentir, je chuchote alors que le plaisir s'accumule dans mon bas-ventre.

– Tu as été avec quelqu'un d'autre depuis que tu m'as quitté ?

– Wes, je gronde.

Ce n'est absolument pas une conversation que je souhaite avoir alors que ses doigts sont enfoncés dans ma chatte et que je mouille sur sa main.

Il m'embrasse, plongeant sa langue en moi avant de reculer.

– Est-ce que tu as été avec quelqu'un sans préservatif ?

– Seulement toi, je réponds sincèrement.

Alec et moi avons toujours mis une capote, ce qui n'était pas le cas avec Wes – mais je lui fais confiance. Il plonge son regard en moi, cherchant la vérité, puis il retire sa main et baisse mon jean et ma culotte. Je les dégage avec mes pieds tout en déboutonnant son pantalon, qu'il baisse juste assez pour libérer sa verge épaisse. Bon sang, qu'est-ce qu'elle m'a manqué !

En un mouvement rapide, Wes empoigne mes fesses et je passe mes jambes autour de sa taille.

– Accroche-toi à mes épaules, ma chérie.

Je lui obéis et il me fait remonter le long du mur, brûlant ma peau. Cependant, la douleur ne fait qu'ajouter du plaisir à sa virulence. Wes place son gland entre mes lèvres, et une de ses mains tient mon épaule tandis que l'autre agrippe ma hanche. Il me serre plus fort, puis, sans prévenir, il m'abaisse sur lui.

– Mon Dieu ! je m'exclame.

Je suis entièrement remplie par son énorme sexe et le plaisir est presque insoutenable.

– Chhuut, ma chérie, ils vont t'entendre.

Il me rappelle où nous sommes –, que je suis chez Tony et Hector et que je suis en train de baiser mon premier client alors que je travaille pour mon troisième. Je suis sûre que c'est tordu, psychologiquement parlant, mais je m'en fiche. La sensation que me procure Wes est trop bonne – il m'a beaucoup trop manqué.

Il se retire avant de s'enfoncer de nouveau en moi. Sa bouche s'empare de la mienne et je suce sa langue, dévorant sa bouche comme si j'étais affamée.

– Tu te souviens de ça, dit-il en se retirant jusqu'à son extrémité avant d'avancer de nouveau le bassin.

Je retiens mon souffle et je hoche la tête, tellement accablée de plaisir que je ne peux pas prononcer un mot.

– Je ne te laisserai pas oublier combien c'est bon, dit-il en dessinant un cercle avec ses hanches. Quand je serai parti, je veux que tu continues à me sentir.

Il saisit ma taille pour amplifier ses allers-retours. Je me mords la lèvre quand une décharge électrique embrase le sang dans mes veines, électrifiant chacun de mes pores. Un dernier coup de bassin et je vais jouir, je le sens.

– Ne m'oublie pas, dit-il en serrant les dents.

C'est ce qu'il m'a dit la dernière fois que nous avons fait l'amour. Cette fois-ci, ses paroles sont mêlées à la douleur et au plaisir. Il se retire, me fait remonter contre le mur et passe ses deux bras autour de moi. Je resserre mes cuisses autour de sa taille en plantant mes talons dans son dos.

Il plonge violemment en moi et mon orgasme explose, répandant des décharges de plaisir dans tout mon corps. Il s'empare de nouveau de ma bouche, ne la lâchant plus tandis qu'il tremble en moi, déversant son essence dans mon sexe qui pulse.

Sa bouche m'empêche de crier et je mords sa lèvre alors que les derniers signes de notre orgasme s'effacent lentement. Nos peaux sont trempées de sueur. Nous respirons le même air, pantelants dans le visage de l'autre, front contre front, renouant le lien qui a toujours existé entre nous.

– Tu vas m'oublier ? demande-t-il d'un ton doux et inquiet.

– Jamais, je te promets.

– Allez, à la douche, je suis loin d'en avoir fini avec toi.

Il me tient contre lui et me porte jusqu'à la salle de bains, de l'autre côté de la pièce.

– Heureusement, parce que j'ai encore envie de toi, je déclare en l'embrassant partout sur le visage, léchant la sueur de son cou, profitant de celui dont je n'ai jamais oublié le goût.

Il me pose sur le meuble, et lorsqu'il se retire, quelques gouttes de sperme tombent sur le carrelage entre mes cuisses.

– Ça, j'y repenserai plus tard, dit-il en les regardant couler et en souriant d'un air enfantin.

– À la douche, espèce de pervers, je réponds en lui frappant l'épaule.

J'attrape un gant de toilette pour m'essuyer entre les jambes, puis un autre pour nettoyer le meuble, et je jette les deux dans le panier à linge sale.

Wes est nu à côté de sa pile de vêtements, et son corps de surfeur bronzé n'a jamais été aussi beau. Je marche jusqu'à lui et je pose mes mains sur ses pectoraux carrés, puis j'appuie mon front sur son torse et je l'embrasse. Il est chaud, familier, et il me rappelle tout ce qui me manque et que je rêve d'avoir, mais qui m'est hors de portée pour l'instant. Des larmes se forment dans mes yeux tandis que j'embrasse la peau sur son cœur.

Il pose sa main sur ma joue et essuie mes larmes.

– Je sais. Moi aussi, chuchote-t-il. Profitons du peu de temps que nous avons ensemble, d'accord ?

Je hoche la tête et je le suis sous la douche, où il entreprend de me laver les cheveux sans se presser.

– Ils ont beaucoup poussé, dit-il.

– Ouais, ils poussent vite.

– Ils sont tellement beaux, dit-il en regardant la mousse couler sur mes cheveux.

Je finis de me rincer la tête tandis qu'il verse du gel douche dans sa main. À Malibu, il ne se servait jamais d'un gant ou d'une fleur de douche lorsqu'on se douchait ensemble.

– Tu aimes utiliser tes mains, hein ? je dis en jouant des sourcils.

– Tu sais bien.

Il pose ses mains sur mes épaules et se met à les masser. C'est divin. Il palpe mes muscles tendus avant de descendre sur mes seins, puis il me tourne et plaque mon dos contre son torse. Il pince mes tétons, les faisant durcir jusqu'à ce que mes seins soient lourds de désir.

Je gémis en m'appuyant contre lui et en fermant les yeux.

– J'adore tes seins. Ils sont gros, pleins et parfaits pour mes mains.

La vapeur chaude nous enveloppe, amplifiant l'impression que tout ceci n'est qu'un rêve. Il joue avec mes seins jusqu'à ce que je sois haletante, gémissante, reculant mon bassin, cherchant une friction.

– Dis-moi ce que tu veux, dit-il en léchant mon cou.

– Je veux sentir ton sexe en moi. S'il te plaît.

– Penche-toi en avant, ma chérie. Les mains contre le mur, montre-moi tes fesses.

Wes aligne ses pieds à côté des miens et m'oblige à écarter davantage les jambes. Il empoigne mes hanches et les penche pour trouver le bon angle. J'attends en retenant mon souffle, excitée à n'en plus finir à l'idée que je vais bientôt sentir de nouveau son sexe.

Wes frotte mes fesses puis il écarte mes lèvres, et son gland remplace ses doigts.

– Tu veux que je te baise, ma chérie ? Que ce soit brutal ?

– Mon Dieu, oui. Aime-moi comme tu sais faire, Wes.

– Que je t'aime ? demande-t-il en me pénétrant sur un centimètre.

J'essaie de serrer les cuisses pour l'obliger à me pénétrer davantage, mais il me retient.

– Oui, montre-moi, je supplie.

Il incline son bassin, plante ses ongles dans mes hanches et m'empale brusquement. Je plaque les paumes de mes mains sur le mur carrelé tandis que mes pieds quittent le sol – me laissant suspendue sur son sexe, comme il aime tant le faire. Il me repose par terre, je ne respire plus, je ne bouge plus. Je ne me suis jamais sentie aussi entière avec un homme. Il se retire et je suis à deux doigts de fondre en larmes à l'idée qu'il me quitte.

– Ne pars pas, je dis d'une voix étouffée.

– Je suis là.

Il pose une main sur la mienne, puis il me pénètre de nouveau.

– Sens-moi, ma chérie. Je suis là. Avec toi. En toi. Je fais partie de toi.

Un fourmillement éclate à l'endroit où s'unissent nos corps avant de se propager dans mes veines, me chatouillant de la tête aux pieds. C'est une sensation nouvelle pour moi.

– Je vais jouir.

Le plaisir s'empare de mon esprit et de mon corps, m'emportant dans un endroit paradisiaque que je ne veux plus jamais quitter.

– Oui, dit-il en faisant tourner son sexe en moi, m'arrachant un cri. Tu vas jouir avec moi. Tu vas serrer ma queue, ma douce Mia, et me prouver que je contrôle ton corps. Quand je suis avec toi, il n'y a que nous. Toi et moi, comme ça devrait être.

Il se retire et s'enfonce de nouveau en moi. Je pousse un cri strident, perdue encore une fois dans un brouillard de volupté, brûlante et électrifiée. C'est alors que je me mets à bafouiller des paroles insensées, sous l'effet de ses coups de bassin lents et réguliers.

– S'il te plaît...

– En moi...

– Brûlante...

– Maintenant...

– J'aime...

– Chaud...

– Wes...

Il passe un bras autour de ma taille et s'accroche en haut du mur carrelé, se dressant sur la pointe des pieds pour m'abaisser sur sa verge. Son érection dure comme fer s'enfonce au plus profond de mon sexe, écartelé comme jamais, touchant un point qu'aucun homme n'a atteint. Je perds la tête, secouée par mon orgasme, et mes parois se contractent et pulsent autour de lui comme si elles étaient électrocutées. Ma chatte se referme sur sa queue tandis qu'il grogne derrière moi. Il me mord l'épaule, et des éclats de douleur se joignent à mon exquise jouissance.

Wes m'arrache un orgasme après l'autre et je cesse bientôt de les compter. Tout ce que je sais, c'est que lorsqu'il finit de me baiser, l'eau est glacée et nous frissonnons tous les deux. Il me rince à l'eau froide, puis il me couvre avec une serviette tandis que je m'appuie contre lui. Je suis incapable de faire quoi que ce soit. Il m'a baisée si fort que j'en ai perdu la tête, littéralement. Mon cerveau n'envoie plus de signaux à mes membres, plus rien ne fonctionne.

Une fois qu'il m'a séchée, Wes me porte dans la chambre. Il défait le lit pour m'y déposer, puis il me borde en se blottissant derrière moi.

– Je ne veux pas te quitter demain, soupire-t-il.

Je ferme les yeux et tire son bras sur mes seins pour embrasser ses doigts.

– Il le faut, pourtant, je chuchote.

Bien évidemment, c'est plus compliqué que cela, car j'ai autant besoin qu'il parte que j'ai envie qu'il reste.

– Je sais, dit-il d'une voix à la fois ferme et triste.

– Mais le fait que tu veuilles rester compte beaucoup pour moi.

Je veux qu'il sache que sa venue est importante à mes yeux. Que tout le temps passé avec lui est spécial.

– Oh, Mia, je ne vais pas te laisser nous ôter ce qu'on a.

– Je n'en ai aucune envie, Wes. Durant les neuf prochains mois, j'espère bien que tu vas continuer de me rappeler ce lien qui existe entre nous.

Je pose sa main sous ma joue en essayant d'ancrer dans ma mémoire la sensation de son corps contre le mien.

– Je ne te laisserai jamais oublier ce qui pourrait être à toi. Ce qui t'attend.

Sur ces paroles, enveloppée dans la chaleur de ses bras, je glisse dans un sommeil profond et paisible.

* * * *

Les rayons du soleil s'engouffrent dans la chambre et me frappent directement dans les yeux, m'arrachant à un rêve merveilleux dans lequel Wes et moi surfons à Malibu. Bien évidemment, dans mon rêve, je surfe comme une pro, alors qu'en réalité, je tiens tout juste debout. Il faut vraiment que je retourne à l'océan pour m'entrainer si je veux un jour surfer comme la Mia de mes rêves.

Je glisse lentement un pied derrière moi, mais je ne rencontre que le froid du drap.

Je m'assieds brusquement dans le lit et je regarde à ma droite. Il est parti. Il n'y a plus que la marque de sa tête sur l'oreiller, ainsi qu'un bout de papier.

Mia,

Hier soir était un moment exceptionnel et précieux. Lorsque je suis avec toi, j'ai l'impression d'atteindre la crête parfaite et de glisser sur l'océan, sur une vague infinie. C'est exaltant et terrifiant, et rien n'est jamais plus comme avant.

Tu m'as transformé, Mia. Je ne suis plus persuadé que la femme parfaite n'existe pas, car je l'ai rencontrée, je lui ai fait l'amour et je l'ai vénérée de la seule manière que je connaisse.

Comme tu ne m'as pas laissé d'autre choix, je resterai ton ami et je continuerai de te rappeler ce que nous pourrions vivre ensemble. Plus que neuf mois. Jusqu'à nos prochaines retrouvailles, je penserai à toi, et je t'appellerai bientôt pour prendre de tes nouvelles.

Quand tu seras prête, tu sais où me trouver. Tu as la clé.

Ne m'oublie pas.

Ton surfeur qui fait des films,

Wes

Je serre la lettre contre ma poitrine et je fonds en larmes, pleurant pour Wes, pour moi, pour ce que nous pourrions vivre ensemble et que j'espère connaître un jour, si une autre femme ne se saisit pas de lui entre-temps. Cependant, je dois le laisser vivre pendant mon absence. Savoir que Wes tient à moi et qu'il ne veut pas que je l'oublie, qu'il espère que je le retrouverai un jour, m'aidera à supporter les neuf prochains mois. Néanmoins, je souhaite vivre ma vie, tout comme je l'ai encouragé à vivre la sienne. Je ne peux pas laisser mes sentiments pour lui affecter ce que je fais ni les expériences que je me suis promis de vivre.

Je ne sais pas ce que la vie va m'apporter durant les neuf mois à venir. Même si je rêve de tout plaquer et de courir à lui en le laissant rembourser la dette de mon père, je sais que je dois le faire toute seule. Cette année va déterminer ce que je veux faire du reste de ma vie. Peut-être Wes en fera-t-il partie, peut-être pas. Peut-être retournerai-je en Californie, peut-être irai-je à Tombouctou. Peu importe que mon cœur me crie d'aller à lui, j'ai pris ma décision.

Cependant, je n'oublierai pas Wes, le temps que nous avons passé ensemble, notre amitié et le lien intense qui nous unit lorsque nous sommes ensemble. Alec m'a appris cette leçon et, comme j'aime Alec, j'aime Wes, à ma façon. Si c'est dans les cartes, peut-être notre amour durera-t-il à jamais.

Mais pas aujourd'hui.

CHAPITRE 10

C'est ce soir que nous célébrons l'expansion de *Fasano's* au rayon surgelé. Tout le monde est réuni au restaurant pour fêter ça, des chefs célèbres, les médias, les distributeurs, des investisseurs potentiels, en plus de tout le clan Fasano et des clients réguliers. Apparemment, plusieurs maisons d'édition et de production veulent proposer à Tony de faire une émission de télé et à Mona d'écrire un livre de recettes. C'est à la fois excitant et effrayant, car c'est ce soir que mes fiançailles avec Tony sont censées être annoncées. Je l'ai prévenu que les médias allaient s'éclater à raconter que j'ai été vue avec deux autres célébrités durant ces deux derniers mois, mais il m'a promis que tout allait bien se passer et que tout était sous contrôle. Traduction dans ma tête : tout ne se passera pas bien, ça va être la cata et je vais me retrouver coincée au milieu, encore une fois.

Angelina m'a dit que le restaurant avait été vidé pour offrir plus de place. Toutes les tables ont été stockées dans l'entrepôt accolé au restaurant afin d'être remplacées par des tables de bar plus hautes. La pancarte indique que le restaurant est fermé au public, mais qu'il sera de nouveau ouvert demain. Quoi qu'il se passe ce soir, c'est ma dernière soirée avec les garçons et j'ai l'intention d'en profiter. J'espère seulement que ce sera possible.

Nous avons passé une super-soirée pour la Saint Patrick et, bien évidemment, le lendemain, ils ont tout voulu savoir à propos de Wes. Depuis, les relations sont de nouveau tendues. Tony s'est comporté de manière très bizarre toute la semaine. Chaque fois que j'entrais dans une pièce, il devenait agité et oubliait ce qu'il était en train de dire. Il a également passé énormément de temps au bureau, nous délaissant, Hector et moi. Pour être honnête, il se comporte comme quelqu'un qui cache un énorme secret.

C'est ce secret qui fait le plus peur à Hector. Il m'a dit que, durant toutes ces années ensemble, ils ne se sont jamais rien caché. Angie l'a rassuré en lui disant que tout allait bien au travail mais que Tony était simplement plus impliqué qu'avant.

Elle lui a confirmé qu'il arrivait au bureau plus tôt et qu'il partait plus tard que d'habitude. Il ne trompe donc pas Hector, c'est juste qu'il semble préoccupé par le lancement de la gamme de surgelés. En même temps, son nom va se retrouver dans tous les supermarchés du pays, – je suppose que ce doit être stressant.

Hector a accepté de laisser plus d'espace à Tony et a passé la semaine avec moi. Le soir, lorsqu'il rentrait du travail, nous allions au cinéma, nous jouions aux cartes ou alors nous buvions trop de vin. Hector et moi sommes vite devenus amis et je suis déterminée à ne jamais le perdre de vue. C'est quelqu'un sur qui je peux compter, comme Gin, Mady, Alec et Wes. Mon cercle d'amis s'agrandit, et j'en suis ravie. Bien sûr, il en va de même de Tony et Angelina. Tony a beau avoir beaucoup travaillé depuis mon arrivée, nous avons passé de bons moments ensemble et je l'apprécie. C'est un homme qui en a gros sur le cœur, tant sur un plan professionnel que personnel. J'admire sa détermination et son besoin de rendre tout le monde heureux. Enfin, tout le monde sauf lui-même et la personne qui compte le plus à ses yeux, Hector.

Or, Hector est toujours là pour lui.

– C'est ce qu'on fait quand on aime quelqu'un, m'a-t-il dit. On fait passer les besoins de l'autre avant les siens, et un jour, ce sera l'inverse.

Il n'y a jamais de manque d'amour, de compassion ou de confiance entre eux, même lorsqu'ils sont aussi tendus qu'ils l'ont été cette semaine. C'est simplement qu'ils sont coincés dans une situation étrange et qu'ils font de leur mieux pour s'en sortir et retrouver leur équilibre. J'espère sincèrement qu'ils y parviendront.

Je suis en train de faire ma valise lorsque mon téléphone sonne.

– Allô ?

– Bonjour, ma poupée. Tu es prête à quitter la ville des vents ? dit la voix mielleuse de Tante Millie.

– Pas vraiment non, c'est cool ici. Tony et Hector sont des mecs super.

– Tony et... quoi ? Qui est Hector ?

– C'est le partenaire de Tony.

– Anthony Fasano est gay ? Le grand boxeur gaulé comme un dieu ?

– Lui-même, je dis en souriant et en secouant la tête.

Ma tante Millie est un peu la fée marraine des beaux gosses.

– C'était trop beau pour être vrai, dit-elle. J'ai su tout de suite, en voyant son profil, que quelque chose n'allait pas. Alors, tu n'auras pas de bonus cette fois-ci, n'est-ce pas ?

J'éclate de rire.

– Tu penses toujours autant à l'argent ?

– L'argent est roi, ma poupée. Tu devrais le savoir mieux que quiconque, vu ce que tu fais. En parlant de cash, je viens de t'envoyer par mail le profil de ton prochain client. Tu vas adorer, c'est tout à fait ton truc.

– Ah ouais ? Pourquoi ?

– Eh bien, déjà tu vas te rendre à Boston, dans le Massachusetts.

Je n'y suis jamais allée – tout ce que je sais, c'est que c'est la ville de la meilleure équipe de base-ball de tout l'univers.

– Qu'y a-t-il à Boston et pourquoi je vais adorer ?

– Des garçons, du base-ball et de la bière, répond-elle en riant.

– Mes trois choses préférées ! je m'exclame en souriant.

C'est vrai que j'adore le base-ball, une des seules choses que papa et moi faisions ensemble quand j'étais petite. Même quand il était ivre mort, il regardait toujours les matchs à la télé. Notre équipe préférée, c'était les Red Sox. Au départ, je les aimais surtout parce que leur logo représente des chaussettes et que je trouvais ça génial, mais maintenant c'est surtout parce que mon père les adore et que ça nous rapproche. À dix ans, quand ma mère est partie, je faisais tout pour trouver une connexion avec le seul parent que j'avais. Même Maddy adorait ça. Elle sera ravie que j'aille à Boston.

– Ouaip, et ce n'est pas fini ! dit ma tante.

– Ah bon ?

– Tu es assise ?

Je m'empresse de m'asseoir au bord du lit.

– Maintenant, oui.

– Tu vas être l'escort de la toute nouvelle recrue des Boston Red Sox : Mason Murphy.

– Non, tu es sérieuse ? J'ai entendu parler de lui, il détient le record annuel du plus grand nombre de frappes !

Millie glousse au bout du fil.

– Et puis, il est sacrément beau, ajoute-t-elle. Il a ton âge, il est irlandais et il est gaulé comme un demi-dieu.

Je repense au dernier match que j'ai regardé et je dois avouer que je suis d'accord avec Millie. Je me souviens même d'avoir rembobiné le match pour revoir le gros plan sur ses fesses dans ce petit pantalon blanc moulant.

– C'est complètement dingue ! Mais pourquoi a-t-il besoin d'une escort ?

– Apparemment, le fait d'avoir une femme à son bras lui donne l'air d'être plus engagé auprès de l'équipe et ça aide à son image. Son agent pense qu'avoir une copine pour le début de la saison lui enlèvera la pression et montrera aux publicitaires que c'est un type fidèle.

– Ok, si tu le dis. Quoi qu'il en soit, je suis ravie. Ça va être génial ! Envoie-moi les détails du vol et tout le reste. Il faudrait que j'arrive plus tôt, il me faut des rendez-vous chez l'esthéticienne, et tout le reste.

– Je vais te réserver un hôtel pour les trois jours où tu seras à Boston avant de retrouver monsieur Murphy. Je vais t'en trouver un avec un institut de beauté et un spa. Tu mérites de te reposer un peu pour mieux te concentrer sur ta mission.

– Ha ha, très drôle. Ça a l'air top, merci Tante Millie.

– Tout pour ma poupée. À bientôt, ma belle.

– Ciao.

* * * *

– Tu es canon, Mia, dit Tony en me prenant dans ses bras lorsqu'Hector et moi arrivons.

Je sens Hector se raidir nerveusement à mes côtés.

– Merci. Tu nous as manqué, aujourd'hui, je dis sincèrement.

Tony se lèche les lèvres et inspecte Hector de la tête aux pieds, le regard électrique et plein de désir pour l'homme qu'il aime. Hector baisse la tête en souriant jusqu'aux oreilles.

– Hector, chuchote Tony. Tu es parfait, Papi.

– Tu es tellement beau que j'en ai mal aux yeux, répond Hector en le prenant dans ses bras pour un câlin viril.

Ils se tiennent trop longtemps pour des amis, mais pas assez pour attirer l'attention des gens dans le restaurant. Mona Fasano nous repère depuis l'autre côté de la pièce et vient vers nous, cependant son langage corporel n'est pas le même. Elle est froide, comme la première fois que je l'ai rencontrée. Elle me prend dans ses bras, mais ce n'est pas sincère. Elle en fait de même avec Hector, qui fronce les sourcils en me regardant par-dessus son épaule. Je lui réponds avec les yeux que je ne comprends pas non plus. En fin de compte, je ne sais jamais vraiment ce que pense Mona Fasano. Pour moi, elle reste un mystère.

– Mon fils, tu as des gens à séduire. J'ai décidé qu'on devrait faire le livre de recettes, finalement. Allons discuter avec les éditeurs.

Tony rit, et Hector et moi nous détendons. Il a été affreusement tendu toute la semaine, c'est la première fois qu'il semble un peu lui-même. Il a l'air mieux dans sa peau.

– D'accord, Mamma. J'arrive dans une seconde.

Mona me regarde de nouveau, puis elle regarde Hector et soupire en secouant la tête. Elle repart en marmonnant quelque chose dans sa barbe.

– Qu'est-ce qui lui arrive ? je demande.

– Elle n'est pas contente.

– Ça, je l'avais deviné. Tu peux nous expliquer pourquoi ?

– Pas vraiment non. Vous saurez tout bientôt. Et si vous alliez vous chercher un verre ? Je vous ai réservé des places à l'avant. Je veux que vous soyez là pour le discours d'ouverture, d'accord ?

Promettez-moi que vous serez devant, avec ma famille.

Hector se rapproche de lui pour lui parler tout bas.

– Bébé, tout ce que tu voudras. Tu le sais. Je suis là pour toi.

– Pour toujours ? demande Tony sur un ton étrange.

Il commence vraiment à m'inquiéter, même si en vérité, il semble plus à l'aise que jamais. Est-ce parce qu'il va annoncer son mariage au public ? Est-ce parce que son entreprise grandit ? Est-ce que ce sont les émissions de télé et les livres de recettes ? À mes yeux, c'est plus de travail et de stress – pas moins – or, Tony se comporte comme si tout était merveilleux pendant que sa mère est plus ronchonne que jamais.

– Toujours, tu le sais bien, promet Hector. On sera devant. Allez, va charmer tout le monde. Et, tu sais... je suis super-fier de toi.

Tony tend le bras et caresse la main d'Hector. Quelques personnes aperçoivent le geste, mais il s'éloigne avant que je ne puisse les prévenir.

– Tony se comporte bizarrement, non ? je demande à Hector.

– Ouais, il se trame quelque chose, c'est clair, mais il ne m'a rien dit. En même temps, ce n'est pas surprenant. Tony fait toujours ça : il réfléchit d'abord seul à ses problèmes avant de m'en parler.

Quoi qu'il se passe, il semble aller plutôt bien. Il a dû prendre une décision à propos de la boîte qui lui plaît, il a l'air d'être de nouveau lui-même.

– Te toucher en public, c'est être lui-même ? Et sa mère qui nous fusille du regard ?

– Ouais, ça, ce n'est pas normal, je sais. Mais on ne peut pas y faire grand-chose. Allons nous chercher à boire et trouver Angie, elle pourra peut-être nous aider.

Nous passons la demi-heure qui suit à boire du champagne et à discuter avec la famille de Tony. Je dois avouer que, globalement, je m'amuse bien. Soudain, une grosse voix retentit dans les haut-parleurs.

– Est-ce que tout le monde pourrait se rapprocher de la scène, s'il vous plaît ?

– Ah, c'est le moment ! dit Hector en m'emmenant aux côtés de la famille Fasano.

Tony est debout sur la scène, vêtu d'un costume trois-pièces gris clair, magnifique, comme d'habitude. La foule se tait et tout le monde s'attroupe devant lui.

– Je veux commencer par vous remercier d'être venus. L'expansion de l'entreprise *Fasano's* dans le surgelé était un des rêves de mon père, Joseph Fasano. Il a dirigé cette entreprise avec équité, fierté et fidélité et, avec ma mère et mes sœurs, nous souhaitons poursuivre cet héritage en nous assurant que nos produits soient de bonne qualité et abordables pour tous les budgets. C'est quelque chose qui nous a toujours tenu à cœur.

La foule applaudit et quelques personnes sifflent.

– Merci. Notre marque envisage désormais quelques aventures supplémentaires. Premièrement, les recettes de Mamma Fasano.

Un rugissement d'applaudissements retentit.

– Deuxièmement, vous découvrirez bientôt une émission de télévision sur une chaîne du câble, ajoute-t-il. Vous y verrez ma mère, mes sœurs et l'amour de ma vie.

Les sifflements étouffent les petits cris de surprise d'Hector et moi. De quoi parle-t-il ? Comment ça, l'amour de sa vie ? Il est hors de question que je reste avec lui pour l'aider à berner les spectateurs de tout le pays !

– Nous voilà donc arrivés à mon annonce la plus importante. J'ai parlé des nouvelles professionnelles, passons maintenant aux informations personnelles. Je tiens à présenter au public la personne que j'aime le plus au monde. La personne qui a été à mes côtés durant tous les défis que la vie m'a présentés, et qui ne m'a jamais tourné le dos. Mon partenaire, l'amour de ma vie, mon fiancé... s'il veut bien de moi, bien sûr.

Mon fiancé ? Jésus Marie Joseph.

À mes côtés, Hector ouvre grand ses yeux remplis de larmes tandis que Tony tend la main pour prendre la sienne.

– Hector Chavez, je t'aime. Je t'aimerai toujours. Je veux passer le reste de mes jours à t'aimer. Cette entreprise et mon nom de famille ne valent rien si tu n'es pas là pour en profiter avec moi.

Soudain, Tony met un genou à terre, et ouvre un écrin en velours rouge qui renferme un anneau en or.

– Sois à moi pour toujours. Épouse-moi. Prends mon nom, construis une famille avec moi.

Un silence de plomb s'abat sur la pièce. Il n'y a pas le moindre bruit.

– Lève-toi, dit Hector. Mon homme ne s'agenouille pour personne. Il se tient droit et fier, comme je le fais pour lui. Je serai honoré de t'épouser et de prendre ton nom.

Tony sourit jusqu'aux oreilles, tire Hector contre lui et se tourne vers le public. Des flashs illuminent la pièce et leurs cliquetis retentissent autour de nous. Anthony Fasano, boxeur, chef d'entreprise, chef de famille, vient de sortir du placard et de demander à son partenaire de l'épouser, de prendre son nom et d'avoir des bébés avec lui. En public.

Bon sang ! C'est un moment épique ! Je balaie du regard les visages de tous les Fasano tandis que Tony leur demande leur bénédiction à chacun, à commencer par Giavanna et son mari.

– Giavanna, acceptes-tu Hector comme mon fiancé et comme futur beau-frère ?

Elle sourit jusqu'aux oreilles en hochant la tête.

– Oui, dit-elle d'une voix pleine d'émotion.

– Isabella, acceptes-tu qu'Hector fasse partie de la famille ?

– Oui, je l'ai toujours accepté. Je suis heureuse pour toi, dit-elle en fondant en larmes contre son mari.

– Sophia... commence-t-il, mais elle l'interrompt.

– Enfin, tu dis la vérité dit-elle, faisant éclater de rire le public.

Tony tient Hector contre lui tandis que ce dernier essuie ses larmes.

– Angie, tu acceptes qu'Hector se joigne à notre famille ?

Plutôt que de répondre, elle saute sur scène et les prend tous deux dans ses bras.

– Je t'aime, je t'aime, dit-elle en les embrassant sur la bouche.

Ces fichus Italiens et leurs baisers sur la bouche.

Elle leur chuchote quelque chose à l'oreille et ils écarquillent les yeux, puis Tony s'agenouille devant elle et embrasse son ventre en le caressant. Son sourire radieux explique tout sur la situation.

Je regarde Mona Fasano qui observe ses enfants en pleurant.

– Ma sœur va avoir un bébé ! crie Tony au public.

Tout le monde applaudit et Angie descend de la scène pour courir vers son mari, qui la prend dans ses bras et la fait tourner dans les airs.

– Mamma, dit Tony au micro. Est-ce que j'ai ta bénédiction ? Est-ce qu'Hector peut devenir un membre officiel de la famille ? Je sais que tu voulais que je fasse ma vie avec une femme catholique de bonne famille, mais ça ne me rendra pas heureux. Hector et moi allons fonder une famille, Mamma. On en a parlé. Je sais que c'est dur à accepter pour toi. Mais je t'ai prévenue en début de semaine et tu savais que ce moment arriverait. Ça a toujours été Hector, Mamma.

Mona hoche la tête et se couvre la bouche avec ses mains, secouée par les sanglots.

– Je t'aime, Mamma, mais j'aime aussi Hector, dit Tony en allant vers elle. Mon avenir est avec lui et je ne peux plus faire semblant. Je ne peux plus vivre ma vie en sacrifiant mon bonheur et celui d'Hector. Ce n'est pas juste.

Mona prend son fils dans ses bras.

– Espèce d'imbécile. J'aurais compris, avec le temps. Je comprends l'amour. Je sais ce que c'est lorsqu'un autre représente tout à ses yeux. C'est ce que ton père était pour moi. Si c'est ce qu'Hector est pour toi, alors rien ni personne ne devrait vous empêcher d'être ensemble. Je t'aime. Je vous aime tous les deux, dit-elle en posant sa main sur la joue d'Hector. Maintenant, tu seras vraiment mon fils, même si tu l'as toujours été, n'est-ce pas ?

Les larmes d'Hector se remettent à couler et elle les essuie avant de les prendre tous les deux dans ses bras.

– Je veux juste que mes garçons soient heureux.

Voilà. Le reste de la nuit est une véritable fête. Pour Hector et Tony, pour Angelina et Rocko. J'apprends en discutant avec Angelina que Tony est allé voir chacune de ses sœurs, durant la semaine, pour leur annoncer qu'il était gay, qu'il aimait Hector et qu'il allait lui demander de l'épouser. Apparemment, ses sœurs s'en doutaient depuis longtemps, mais elles n'en parlaient jamais. Puis, quand je suis arrivée, elles ne savaient plus quoi penser.

Angie a passé la semaine avec Tony pour réfléchir à comment gérer au mieux l'annonce sans affecter le nom des Fasano. La chargée de relations presse a lancé une campagne sur « L'amour sous toutes ses formes » pour faire taire les médisants. Apparemment, les responsables de l'émission de télé sont ravis, car ça élargit automatiquement leur panel de spectateurs. L'idée est que chaque jour de la semaine sera consacré à un des enfants Fasano, et à la mère, et ils sont ravis de pouvoir montrer Tony et Hector cuisiner ensemble.

En fin de compte, l'amour l'a emporté et la famille Fasano n'en est que plus forte.

* * * *

C'est l'aube d'une journée radieuse et je traîne ma valise jusqu'à l'ascenseur, repensant à la soirée d'hier qui a été tout simplement magnifique. Les Fasano n'ont pas cessé de parler de toutes les possibilités qui s'offraient à eux et à l'entreprise qui ne pouvait que se porter mieux. Tony a même avoué à sa famille ce que je faisais là, sans toutefois dire que je suis une escort, parlant de moi comme d'une amie. Après un mois avec ces deux garçons, c'est justement ce qu'ils sont devenus. Mes amis.

Je laisse un mot à côté d'une nouvelle bouteille de Jamison que j'ai achetée hier en me promenant, et je me baisse pour embrasser ma signature.

Tony & Hector,

Je vous quitte, le cœur heureux et les larmes aux yeux. Ma rencontre avec vous m'a ouvert les yeux quant aux merveilles que la vie peut offrir si on s'autorise à prendre des risques. Tu en as pris, Tony, et maintenant ta vie sera à jamais remplie de joie. Peut-être pourrai-je en faire de même à l'avenir. Merci de m'avoir montré la voie du courage.

Hector, nos conversations et nos séances de cinéma vont me manquer et je ne sais pas comment je vais faire pour m'habiller sans toi. Je suis toujours plus belle quand c'est toi qui choisis mes vêtements. Plus sérieusement, tu as énormément d'amour à donner, et je te suis infiniment reconnaissante d'avoir partagé avec moi... en ami.

Merci à tous les deux de m'avoir ouvert vos cœurs. Je ne sais comment vous dire à quel point je suis heureuse pour vous. Envoyez-moi des nouvelles, et j'attends mon faire-part de mariage !

Votre amie,

Mia

C'est vrai, j'ai beaucoup appris de Tony et d'Hector. J'ai appris à ne pas avoir peur, à ne pas laisser quelqu'un d'autre choisir à quoi ressemble mon bonheur. Je vais emporter ce savoir avec moi dans mes aventures afin qu'il me guide sur le droit chemin. Pour l'instant, ce chemin m'emmène aux côtés de Mason Murphy, à Boston, dans le Massachusetts.

FIN

REMERCIEMENTS

À Sarah Saunders, merci d'avoir donné ton nom à Mia et de m'avoir aidée à en faire une bad girl ! Notre nana te ressemble beaucoup, et je l'adore !

À mon éditrice, Ekatarina Sayanova, de la maison Red Quill Editing. Tu nous comprends, moi et mes histoires, comme aucune éditrice ne nous a comprises auparavant. Chacune de tes éditions fait de moi un meilleur auteur. Merci.

À Heather White, la déesse des relations presse, je me demande parfois ce que j'ai fait pour mériter une personne aussi altruiste que toi. Je suis tellement heureuse que tu sois à mes côtés pour cette aventure. Crois en l'aventure, bébé !

À Ginelle Blanch, tu es avec moi depuis le début. Tu ne t'es jamais plainte, tu m'as toujours soutenue et impressionnée avec ton œil de lynx. Tu as un sacré talent pour le détail. Merci de le partager avec moi.

À Jeananna Goodall, celle qui lit tout ce que j'écris avant-même que je l'aie relu moi-même. Je t'adore. Tu me donnes envie d'écrire et tu crois à chaque histoire, parfois plus que moi. Merci de toujours me donner de l'espoir.

Anita Shofner, ma REINE d'hier, d'aujourd'hui et de demain... tu évites à mes personnages de voyager dans le temps et tu permets à mes manuscrits de briller. Ton slogan est We Expect Satisfaction[7]. Je suppose que nous allons devoir attendre de voir où cette année emmènera Mia.

Christine Benoit, merci de lire et de corriger mon français. Ta langue est sublime. J'ai beaucoup aimé l'ajouter à mon livre.

Aux Audrey's Angels, ensemble, nous changeons le monde. Un livre à la fois. BESOS-4-LIFE, mes charmantes dames.

À toutes les Audrey Carlan Wicked Hot Readers... vous me faites sourire tous les jours. Merci pour votre soutien.

Enfin, et ce n'est bien évidemment pas le moins important, merci à ma maison d'édition, Waterhouse Press. Vous êtes l'extra dans l'ordinaire. Je suis ravie que vous m'ayez trouvée et que vous m'ayez ouvert les portes de votre maison. Je vous aime à la folie.

7. Nous nous attendons à être satisfaits.

À PROPOS DE L'AUTEUR

Audrey Carlan vit dans la belle California Valley ensoleillée, à deux heures de la ville et de la plage, au milieu des montagnes et des vignes merveilleuses. Elle est mariée à l'amour de sa vie depuis plus de dix ans, et elle a deux jeunes enfants qui méritent tous les jours leur titre de « monstres en folie ». Lorsqu'elle n'écrit pas des histoires d'amour érotiques, qu'elle ne fait pas du yoga ou qu'elle ne sirote pas un verre de vin avec ses « âmes sœurs » – trois voix uniques et incroyablement différentes dans sa vie – on la trouve plongée dans un livre. Plus précisément un roman chaud et plein d'amour !

Elle apprécie tous vos retours, alors n'hésitez pas à la contacter aux adresses ci-dessous.

E-mail : carlan.audrey@gmail.com
Facebook : facebook.com/AudreyCarlan
Site web : www.audreycarlan.com